ALEXANE TOLLEY

The Boss Rules

addictives
POCHE

« Vouloir oublier quelqu'un, c'est y penser tout le temps. »

Les écureuils de Central Park sont tristes le lundi,

Katherine Pancol, 2010

Prologue

Neuf ans plus tôt
Place du Trocadéro

Cela fait presque une heure que je joue de la gratte, attirant à chaque nouveau morceau des badauds intrigués, amusés ou captivés. Une foule ininterrompue de promeneurs occupe la place du Trocadéro. Il faut dire qu'en ce début juillet, l'affluence touristique de la capitale est à son comble. La proximité avec le public m'éclate. J'en ai besoin très régulièrement. Tout à l'heure, un couple d'une cinquantaine d'années a même exécuté quelques pas de rock. Le pied total !

Je suis monté à Paris avec Julien, mon meilleur ami, pour percer dans la musique. Au gré des prestas d'impro, des salles confidentielles, des couloirs du métro, nous avons rencontré Grégory, Damien et Margot qui rêvaient également de célébrité et se produisaient régulièrement sur de petites scènes lorsqu'un artiste avait besoin de musiciens. Julien et moi les avons rejoints et nous avons créé le Deadly Music Group[1]. Le nom est un peu pourri,

1. Groupe de musique mortel.

mais nous avions pensé, à l'époque, que ça sonnait bien. Et puis les initiales du groupe correspondaient à celles des fondateurs de la bande. Nous nous sommes trouvés. Julien a trouvé l'amour en prime et moi, la reconnaissance musicale que j'attendais depuis mon adolescence. On commence à bien fonctionner. C'est la vie que je voulais. Je ne suis heureux que lorsque j'ai une guitare en main devant un public.

En revanche, si la scène me grise, il m'est tout aussi indispensable de revenir aux sources quelquefois. Je ne veux pas perdre de vue d'où je viens. Prendre la grosse tête est le pire truc qui puisse arriver à un musicien. Il perd son âme et donc sa créativité. C'est la raison pour laquelle je suis là, tout seul, comme un con, sous un soleil de plomb, à reprendre de grands classiques du rock, devant une foule médusée. Mes potes me mettent en boîte, mais j'en ai besoin, c'est viscéral, alors j'ignore leurs moqueries.

J'en suis à débuter un de mes morceaux préférés, « She's Not There » de mon maître, Carlos Santana, lorsque je vois une petite nana qui s'installe confortablement sur les marches, juste en face de moi. Les bords de mon chapeau me gênent un peu et la lumière aveuglante de cette fin d'après-midi m'empêche de voir les détails de ses traits, mais il me semble que cette petite blonde est très jeune. Enfin, plus jeune que moi.

Elle me fixe, intensément. Je manque de louper le solo de guitare tellement elle m'intrigue. Elle reste immobile le temps que je finisse la chanson. J'hésite à en démarrer une autre, car j'ai une envie irrésistible de l'aborder, mais lorsqu'elle se joint aux applaudissements, mon ego à la con me pousse à l'impressionner. J'entonne les premières notes de « The House of the Rising Sun » de The Animals, car c'est l'un des premiers morceaux que j'ai appris à jouer et je le maîtrise parfaitement, tant musicalement que vocalement. Et même si la version française de Johnny Hallyday, « Le Pénitencier », est plus connue, je préfère l'original.

Le sourire éclatant qu'elle me lance est ma récompense. Je n'ai pas envie qu'elle s'en aille. C'est trop tôt. Ses longs cheveux presque blancs dans la lumière estivale ondulent sur ses épaules fines et dissimulent les bretelles de son débardeur. Elle avance un peu et s'assoit à seulement quelques mètres de moi, en tailleur. J'inspire profondément, soulagé. J'apprécie ses pommettes hautes, ses yeux félins et ses lèvres ourlées. On dirait une poupée de porcelaine. Je suis subjugué par ses gestes gracieux. Ses mains emprisonnent sa chevelure qu'elle entortille en quelques secondes et maintient avec une baguette. Elle ouvre son sac à dos et sort un bloc de dessin. Une artiste !

Je pense être aussi subtil qu'un éléphant dans un

magasin de porcelaine avec les regards que je lui lance, mais je m'en fous. Cette nana me fait un effet de dingue.

Putain !

Je me foutais de la gueule de Julien lorsqu'il a croisé Margot la première fois. En rentrant, il m'avait dit : « Mec, je ne peux pas te l'expliquer, mais cette fille est la femme de ma vie. » Dire que je me suis moqué de lui est un euphémisme... Je l'ai emmerdé des semaines durant. Et voilà que j'ai l'impression qu'il m'arrive la même chose. Je ne sais pas son nom. Je ne connais pas le son de sa voix. Je ne sais pas quelle odeur elle a. Mais, tout en ne chantant que pour elle, je suis persuadé que j'aimerai tout de cette fille.

J'enchaîne les morceaux. Des plus classiques aux plus contemporains. Les groupes d'admirateurs se font et se défont, mais je ne les regarde même pas. Ma seule constante est cette blondinette qui reste concentrée sur sa page. Je mate l'inclinaison gracile de son cou lorsqu'elle relève la tête, trop peu souvent à mon goût, pour prendre un nouvel angle. Je suis les mouvements de ses doigts lorsqu'ils ombrent le papier. Mon corps entier est tendu. Là où d'habitude, je flirte un peu avec les femmes qui s'arrêtent pour m'écouter jouer, je ne peux détacher mon attention de cette inconnue.

J'en suis à la moitié de « Behind Blue Eyes », des Who, chanson qui m'a semblé de circonstance, quand elle se lève et remballe ses affaires. Je sens mon palpitant qui s'affole.

Putain, je ne veux pas qu'elle parte !

Son petit cul moulé dans un short minimaliste me fait de l'œil lorsqu'elle se baisse pour saisir son sac. Elle se retourne et avance vers mon étui de guitare que je laisse ouvert quand je joue ainsi. Toujours avec son fichu sourire, elle dépose délicatement un papier, roulé comme un parchemin.

Merde ! Elle se tire !

Malgré les protestations des spectateurs, j'arrête de jouer et, curieux, je déroule son offrande. Ce que j'ai sous les yeux est un chef-d'œuvre. Cette blonde que je ne connais pas a su reproduire exactement ce que je pense offrir à mon public. Ce n'est pas le portrait d'un simple musicien qui joue de son instrument sur une place publique, c'est la reproduction parfaite de ce que je ressens quand je joue. Les traits sont affirmés. Le graphisme est épuré, mais dans le même temps, détaillé. C'est magique.

Je me dépêche de plier mes affaires. Elle a contourné le palais de Chaillot, j'imagine donc qu'elle descend l'esplanade vers les jardins du Trocadéro. Je ne veux pas la perdre dans la foule. Je ne veux pas la perdre tout court. Je me précipite à sa suite. Je la cherche dans la foule. Quand je la repère enfin, elle a déjà bien avancé. Je suis de loin sa silhouette comme les marins gardent le phare dans leur ligne de mire.

Si seulement je connaissais son prénom !

Je ne peux pas lui crier : « Eh ! Machine ! » Il y a mieux comme entrée en matière. C'est dans les moments comme celui-ci où j'aimerais jouer de l'harmonica. C'est beaucoup plus maniable et beaucoup plus facile à ranger. Je n'aurais jamais pensé qu'un petit gabarit comme elle aille aussi vite. Je remonte les jardins au pas de course et réussis à la rejoindre alors qu'elle s'apprête à traverser vers le pont d'Iéna. Elle sursaute quand je lui touche l'épaule.

– Désolé. Je ne voulais pas t'effrayer.

Elle éclate de rire, espiègle.

– Un grand mec comme toi ne va pas m'effrayer. Tout juste me surprendre.

Je ferme les yeux et j'inspire un grand coup. Son odeur de jasmin et d'encens me bouleverse.

Je la vois qui me regarde, interrogative, lorsque je reprends pied.

– Je voulais te remercier pour le dessin. C'est vraiment superbe ce que tu fais.

– Oh, merci. J'espère pouvoir en vivre un jour alors je m'entraîne. Et puis le sujet était plutôt pas mal.

Elle me fait un clin d'œil. Ses yeux azur sont francs. Des fringues simples, pas de maquillage. Elle est nature, sans filtre. Ouais, c'est le terme qui la décrit le mieux. Nature ! Cette nana tout en simplicité me plaît.

– Tu es libre tout de suite ?

– Comme l'air ! Je viens d'arriver à Paris et je ne sais pas encore où poser mes valises.

– Super ! Tu me laisses te servir de guide pour ce soir ?

– Pas de problème. C'est quoi le programme ? me répond-elle sans hésiter.

Je suis complètement scotché par le fait qu'elle accepte. C'était carrément gonflé de ma part. Je suis un grand veinard ; j'ai tenté ma chance, et cela a fonctionné. Je jette un coup d'œil à la signature en bas du dessin que je tiens toujours dans la main.

– Élo ? C'est ça ?

– Oui, c'est mon nom.

J'ai le sentiment qu'elle ne veut pas s'appesantir sur ce détail alors je n'insiste pas. Ce sera Élo.

– Anto, pour te servir, précisé-je en faisant une miniré-vérence qu'elle accueille dans un éclat de rire.

– Alors ? Par quoi commence-t-on ?

Je mets quelques secondes à me souvenir que je lui ai proposé de lui faire visiter Paris tant sa question est ambiguë pour moi. Il faut que je reprenne mes esprits sinon cela va devenir compliqué. Elle semble tellement innocente qu'elle doit simplement penser que je suis un mec sympa qui lui propose un moment sympa. Je vais donc m'en tenir à ça.

Nous passons la fin d'après-midi et la soirée ensemble.

Elle joue magnifiquement bien les touristes et je tente de parfaire ma prestation de guide. Après avoir descendu le Champ-de-Mars, nous remontons vers les Invalides. Elle me traîne jusqu'au Louvre.

– Merci, Anto. J'ai toujours voulu voir la pyramide du Louvre.

– Pourquoi ?

– Tu me jures de ne pas te moquer ?

– Je ne te garantis rien, mais je vais essayer.

Tout semble évident avec elle. Plein de simplicité. C'est comme si j'avais rencontré ma meilleure amie, mon âme sœur.

– Eh ! méchant ! rit-elle en me donnant une tape sur le bras.

– Non, dis-moi, Élo. Je te jure que je ne me moquerai pas de toi.

– Le *Da Vinci Code* ! C'est depuis que j'ai lu ce bouquin que j'ai envie de voir en vrai la pyramide.

Et effectivement, je ne me moque pas, je trouve que c'est une raison plutôt originale.

– Tu veux qu'on entre ? demandé-je doucement.

– Non, je préfère l'admirer de loin. Profiter de l'environnement. J'ai peur d'être déçue si cela ne correspond pas à ce que je pense.

Je n'insiste pas. Nous repartons quelques minutes plus tard et arpentons les Champs-Élysées. Sa fraîcheur. Son rire. Son innocence. Je découvre l'insouciance.

Elle est drôle et spirituelle. Elle me raconte des anecdotes historiques et semble avide de tout. Elle danse du reggae quand nous croisons un groupe. Elle joue avec un petit garçon qui tape dans son ballon. Elle s'extasie sur un chiot qui fait tourner en bourrique son propriétaire. Elle grimpe, saute, rebondit, vit. Et moi ? Moi, je la suis, amusé, subjugué, heureux.

Elle n'est pas seulement magnifique à l'extérieur. Son âme est belle. Quand elle ressent, c'est à fond ; et je redécouvre les choses à travers elle. Quand elle voit, elle regarde vraiment ; et je redécouvre la beauté à travers ses yeux azur. Quand elle rit, elle ne se retient pas ; et je redécouvre la joie.

Je suis définitivement conquis lorsqu'elle accepte de venir chez moi. Je n'ai jamais rencontré de fille comme elle. Si… libre. Nous descendons à la station Bercy pour rejoindre le petit deux-pièces que je loue juste derrière la mairie du douzième arrondissement. J'observe son sac à dos. Très mince.

– Tu as besoin de récupérer des affaires quelque part ? Ou de passer dans une supérette pour acheter quelque chose ?

– Non, j'ai tout ce qu'il me faut dans mon sac. J'ai laissé ma valise à la gare de Lyon, dans une consigne. Le nécessaire est avec moi.

Elle conserve cette liberté d'agir mais cela ne me plaît plus tant que ça car elle accepte simplement mon hospitalité, comme si elle ne voyait pas que je suis complètement sous le charme.

J'angoisse un peu sur ce qui va se passer ce soir. Je ne veux pas qu'elle me prenne pour un enfoiré de première et qu'elle pense que si je la loge, c'est pour la baiser.

Mais bordel, qu'est-ce que j'en ai envie !

S'il faut que je la joue gentleman, je le ferai. Ce n'est pas comme si j'étais en manque d'activité sexuelle. Les groupies du Deathly Music Group sont toujours plus que disponibles. Surtout pour moi, guitariste et chanteur !

Mais tout se passe simplement. Il me semble que c'est la ligne de conduite de mon inconnue blonde.

– C'est joli chez toi, dit-elle en pénétrant dans mon appartement.

Je la regarde découvrir mon univers et me demande ce qu'elle en pense vraiment. Il est fonctionnel et sans véritable personnalité. Je ne viens là que pour dormir.

– Tu n'en penses pas un mot, lui réponds-je en riant.

– C'est vrai !

Elle ne précise rien d'autre. J'attends, étonné d'être soucieux de ce qu'elle voit, mais elle ne dit rien. Cela aurait pu m'agacer, mais elle passe déjà à autre chose.

– Tu as un endroit où je pourrais me rafraîchir ?

– Porte de gauche.

Elle s'éclipse dans ma salle d'eau et je dois me contenir. Je l'imagine dans le plus simple appareil. J'imagine le gant de toilette caresser sa peau que je pense tendre et douce. J'imagine…

– Je peux utiliser une serviette ?

– Bien sûr ! Fais comme chez toi !

Il ne manquerait plus qu'elle sorte dégoulinante. Je ne pourrais pas me maîtriser.

Quand elle ouvre la porte, elle a revêtu un de mes tee-shirts qui était resté à traîner.

– Tu m'as dit de faire comme chez moi alors je t'ai pris ça. J'ai lavé mes affaires, j'espère que cela ne te dérange pas. On dort où ?

Mon cerveau déconnecte devant toutes ces informations. Je lui montre mon minuscule canapé.

Je suis étonné de pouvoir parler sans que ma voix me trahisse.

– Je vais aussi prendre une douche, installe-toi.

Cette nana me fait un effet incroyable et j'ai bien besoin des quelques minutes d'isolement pour me reprendre. Sauf que lorsque j'entre dans ma salle d'eau, son linge est suspendu à la barre de douche. De simples dessous en coton qui me bouleversent. Je suis tenté de me soulager mais j'ai peur qu'elle m'entende alors je me contente d'une douche froide.

Lorsque je sors, elle a déplié mon canapé-lit et s'est

installée dessus, vêtue de mon tee-shirt et d'une petite culotte de coton. Ce n'est pas un string affriolant ni un sous-vêtement sophistiqué, mais la vue de ce simple bout de tissu blanc m'ébranle plus que de raison.

Je lève mon regard jusqu'à son visage et ce que je vois me fait perdre pied. Un regard incendiaire. Une envie primaire égale à la mienne.

– Tu es sûre ? lui demandé-je d'une voix rauque.

Elle se met à genoux sur mon lit et avance jusqu'à moi. Je vois la scène au ralenti. Elle me sourit encore et murmure :

– Il y a longtemps que je n'ai pas été aussi sûre de moi.

Je ne peux alors rien faire si ce n'est la toucher. Sa peau est une caresse. Je me repais de cette sensation indicible. Je la couche doucement et m'allonge dans son dos tout en passant et repassant mes mains calleuses de guitariste sur sa cuisse extraordinairement musclée. Quand elle se retourne, je marque une pause, lui donnant encore la possibilité d'arrêter. Putain, mais quand elle me sourit, je perds pied.

Je ne peux m'empêcher de la caresser. Ses deux tétons se dressent et m'appellent. Je les mordille à travers le tee-shirt et son gloussement est le plus joli son que j'aie jamais entendu. Il fait vibrer mon sexe tendu. Il me vrille surtout le cœur. Ses doigts agiles parcourent mon torse. Je souhaite qu'elle ne s'arrête jamais. Mais si elle continue, je ne pense pas pouvoir réussir à me contrôler. Je retiens mon souffle lorsqu'elle s'intéresse à mon caleçon, tendu par l'excitation. Ses gestes sont hésitants. Elle ose mais manque manifestement d'expérience, ce qui m'émeut encore plus. C'est une torture. Je la veux. J'ai besoin de la prendre. Pourtant, je la laisse découvrir mon corps. Elle embrasse chaque centimètre de ma peau comme une aveugle qui voit avec le bout de ses doigts, le bout de ses lèvres. Elle descend toujours et encore. Ma verge en redemande et se dresse fièrement lorsqu'elle baisse mon sous-vêtement. Je la regarde faire. Elle marque un temps d'arrêt.

– Ne te sens obligée de rien, Élo, susurré-je pour la rassurer.

Elle ne me répond pas mais hoche la tête. Puis elle me regarde. Ses yeux brillent d'excitation, d'anticipation. Ses cheveux emmêlés dissimulent une partie de son joli minois et m'empêchent de l'admirer pleinement mais ses joues rosies m'indiquent qu'elle apprécie ce qu'elle voit. Je l'encourage avec un sourire et retiens mon souffle. Je serais bien évidemment très déçu si elle reculait maintenant mais j'ai envie de lui faire tant de choses que je crois bien que je survivrais à cette frustration. Tout ce qu'elle décidera me comblera à cet instant.

Je soupire d'aise quand ses lèvres se referment sur mon gland gorgé de plaisir. Sa langue le titille et lape la perle de sperme qui suinte.

– Merci mon Dieu !

Élo glousse et les vibrations de son rire m'excitent encore. Je reste immobile, m'agrippant aux draps. Je sens qu'au moindre mouvement, je vais perdre pied. Je ne me souviens pas avoir ressenti autant de plaisir pour une simple pipe. Elle s'applique et fait manifestement du mieux qu'elle peut et, paradoxalement, ce sont ses maladresses qui me plaisent le plus. J'aime que sa main soit hésitante au lieu de caresser franchement mes parties. J'aime sa langue qui donne des petits coups comme sur une glace. J'aime ses spasmes qui me serrent le gland lorsqu'elle tente de m'avaler entièrement. La caresse de ses cheveux et la griffure de ses ongles ont raison de ma retenue.

– Élo, arrête s'il te plaît ! Je ne vais pas pouvoir tenir bien longtemps.

Elle glousse encore, manifestement fière d'elle, et se cramponne à mes hanches. Elle refuse d'arrêter cette douce torture et intensifie, au contraire, ses succions. J'explose dans sa bouche, un tantinet honteux mais surtout extrêmement touché par sa confiance.

Je mets du temps à reprendre mon souffle. Élo est couchée sur mon ventre. Je caresse machinalement ses longs cheveux soyeux.

Je bouge un peu et la hisse sur mon torse. Elle se tortille, mal à l'aise.

– Chut, reste là…

– Je… commence-t-elle sans pouvoir terminer sa phrase.

– Élo ! l'appelé-je en attendant qu'elle me regarde, chose qu'elle fait quelques secondes plus tard. J'ai apprécié chaque minute, chaque seconde.

Je ne veux pas la gêner plus qu'elle ne l'est déjà mais cette nana devrait avoir confiance en elle. Elle est et elle a tout ce qu'un homme désire. Je l'embrasse sur le front et la fais rouler sur le matelas. Je suis désormais au-dessus d'elle et je pars à mon tour découvrir ce corps qui me met la tête en vrac. Son odeur florale me chavire et son grain de peau me bouleverse. Sans un mot, rassurée sur son exploit, les yeux rieurs, elle enlève lentement mon tee-shirt. Je découvre ses seins dont la peau rosée est magnifique. Je les sens frémir sous le cal de mes doigts. Je l'empêche de se tortiller et continue son supplice. Mes mains emprisonnent sa taille fine quand j'aspire goulûment ses pointes durcies. J'ai un besoin impérieux de la goûter. Je la plaque sur mon matelas avec empressement. Je lui enlève sa satanée culotte et lèche précipitamment son intimité. Élo a un hoquet de surprise mais je la sens se détendre immédiatement après. Elle retient son souffle. Elle se tend de plaisir cette fois. Je prends alors mon temps pour explorer sa féminité. Elle se déhanche. Ses gémissements me galvanisent.

– Anto ! Oui, oh merde ! Non...

Tout cela est intense. Très intense. Elle tente de m'échapper, fuyant son plaisir que je sens arriver, mais la jouissance la terrasse. Elle hoquette et se cambre contre moi pendant que je la baise avec ma langue. Nous restons un instant l'un contre l'autre, haletants. Sa fragrance naturelle est le meilleur aphrodisiaque que je connaisse et, le temps de reprendre une respiration régulière, je suis prêt pour elle. Mes doigts la fouillent encore lorsqu'elle s'offre de nouveau. Habillé de latex, mon sexe s'enfonce lentement, doucement, sûrement.

Au fil des minutes, nous nous découvrons, nous nous explorons, nous baisons. Puis lentement, nous nous mettons à faire l'amour. Les gestes deviennent plus tendres. Les regards plus appuyés, plus profonds. C'est la première fois qu'un truc pareil m'arrive. Mes coups d'un soir sont souvent imparfaits, insatisfaisants car trop rapides, pas assez intimes. Avec elle, c'est la perfection dès la première minute. Elle ne semble pourtant pas très expérimentée. Tant pis. Tant mieux. Je n'en sais rien. Tout ce que je sais, c'est que quand je me trouve en elle, il n'y a pas meilleure sensation.

Et c'est avec elle, couchée sur moi, sa tête au creux de mon épaule, ses longs cheveux blonds éparpillés sur mon torse, ses jambes reposant sur mes cuisses, que nous nous endormons aux premières lueurs du jour. Rien n'a d'importance si ce n'est son corps chaud sur le mien.

***

Je cherche mon téléphone qui braille sans cesse. Il fait une chaleur étouffante dans ma chambre, pourtant je ressens un froid polaire dans mon corps.

– Putain mec, tu fais quoi bordel ? On t'attend ! me dit la voix plus qu'agacée de mon meilleur ami, Julien, quand je décroche.

– Hein ? Il est quelle heure ?

Je jette un coup d'œil à mon appartement et ma gorge se serre.

– Quoi ? Tu te réveilles tout juste ? Il est déjà quatorze heures trente. On devait se rejoindre pour bouffer ensemble mais on t'a…

– J'arrive.

Je raccroche au nez de Julien qui ne m'en voudra pas. J'écoute dans la salle de bains si des bruits me parviennent mais seul le silence me répond.

Je dois me rendre à l'évidence. Elle est partie.

Et je ne connais même pas son véritable prénom. Il y a juste une signature qui me nargue sur un bout de papier à dessin.

Élo…

1

Léopoldine
De nos jours

– Vous prenez combien pour un groupe ?

Emmitouflée dans un duffle-coat douillet, je regarde trois petites minettes qui me demandent de les dessiner. Ce sont, a priori, trois lycéennes qui ont profité des vacances d'hiver pour faire un tour dans le vieux Lyon. Leur nez rougi par le froid et leurs yeux brillants les subliment. Elles ne doivent guère avoir plus de 16 ans. Putain, presque onze ans de moins que moi ! Une éternité faite de petits bonheurs et de grandes désillusions !

Les trois jeunes filles attendent ma réponse et puisque c'est de ça que dépend mon repas de ce soir, je les regarde avec un sourire franc et leur réponds :

– Pour vous, ce sera trente euros le portrait.

Elles hochent la tête et s'assoient, serrées les unes contre les autres, sur les marches du temple protestant de la place du Change. Je m'installe confortablement sur le petit pliant qui me suit partout et je commence l'esquisse.

Les visages prennent forme. D'abord les contours, toujours, des trois têtes. Puis les yeux. Le regard est ce qu'il y a de plus important dans un portrait. C'est lui qui donne vie à l'ensemble. Et merde, je sais que je suis bonne pour transmettre les émotions. Je vois l'insouciance dans leurs yeux. La joie. La certitude de leur avenir. J'essaie de transcender leur complicité. Je me dois d'être toute à elles pendant quelques instants. Elles garderont mon œuvre comme un souvenir à chérir, le symbole d'un moment d'amitié partagé.

Au bout d'un quart d'heure, je n'ai plus que quelques détails à parfaire et je pourrai alors leur présenter le résultat. Elles gloussent, impatientes, satisfaites. J'empoche les billets qu'elles me tendent.

– Qui le garde en premier ? demande une des filles.

– Vous pouvez toujours le scanner ou faire des photocopies de bonne qualité, cela vous permettra d'avoir un exemplaire chacune.

– Génial ! Merci du conseil.

Je les regarde s'éloigner en riant. Je reprends l'esquisse que je faisais avant qu'elles m'interrompent. Toujours la même, celle de ce visage que je décline à l'infini, sur n'importe quel support, lorsque je n'ai pas de modèle, seulement celui de mes souvenirs.

Il est déjà plus de dix-sept heures et le froid devient de plus en plus intense. La clientèle va bientôt changer et les bobos qui vont investir le vieux Lyon ne seront, de toute façon, pas intéressés par mon art. J'ai l'impression de toucher réellement le fond lorsqu'une bourgeoise bien apprêtée me somme de dessiner son clébard. Une espèce de roquet insupportable qu'elle vénère comme son enfant. Chaque euro est bon à prendre alors je m'exécute et reproduis son petit Léon.

Non mais qui a idée d'appeler son chien comme ça ? Un si joli prénom !

Dès que la mégère a récupéré le portrait de son clebs, je plie mes affaires et rentre dans mon cent cinquante mètres carrés situé sur les pentes de Fourvière. Je suis fière de mon appartement. Il a été l'expression de mon premier acte de rébellion. C'est le seul investissement que j'ai fait à ma majorité dès que j'ai touché le fonds de pension ouvert à ma naissance. J'avais eu un coup de cœur à l'époque, qui ne s'est pas démenti. Il possède une immense pièce de vie avec une cuisine équipée, trois chambres et deux salles de bains. J'ai hâte d'être au printemps pour pouvoir profiter du toit-terrasse et de la luminosité.

Je m'y sens bien.

C'est trop grand pour moi, et j'en suis consciente, mais cet appartement a le mérite de m'appartenir. À l'aube de mes 18 ans, le conseiller de ma famille, Maître Grataloup, qui fait plus figure d'oncle pour moi que d'homme de loi, m'a aidée à investir. Nous savions l'un comme l'autre que mes parents n'accepteraient jamais mon choix de carrière. Il m'a donc conseillé de me mettre à l'abri, au sens littéral du terme.

Mon père a repris l'entreprise familiale au décès de mon grand-père dans les années quatre-vingt. Patron d'industrie alimentaire, il a fait fructifier la société et a diversifié les activités. Il s'agissait au départ de simples supermarchés de proximité, puis mon père a développé, au fil des années, différentes branches d'activités comme le bricolage, les vêtements, l'électroménager… Ses enseignes sont présentes dans la plupart des pays occidentaux. Mon cher papa pèse désormais plus de cinquante milliards. C'est un homme d'affaires exceptionnel et… un immense connard.

J'aurais dû être l'unique héritière de ce petit empire. Unique, bien sûr, car chez les De Saint Balmont Leclair, on ne prend pas le risque de dilapider le patrimoine. On ne fait qu'un enfant qu'on marie, le cas échéant, avec une autre fortune.

Eh oui, même au XXIe siècle.

Mais c'était sans compter sur ma « fantaisie ».

Malheureusement pour mes parents, je ne rentre pas dans le cadre des conventions sociales. Ils l'ont découvert à leurs dépens. J'avais le choix pour mes études – droit ou commerce. C'était le deal depuis ma plus tendre enfance. Je ne manquais matériellement de rien mais je devais suivre les ordres. J'ai donc attendu ma majorité et je leur ai annoncé, le jour de mes 18 ans, que je m'étais inscrite aux Beaux-Arts, laissant tomber ainsi la licence de droit que j'avais commencée l'année précédente. Le résultat a été une expropriation immédiate. Mes géniteurs m'ont simplement foutue dehors lorsqu'ils m'ont lancé un ultimatum auquel je n'ai pas répondu comme ils le pensaient.

Ayant enfin accès à l'argent qui m'était destiné, j'ai donc investi dans un appartement clair et spacieux. J'avais pour ambition de vivre de mon art. J'avais l'avenir devant moi. Pas de souci d'argent. Une école rêvée. Un chemin tracé. Mais c'était sans compter sur leur fourberie. Ma chère maman, issue d'une famille noble désargentée, a obéi à mon père et a œuvré pour que ma candidature aux Beaux-Arts soit refusée. Désabusée, trahie et dégoûtée, j'ai mis en location mon appartement, avec la complicité de Maître Grataloup, et je suis partie faire le tour du monde pour apprendre, sous d'autres cieux, les différentes techniques de dessin, pour découvrir les influences d'autres cultures. J'ai puisé dans ce qui me restait pour financer les voyages et travaillé pour le quotidien en étant assurée d'avoir un point de chute à mon retour.

Désormais, à 27 ans, je suis plus mature et je sais que les rêves de jeunesse ne se réalisent pas toujours. J'ai parcouru les États-Unis, l'Amérique du Sud, l'Inde, l'Australie et la Nouvelle-Zélande, puis l'Afrique. J'ai rencontré des gens démunis mais généreux, des gens sages malgré leur manque d'instruction, des gens vrais.

Revenant au présent, je sais que la seule qui peut me motiver à cet instant est ma marraine, Héloïse de Saint Balmont. C'est la plus jeune sœur de ma mère. À près de 50 ans, elle est restée rebelle dans ce paysage familial coincé. Je prends le temps de me faire couler un café puis compose son numéro. Je souris quand elle décroche dès la première sonnerie.

– Allô ?

– Héloïse ? C'est moi.

– Oh, ma puce. Comment vas-tu ?

– Il fait un temps de chiottes en France ! J'en peux plus d'avoir froid.

– J'imagine que tu avais plus chaud dans tous tes pays. Tant qu'à faire, tu aurais dû rentrer six mois plus tôt ou six mois plus tard. Ce n'était pas bien réfléchi d'arriver au plus gros de l'hiver.

– C'est vrai que je n'ai pas été futée sur ce coup-là, ris-je avec elle.

Je sais qu'Héloïse va me parler DU sujet qui la tracasse. Mais je ne suis plus une enfant, je sais ce que je fais. Pourtant, elle ne peut s'en empêcher.

– Tu as pu réfléchir à ce dont nous avons parlé l'autre jour ? Trouver un travail alimentaire en attendant ?

– Oui, j'ai fait quelques recherches. Ça avance.

Je sais qu'elle s'inquiète concernant ma vie sociale. Je n'ai plus personne. Plus d'amis. Pas d'amants. Juste quelques vagues connaissances avec lesquelles je ne souhaite pas renouer. Absente des réseaux sociaux, je vis en total isolement. En revanche, je n'ai pas la force, ou le courage, de lui avouer que je ne veux même plus envisager une carrière artistique. J'ai ouvert les yeux. Je sais que je suis douée mais qu'il me manque le truc en plus qui ferait de moi un génie. Moi, je le sais, mais Héloïse n'est pas encore prête à l'admettre.

– Mais je t'avoue que je sature un peu. Je fais des CV et des lettres de motivation mais rien ne convient jamais, reprends-je.

– Tu as besoin d'aide ?

– Peut-être juste d'en discuter un peu pour me mettre les idées au clair. Je suis un peu déconnectée de la vie française.

– Je comprends. Allez, parle-moi de ces candidatures.

J'explique à Héloïse que je fais feu de tout bois. J'envoie à tout et n'importe quoi. Et c'est là qu'elle me met devant mes incohérences. Je suis une idéaliste mais je me contente de peu. Je ne me valorise pas. Je ne me connais pas.

Elle me conseille de mieux déterminer mes envies, de réduire le champ des possibles et de faire de mes faiblesses, des forces.

– Tu évites par exemple le nom à rallonge péteux si tu veux postuler dans du social. Tu fais une liste plus technique de ce que tu as appris durant tes voyages pour justement valoriser tes savoirs dans ton argumentaire. C'est ce qui fera une vraie différence pour une entreprise. En plus, c'est un très bon exercice pour mieux se connaître. Tu n'es plus la jeune fille rêveuse qui a claqué la porte de chez elle à 18 ans. Tu es une jeune femme qui a accompli des choses merveilleuses. Valorise-toi ! Bon Dieu ! conclut-elle.

Je reste silencieuse un moment pour intégrer ce qu'elle me dit. J'ose alors lui avouer ce que je pense.

– C'est là où le bât blesse. J'ai récuré des écuries en Argentine, j'ai lavé des latrines en Inde et cultivé du manioc au Mozambique. Je ne vois pas ce que cela peut m'apporter en France.

– Oh ! que tu m'agaces. Cela prouve une résilience, une volonté de fer et puis tu as aussi enseigné en Colombie et en Tanzanie. Tu as aidé à l'informatisation d'une usine en Inde, tu as…

– C'est bon. C'est bon. J'ai saisi l'idée.

– Tu vois. Il y a des tas de choses dont tu n'as même pas conscience. Retrouve-toi, ma puce. N'abandonne pas ton rêve, continue ton art, mais ancre-toi dans la réalité. Il n'y a que comme cela que tu en sortiras la tête haute. Si tu veux prouver à tes parents…

– Stop. Je n'ai rien à prouver à mes géniteurs.

– D'accord.

– Bon, je vais te laisser. Merci pour tes précieux conseils !

– Avec plaisir, ma puce. Bonne soirée.

– Bonne soirée.

Je m'installe sur mon canapé et, pour une fois, ne sors pas mes feuilles à dessin. J'ouvre plutôt mon ordinateur portable et démarre le logiciel de traitement de texte. Je grignote les restes que je trouve dans le réfrigérateur car j'ai la flemme de redescendre acheter à manger.

C'est une introspection bienvenue. Un moment où je me replonge dans mon périple et l'analyse objectivement, chose que je ne me suis jamais autorisée à faire. Oui, j'ai bien enseigné dans une tribu reculée en Colombie. Je venais d'atterrir à Bogota et j'appréciais simplement les coutumes locales, toute à ma découverte. Je travaillais pour un producteur de café dans une zone où les cartels de drogue font régner un sentiment de peur. Au bout de quelques jours, j'ai remarqué que la fille du propriétaire, une gamine d'environ 10 ans, s'en allait tous les jours pour prendre des cours. J'ai ainsi appris que certaines ONG étaient très présentes dans le pays et défendaient le droit des jeunes filles en leur offrant une instruction, en leur permettant d'être actrices de leur destin. La plupart des familles, conscientes de l'avenir incertain des jeunes filles dans un pays où les hommes font loi, étaient désireuses de proposer une alternative pour le futur de leurs gamins. Je me suis donc rapprochée des bénévoles et, durant mon temps libre, j'ai fait office de répétiteur jusqu'à assurer quelques cours de français.

Je ne vois pas le temps passer et je me surprends à apprécier cet exercice. Les listes s'allongent et, si au départ, il m'est difficile d'objectiver mes compétences, cela devient de plus en plus facile au fil des heures.

Il est plus de deux heures du matin lorsque je ferme mon ordinateur. Je n'ai pas tout à fait terminé mais j'ai déjà avancé sur pas mal de choses. Je pourrais travailler dans les domaines culturel, social, animalier. Je refuse en revanche d'avoir un poste purement administratif et répétitif. Je répugne aussi à intégrer une entreprise qui n'aurait pas une certaine éthique et qui exploiterait des enfants dans leurs usines à l'autre bout du monde ou ne prendrait pas fait et cause pour la protection animale.

Je suis à la fois épuisée physiquement et psychologiquement mais plus motivée que jamais !

2

Antoine

– Monsieur Delbarre, Alexandre Mirabeau est arrivé. Vous êtes disponible ? Je peux le faire monter ?

La voix de Mireille, ma secrétaire, me tire de la lecture de mon rapport. J'ai reçu ce matin les chiffres des six premiers mois d'exploitation de trois nouveaux points de vente. Et ils sont bons. Très bons même.

Mon père n'est malheureusement plus là pour assister à l'essor de sa boîte. Enfant d'une famille d'agriculteurs, il a créé BioMag en 1988 alors que les prémices de l'intérêt pour le développement durable se faisaient sentir. Et aujourd'hui, je pense qu'il serait fier de notre réussite.

– Oui, Mireille. Vous pouvez le faire monter.

Je ferme les bilans et attends Alexandre, notre relais sur les territoires tant en France qu'à l'international. Bien que de dix ans son cadet, Alexandre était un ami proche de mon père. Je l'ai naturellement gardé lorsque j'ai repris la boîte. Il vadrouille sur tous les continents pour dénicher nos futurs partenaires. Il est devenu bien plus qu'un collaborateur au fil du temps. Je sais pouvoir compter sur son dévouement, comme un oncle, voire un grand frère.

– Alex, comment vas-tu ? Tu es rentré quand ? lui demandé-je quand il entre dans mon bureau.

– J'ai atterri hier matin.

– Comment se sont passées les négociations à Jaipur[2] ?

– Super. Ils attendent les contrats pour les textiles bio. La matière première est vraiment d'une qualité exceptionnelle ! J'attends une proposition pour la manufacture des draps. Sinon, ils sont également très intéressés pour nous fournir en pierres semi-précieuses. Ils aimeraient avoir un débouché en Occident pour leurs carrières. La charge énergétique des gemmes est d'une telle qualité qu'ils pensent avoir des clients potentiels chez BioMag. Les profils correspondent.

– Tu as apporté des échantillons ?

– Oui, pour le coton, mais ils doivent me faire une sélection plus spécifique pour les pierres. On devrait recevoir un colis avant la fin du mois.

J'ai toujours une inquiétude lorsque la société, et moi en l'occurrence, débute le commerce de nouveaux produits. Les études préalables doivent toujours être impeccables. L'échec n'est pas une option.

– L'exploitation des carrières est correcte ? Tu as pu visiter ?

2. Ville du nord de l'Inde.

– Aucun souci. J'ai fait un premier tour avec les boss et j'y suis retourné le lendemain. J'avais délibérément laissé un blouson dans leur usine pour les surprendre en venant le récupérer. Tout est clean.

– Super ! Ils ont accepté le cahier des charges ?

– Ils ont un peu tiqué lorsque je leur ai parlé de la rémunération minimum attendue pour leurs salariés mais bon, avec ce qu'on paie leur cargaison, ils ont finalement accepté. J'ai également mis noir sur blanc l'interdiction formelle de faire travailler les jeunes enfants.

– C'est bon ça ! Tu veux boire un truc ?

– Je ne serais pas contre un café serré. Je suis encore un peu en décalage.

Tandis que je prépare deux cafés, je continue à discuter.

– Je sais que je ne te le dis pas assez mais j'apprécie vraiment tout ce que tu fais pour la boîte, Alex. Tu n'as pas quitté le navire quand mon père est mort et je n'y serais pas arrivé sans ton expertise.

Alexandre me regarde et garde le silence pendant un moment. Depuis le début de la réunion, il n'est pas enjoué comme d'habitude après une signature de contrats réussie. Je sens que quelque chose le tracasse.

– Je ne m'attendais pas à ce que tu exultes suite à mes remerciements mais quand même ! Il y a un truc qui te fait cogiter ? Je t'écoute.

– Je savais que tu étais taillé pour ce job !

– Bien sûr ! C'était le rêve de ma vie ! ironisé-je.

– Non, je sais que ce n'est pas ce à quoi tu aspirais. Ce que je veux te dire, c'est que tu as l'étoffe pour. Tu es franc et tu vas droit au but. C'est le plus important.

– Et donc ?

– Donc… Je voulais t'en parler depuis quelque temps mais j'ai reculé, pensant que ça allait se tasser.

– Qu'est-ce qui se passe ? m'inquiété-je immédiatement.

– Il n'y a rien de grave mais c'est important. Avec l'expansion qu'a prise BioMag, je ne m'en sors plus.

– Tu veux une augmentation ?

– Non ! Bien sûr que non ! Je ne te parle pas de fric, là, mais d'activité ! Entre les voyages, les recherches de partenaires, les négociations et l'administratif qui en découle, je croule sous le taf. Je prends du retard sur la rédaction des contrats. Je réponds aux e-mails avec trois semaines de délai. Je ne fais plus mes suivis de production. Je deviens mauvais pour les contrôles, quand j'ai le temps de les faire… Enfin, c'est la merde. On doit se structurer, Antoine.

– OK. Je vois. De quoi as-tu besoin ?

– Il me faudrait un relais, quelqu'un qui travaillerait directement à tes côtés et qui serait mon interlocuteur privilégié pour que tu puisses trancher plus efficacement, plus vite. Toi aussi, tu es occupé et nos délais de réaction sont beaucoup trop longs ! C'est pas bon pour les affaires. La personne pourrait rédiger les contrats, les envoyer, les relire… Enfin, me décharger des tâches administratives qui ne sont franchement pas mon job et qui me prennent un temps monstrueux. Je mets trois plombes à rédiger un e-mail et quand un producteur me demande de changer une clause dans nos contrats, c'est la croix et la bannière.

Cela confirme ce que je pensais déjà.

– Pas de problème. On voit ça dès que possible.

– Tu es sûr ?

– Évidemment. Ton travail est le socle de la boîte. Si toi tu perds pied, tout s'écroule.

Ce mec si fort paraît vraiment épuisé. Et je culpabilise soudain de ne pas avoir réagi avant. Cela fait une éternité que je diffère cette décision.

– J'avais déjà pensé à ça, il y a quelques mois, pour tout te dire.

– Comment ça ?

– Je ne suis pas demeuré et je me rends bien compte de la masse de boulot que tu te tapes. Mon frère a pas mal de travail avec toute la partie marketing et moi avec tout le reste. Je reste persuadé que nous formons une très bonne équipe et que l'on doit continuer à réfléchir à la délocalisation de nos points de vente sans faire de concession sur l'éthique. Mais je refuse de devenir un énorme groupe où chaque employé est un numéro. C'est cette dimension qui me plaît et que je veux conserver.

– Propos contradictoires, non ? Soit tu décides d'augmenter les effectifs et de perdre cette approche qui est importante pour toi, soit on continue ainsi mais on risque d'aller droit dans le mur. C'est dommage quand on sait que BioMag est l'une des rares sociétés qui a une croissance à deux chiffres cette année.

– Une dimension humaine n'est pas forcément incompatible avec une professionnalisation de nos pratiques. Mais pour revenir à ce à quoi je pensais il y a quelques mois, en fait, Mireille m'a fait valoir ses droits à la retraite. Elle part en juin prochain.

– Mireille ? m'interrompt-il. Mais elle a quel âge ?

– 61. Elle veut profiter de ses petits-enfants. Ce que je peux comprendre. C'est important la famille. On en sait quelque chose tous les deux ! J'ai jamais voulu la bousculer tant qu'elle restait à mon service. Certainement par respect pour mon père. Mais, puisqu'elle part, je peux repenser le poste. Trouver quelqu'un de polyvalent, qui parle plusieurs langues et qui pourrait faire le lien entre nous trois.

– Ce serait génial !

– Il serait en charge des suivis administratifs mais il pourrait aussi répondre aux interrogations des partenaires qui ne seraient plus contraints de passer systématiquement par toi. Surtout quand tu es au fin fond d'une zone reculée sans connexion et qu'il faut attendre que tu rentres ! Le trip gestion d'agenda est un peu dépassé maintenant. On pourra se créer un calendrier partagé et avoir accès aux dossiers en ligne.

– Ce serait vraiment un plus, un vrai confort de travail. Tu en as parlé à Gabin ?

Mon frère a rejoint la boîte il y a quelques mois. Nos relations sont un peu tendues. Gabin n'a pas compris ma décision de ne pas l'embaucher directement après la mort de notre père. Mais je voulais qu'il finisse ses études d'abord, et ce n'était pas négociable.

– Pas encore. Il prend ses marques et je le laisse se familiariser avec tout ça.

Il hésite un peu avant de me poser la question fatidique.

– Comment ça se passe avec lui ?

– Toujours difficile. J'espérais qu'en l'intégrant à la boîte de papa dès la fin de ses études, ça le calmerait, mais ça n'évolue pas aussi vite que j'aimerais. Il est en opposition sur tout ! Après en avoir parlé avec ma mère, on lui a donné des responsabilités. L'idée était de le canaliser et de l'apaiser mais ça n'a pas fonctionné apparemment. Ça fait six mois qu'il est à la tête de la communication et on s'est déjà pris la tête sur trois campagnes. Il est persuadé que je le flique et que je ne lui fais pas confiance. C'est épuisant !

– Merde. C'est vraiment dommage. Tu crois que si ton père était encore là…

– Je ne sais pas. Je ne sais pas s'il m'en veut à moi personnellement ou s'il est juste en guerre contre tout le monde. Il refuse d'en parler. Quand papa est mort, il avait tout juste 18 ans. J'étais loin de la maison. Ça a été un sacré chamboulement pour lui.

– OK, j'entends. Mais ça fait six ans, mon grand ! Il doit grandir.

– J'espère que ça ira bientôt mieux, Alex. J'espère de tout mon cœur.

Nous restons un moment ainsi, perdus dans les souvenirs que nous avons chacun de mon père, car je connais assez bien Alex pour savoir qu'il pense aussi à l'homme exceptionnel qui est à la base de tout ça.

– Bon, sinon, tu nous la trouves quand la perle rare ?

– Dès qu'on a fini, je convoque Mireille pour qu'elle lance le recrutement. Je veux qu'il y ait un temps de passation, qu'ils bossent en binôme. Tiens, j'ai déjà réfléchi à une fiche de poste. Qu'est-ce que t'en penses ?

Je tends à Alexandre l'annonce rédigée. Il l'étudie avec attention et me la rend.

– Ça a l'air bien mais il faut peut-être indiquer que toutes les compétences demandées peuvent faire l'objet d'une formation. J'ai peur que tu ne reçoives que peu de CV si tu laisses ça en l'état. C'est un peu le mouton à cinq pattes que tu cherches.

– Tu as raison. Le principal c'est d'avoir quelqu'un

qui ne reste pas coincé, qui soit rapidement autonome. Je veux, par contre, que la personne parle au moins l'anglais et l'espagnol. Qu'elle sache se démerder avec Excel et qu'elle rédige un e-mail sans faire trois fautes par mot. Le reste, ça s'acquiert !

– Exactement ! Allez, je te laisse.

Alexandre récupère son sac et se lève pour quitter mon bureau. Mais au moment où il ouvre la porte, il marque un temps d'arrêt et se retourne avec un sourire taquin.

– Au fait, Antoine ?

– Oui ?

– Si vraiment tu veux me donner une augmentation…

– Dégage !

C'est sur un éclat de rire qu'il quitte mon bureau. Je modifie légèrement le texte de l'annonce sur mon ordinateur avant d'appeler ma secrétaire.

– Mireille, vous pouvez venir ?

– J'arrive, monsieur Delbarre.

Mireille m'a toujours fait penser à une petite souris. Discrète mais présente, elle est d'une grande efficacité. Elle avance toujours à petits pas et a un look un peu désuet avec ses cols Claudine et ses chemisiers à petites fleurs. Elle porte toujours des vêtements hors d'âge. Loyale envers mon père puis envers moi, elle va me manquer. C'est une page qui se tourne. Un témoin du passé qui ne fera bientôt plus partie du paysage de BioMag.

– Vous avez besoin de quelque chose, monsieur Delbarre ?

– Mireille, je viens de faire le point avec Alexandre. Il va falloir que nous lancions le recrutement pour vous remplacer.

Je regarde celle qui a été l'assistante de mon père avant de devenir la mienne. Son visage, à cet instant, affiche une douleur poignante.

– Mireille ?

– Oui ? renifle-t-elle.

– Je croyais… Enfin, vous m'avez dit… Votre retraite…

Je déteste qu'une femme pleure. Et quand je suis la cause de ces larmes, c'est encore pire. Je suis complètement démuni devant sa réaction. Alors, comme à mon habitude, je ne sais pas comment réagir et je ne réagis tout simplement pas.

– Nooon… Monsieur Delbarre, hoquette-t-elle. Vous avez raison. C'est juste que cela devient concret et que j'ai du mal à me dire que dans quelques mois, je ne serai plus là.

– Je sais, Mireille. C'est pour cela que je veux que vous partiez l'esprit tranquille et, vous connaissant, il n'y a que si vous me dégotez une personne de confiance que vous pourrez partir sereinement. Vous ne croyez pas ? Et puis vous avez travaillé toute votre vie, il est normal que vous en profitiez maintenant !

– Si. Vous êtes aussi gentil que votre papa.

À l'instant, je ne pense pas que *gentil* soit le meilleur adjectif qui me caractérise.

Nous passons la fin de matinée à revoir l'annonce de recrutement. Si, au départ, Mireille a été un peu surprise de la différence entre ce qu'elle fait et ce que je cherche, elle a rapidement convenu du bien-fondé du profil.

Je ne suis pas revenu sur ce qu'elle m'a dit : « Vous êtes aussi gentil que votre papa. » Car, souvent, on me compare à mon père mais la ressemblance est surtout physique. Mon père était une force de la nature. J'ai pris sa stature et j'impressionne avec mon mètre quatre-vingt-quinze que j'entretiens régulièrement en pratiquant du taekwondo et de la course. J'ai également ses yeux sombres alors que mon frère a eu la chance à la loterie génétique d'hériter des yeux vert-bleu de notre mère. La comparaison avec mon paternel s'arrête là.

Ce dernier était investi d'une mission. Celle de changer les modes de consommation. Il croyait en son projet. C'est lui qui a été à l'origine du projet coopératif d'agriculture raisonnée BioMag. C'est encore lui qui a transformé cette idée en actions concrètes. C'est lui qui a imposé les valeurs de la société, l'éthique que nous véhiculons encore aujourd'hui.

Moi, je ne suis qu'un imposteur.

3

Antoine

Nous sommes déjà fin mars et le froid ne se déloge pas de la région lyonnaise. Je viens d'apprendre que toute une cargaison a gelé chez le transporteur.

Putain d'incompétents !

Laisser des cageots de nourriture sur un quai, en plein courant d'air ! Je suis en rage de devoir gérer ce genre de connerie. C'est pas mon boulot, merde !

Je vais encore perdre du temps avec le responsable de la plateforme pour qu'il fasse marcher son assurance. Ce chargement devait fournir tous mes points de vente du Grand Sud-Est. J'ai maintenant plus de cinquante magasins qui seront en rupture. Il va bien falloir que quelqu'un dédommage la boîte !

Et pour ne rien arranger, j'ai la tête en vrac. Hier soir, mon pote d'enfance et sa copine sont passés à la maison et nous avons refait le monde jusqu'à près de trois heures du matin. Comme avant. Comme dans mon ancienne vie. Sauf que désormais, j'ai près de mille employés qui comptent sur moi pour bouffer.

Je dois encore relire les propositions de contrats qu'Alexandre m'a envoyées. Il est reparti depuis trois semaines en Amérique du Sud et fait le tour de nos fournisseurs. J'ai aussi une note de Gabin, mon frère, qui me demande de l'appeler dès que je suis disponible.

Vu l'heure, il n'est pas encore arrivé. Je lui réponds donc par texto de se pointer à mon bureau dès que lui arrive. Je souhaite juste que, pour une fois, nous ayons une discussion constructive. Ce qui n'arrive que très rarement.

Rarement ? Jamais !

Je repense à nos jeux d'enfants et le sourire tendre qui me vient n'est plus lié qu'à d'anciens souvenirs. À l'époque où nous étions très proches. Notre complicité me manque.

Je pourrais me rassurer et me dire que tout a changé à la mort de papa, mais ce n'est pas le cas. C'est mon départ qui a tout cassé. Quand je suis revenu, j'ai fait mon deuil en me remontant les manches et en continuant l'œuvre de notre père. Gabin est devenu rebelle, violent. Il rentrait défoncé soit par la drogue, soit par l'alcool.

Un soir de novembre, il y a presque cinq ans, Gabin m'a appelé alors qu'il était en cellule de dégrisement. J'ai attendu le matin pour aller le chercher. Il m'a pourri quand je suis arrivé avec sept heures de retard. Je l'ai alors mis devant ses responsabilités. Cela s'est terminé par quelques coups de poing, des insultes… Je l'ai sommé de finir ses études et d'obtenir son diplôme, sans quoi, j'allais faire ce qu'il fallait pour qu'il soit mis sous tutelle. Il a compris que je ne plaisantais pas et s'est repris en main. Malgré tout, la rancœur est restée. Il m'en veut d'être parti. Il m'en veut d'être revenu. Il en veut à la terre entière, pour tout.

Mireille arrive enfin et me sort de mes pensées.

– Bonjour, monsieur Delbarre. Comment allez-vous ce matin ?

– Cela pourrait aller mieux, je vous assure ! J'ai l'impression d'être le seul à bosser dans cette putain de boîte !

– Mais…

– Où en sommes-nous de votre remplacement, Mireille ? Il faut que je fasse ça aussi ? Entre les fournisseurs qui ne font pas leur boulot, les problèmes qui s'accumulent, mon frangin qui veut me parler, je ne peux pas tout gérer. Vous pourriez aussi y mettre du vôtre !

Je sais qu'elle n'y est pour rien mais je ne peux pas m'empêcher de passer mes nerfs sur quelqu'un. Elle esquisse un sourire et me répond, très sereine.

– Bon, je vois que vous n'êtes pas en forme ce matin. Je vais vous faire un café et on reparlera de tout cela calmement en prenant les problèmes les uns après les autres. Le programme vous convient ?

Elle se dirige vers ma cafetière et me fait couler un

double expresso serré sans attendre ma réponse. Pendant que le nectar s'écoule, elle pose ses affaires et revient avec un lourd dossier et une boîte d'antalgiques. Il n'y a qu'elle qui se permet d'agir comme ça. Les autres employés de BioMag savent qu'il vaut mieux fuir quand je suis dans cet état-là. Je regarde Mireille faire sans oser reprendre la parole, de peur de passer pour un con. Une fois de plus.

– Bon, tout d'abord, vous allez commencer à prendre deux gélules avec un peu d'eau pendant que j'apporte le café. Ensuite, nous pourrons passer aux choses sérieuses.

– Merci, bougonné-je en avalant en une seule fois les deux comprimés.

Elle me tend ma tasse et s'assoit en face de moi comme si de rien n'était.

– Je ne sais pas pour les autres problèmes que vous rencontrez, mais je vous ai préparé les dossiers des candidats. Et si vous n'étiez pas parti comme un sauvage hier, je vous les aurais donnés.

– Je… Non, laissez tomber.

Je ne peux que lui rendre justice. C'est vrai qu'hier j'ai déserté le bureau rapidement.

– Je sais que vous n'avez pas de compte à me rendre. Mais vous ne m'impressionnez pas. Pas plus que votre père ne m'impressionnait d'ailleurs.

– Vous êtes une perle d'avoir supporté les hommes

Delbarre toutes ces années, Mireille. Il faudra d'ailleurs que nous en tenions compte dans notre recrutement, réponds-je, amusé.

– Justement, reprend-elle. C'est quand même affligeant le nombre de personnes qui sont sans emploi. Vous vous rendez compte ? Nous avons reçu plus de cent candidatures. Des gens vraiment dans la peine. Si c'est pas malheureux ! De mon temps, on pouvait trouver du travail en quelques secondes. On quittait son travail et hop, une autre entreprise vous embauchait. Il faut dire…

J'ai entendu cette litanie tant de fois qu'il faut absolument que je coupe Mireille. Ce n'est pas que je n'aime pas entendre les souvenirs des autres, mais avec la masse de travail que j'ai, je n'ai pas le loisir de perdre du temps.

– Mireille ?

– Oui, monsieur Delbarre ?

– Il faudrait vraiment qu'on avance sur le dossier, dis-je un peu plus sèchement que je ne l'aurais souhaité.

– Oh ! mais bien sûr. Il est temps que j'arrête, je radote de plus en plus, dit-elle avec un petit rire. J'ai classé les candidats en trois groupes. Ceux de la pochette rouge n'ont pas le profil recherché. Je ne vous détaille pas, mais jetez un coup d'œil, cela vaut le détour, juste pour vous détendre. Il y a même un légionnaire à la retraite mais intéressé par les déplacements. Il souhaite continuer de voyager comme…

Je me racle un peu la gorge et elle me regarde en riant.

– Désolée. Je m'égare encore. Donc j'ai classé les dossiers sur le principe des feux tricolores. Le rouge, ça ne passe pas. L'orange, on peut éventuellement s'arrêter. Le vert, c'est tout bon.

– Merci Mireille. Il reste combien de candidats potentiels ? dis-je en ouvrant le dossier vert.

– Neuf… Et seulement deux hommes.

– Merde. J'aurais souhaité embaucher un homme pour le futur poste. Je pense qu'il aurait eu plus de poids face à nos fournisseurs.

– Pourquoi dites-vous ça ?

– Nous travaillons avec des pays dont les cultures sont assez éloignées des nôtres. Je ne sais pas, c'est juste un sentiment que j'ai. Pourquoi souriez-vous Mireille ?

– Non. Pour rien. Vous verrez quand vous prendrez connaissance des candidatures.

C'est le moment que choisit mon frère pour débarquer dans mon bureau. Je ne lui fais pas remarquer que je suis en rendez-vous et qu'il aurait pu frapper. Il s'empresse d'aller embrasser Mireille qui l'a connu quand il était tout bébé. Quiconque le voit agir ainsi ne pense pas que c'est un volcan qui couve. C'est d'ailleurs ce qui m'agace le plus chez lui. Il est la plupart du temps tout sourire.

Mireille nous laisse tous les deux et retourne dans son bureau en me laissant les dossiers de candidature.

– Tu voulais me voir, Gabin ?

– Oui. Pourquoi tu as bloqué la fabrication des plaquettes de lancement des nouveaux magasins ?

– On a déjà eu cette discussion. J'aimerais que tu suives les directives. C'est tout.

– Mais je fais appel à l'imprimeur qui nous fait les meilleurs prix !

– Oui, mais c'est aussi le moins écologique.

– On s'en fout, une fois que c'est imprimé !

– NON, Gabin. On ne s'en fout pas. Ce n'est pas l'image que je veux véhiculer dans notre communication, m'énervé-je. Et ce n'est pas ce que papa voulait non plus !

Mon frère se passe la main dans ses cheveux un peu trop longs, signe manifeste qu'il n'aime pas ce que je lui dis.

– Écoute, comment veux-tu qu'on soit crédible dans notre discours de biodiversité, d'économie responsable, si on fait appel à un imprimeur qui utilise encore des encres bourrées de solvants et qu'on n'utilise pas de papier recyclé ?

– Tu fais chier, Anto ! Je vais voir ce que je peux faire.

– Il s'adapte ou il perd le contrat.

La discussion est manifestement close puisque Gabin sort en claquant violemment la porte. J'espère vraiment que nous aurons très bientôt des relations apaisées avec mon frangin car c'est épuisant.

Je me retrouve dans le relatif silence de mon bureau. Mes collaborateurs sont arrivés et j'entends les bruits étouffés de la ruche au travail.

Je parcours pour plus de sûreté les lettres de motivation et les CV des candidats évincés, et je dois bien vite admettre que Mireille a fait du bon boulot. Je pioche directement, dans le dossier vert, les CV sélectionnés. J'épluche les deux candidatures masculines car je suis convaincu, sans faire de favoritisme ou de machisme mal placé, qu'un homme conviendrait mieux pour ce poste.

J'ai d'un côté un ancien directeur d'une agence d'intérim qui a fait faillite. Il a 52 ans et se dit préoccupé par l'environnement. Il me signale d'ailleurs qu'il roule en voiture électrique. Comme si cela avait une réelle importance. Rien ne vaut les transports en commun puisque la problématique du recyclage reste entière même avec les véhicules dits écolos. S'il pensait m'impressionner… Il dit parler l'espagnol et l'anglais. Il a eu une équipe de douze personnes à manager. Cela vaut peut-être le coup de le recevoir même si, au ton condescendant de sa lettre, je doute qu'il fasse l'affaire.

Le deuxième mec est un journaliste de 28 ans qui tient un blog et travaille en free-lance. Je m'empresse d'aller voir ce qu'il raconte. Il écrit des textes polémiques sur les engagements non tenus des grands de ce monde.

Cela fait plusieurs publications qu'il fustige la Chine, les États-Unis et l'Inde qu'il estime être les plus grands pollueurs de la planète. Le style est pas mal et ses préoccupations reflètent celles de nos clients. Si le fond est bon, la forme me laisse pantois. Il est virulent, critique et parfois venimeux. Il faudra qu'il accepte de laisser cette activité en sommeil si jamais il travaille pour BioMag.

Je mets en réserve dans le dossier orange quatre nanas dont les profils sont presque identiques. Elles ont une petite vingtaine d'années et sont tout juste diplômées. Je sais que je n'exigeais aucune expérience dans l'annonce mais je n'ai vraiment pas le temps de les former à la vie d'entreprise. Il me faut des personnes plus matures, moins scolaires. Je sais qu'il faut donner sa chance aux jeunes mais il y a également une réalité économique que je ne dois pas négliger.

Il ne reste que trois candidates sélectionnées. La première, ancienne institutrice de 35 ans, a collaboré avec plusieurs associations locales en Amérique centrale. Elle a pas mal voyagé dans sa vie et explique qu'elle a décidé de trouver un travail pérenne pour des raisons familiales.

La deuxième a 27 ans. Elle raconte avoir profité d'une situation familiale privilégiée pour partir faire le tour du monde. J'aime le ton irrévérencieux avec lequel elle explique que son escapade a duré neuf ans. Elle détaille les différents métiers qu'elle a exercés. C'est complètement décalé donc très intéressant et intrigant. Et, ce qui m'attire, c'est qu'elle parle couramment quatre langues, dont l'hindi. J'espère qu'elle n'a pas menti.

La dernière candidate a une bonne quarantaine au regard de la photo et de la date de ses diplômes. Elle est sans emploi depuis deux ans. Le dernier poste occupé était enquêtrice pour un guide touristique.

Je survole de nouveau les candidatures et me donne le temps de la réflexion. Je validerai mon choix ce week-end. Je profite de ma pause déjeuner pour faire un saut à la salle de sport. Cinq kilomètres sur un tapis devraient me calmer les nerfs, qui ne sont toujours pas redescendus depuis ce matin.

***

Après un repas dominical tendu chez ma mère avec mon frère, je rentre chez moi. Il faut que je me décide pour choisir le remplaçant de Mireille. En regardant de nouveau les candidatures, j'entérine la sélection que j'avais déjà plus ou moins réalisée. Je rencontrerai les deux mecs, le directeur de l'agence d'intérim et le journaliste, l'ancienne institutrice, la globe-trotteuse parce qu'elle m'intrigue et la nana du guide touristique dont les connaissances géographiques peuvent être intéressantes. J'envoie un e-mail à Mireille pour qu'elle puisse les convoquer dès la première heure demain.

Super, mec ! 31 ans ! Dix-sept heures trente un dimanche et tu bosses chez toi. Ta vie sociale est palpitante.

Fort de ce constat déprimant, je décide d'appeler Julien sur Skype. Je me cale sur mon canapé et installe mon ordinateur portable sur la table du salon. Mon meilleur ami et Margot, sa chérie, étaient là il y a quelques jours seulement et ils savent que je n'ai pas de vie sociale. En revanche, je ne le reconnaîtrais jamais devant eux, car ce serait admettre l'abandon de mon rêve. Le programme se lance et je me surprends à croiser les doigts pour qu'il soit disponible.

– Ouais gros ! Je te manque tant que ça ?

Julien ne grandit pas. Il a toujours le langage de notre adolescence mais, à cet instant, c'est ce dont j'ai besoin.

– Ça doit être ça, lui réponds-je en me marrant. Je te dérange ?

– Pas du tout. On glande avec Margot aujourd'hui. On a fait un concert de fou hier ! On s'est couchés à cinq heures alors aujourd'hui on a un peu la flemme de tout !

Je suis heureux du succès que remporte le Deadly Music Group. Vraiment. Ce sont mes amis et on se doit de se réjouir pour eux, mais j'ai mal. Mal de ne pas participer à ce succès. Mal d'avoir été à l'initiative du groupe et de ne plus en faire partie.

– C'est cool. Vous avez joué où ?

– Une petite salle dans le vingtième arrondissement. Il y avait un public de dingue. On a repris des classiques du rock et certaines de nos compos. L'ambiance était vraiment géniale. Il y avait au moins trois cents personnes. Ça a fini par boire des bières avec ceux qui restaient, des vrais fans, et par s'éclater en faisant un bordel !

– Putain, soupiré-je en tentant de masquer ma frustration. Et vous vous êtes pieutés à cinq heures du mat' ?

Qu'est-ce que j'aimerais être crevé aujourd'hui pour cette même raison ! J'aimerais n'avoir émergé qu'à quatorze heures pour récupérer. Cela voudrait dire que je n'ai pas besoin d'aller déjeuner tous les premiers dimanches du mois avec ma mère. Cela voudrait dire que je n'ai pas eu besoin de reprendre la société familiale. Cela voudrait surtout dire que mon père n'est pas mort.

Je me concentre de nouveau sur la réponse de Julien.

– Ben, tu sais ce que c'est. Le temps de ranger, d'aller au studio pour décharger, reboire un coup ensemble, repasser la soirée. Le premier à être parti, c'est Damien car Erwan se lève vers sept heures. Il doit avoir encore la tête dans le cul si tu veux mon avis.

– Il se lève toujours aussi tôt son môme ?

– Carrément ! Ça les fait hurler avec Liz. Plus de deux ans qu'ils n'ont pas fait une grasse mat'.

Il semble accaparé par quelqu'un de l'autre côté de l'écran. Il tourne les yeux puis hoche la tête et revient vers moi.

– Ma moitié me signale intelligemment que c'est toi qui as appelé donc que tu dois avoir quelque chose à dire et donc que je dois arrêter de te soûler avec nos histoires.

– Non, non, tu ne me soûles pas, Ju, m'empressé-je de répondre, de peur qu'il arrête de me parler de ce qu'ils font.

Je suis maso en fait !

– Tu vas bien, Anto ? reprend Julien plus sérieusement.

Je sais que je ne peux pas lui mentir. J'ai joué le jeu de celui qui va bien tellement de fois. Mais même le mec le plus fort a ses moments de faiblesse.

– Si tu mets dans la balance que je vis une vie que je ne voulais pas vivre, que ma mère se focalise sur la vie des autres pour ne pas vivre la sienne et que mon frère m'emmerde… je pense que je peux dire que finalement je ne vais pas si mal que ça.

– Ouais, on sait tous que c'est moche les choix que tu as eu à faire…

– Le problème, Ju, c'est que je n'ai pas eu le choix justement.

– Tu sais que tu as toujours ta place parmi nous, mec ! Tu reviens quand tu veux. Personne ne t'a jamais remplacé à la voix.

– Pourtant…

– Non, je t'arrête tout de suite. Margot et moi faisons les voix pour ne pas faire rentrer quelqu'un d'autre que toi. C'est toi notre chanteur et ce sera toujours toi.

Ce con va me faire chialer. Je ne peux pas leur en vouloir d'avoir repris mes paroles, de jouer mes compos sans moi. C'était le deal le jour où j'ai été obligé de les planter pour reprendre la vie de patron d'industrie de mon père, pour me glisser dans ses fringues, dans ses pompes, dans un rôle qui ne me convient pas mais que j'ai su apprivoiser.

– Je ne vous reproche rien, Ju. C'est juste qu'il y a des jours avec…

– … et des jours sans. Manifestement, c'est un jour sans ! me coupe-t-il. On s'est vus il y a quelques jours, ça avait l'air d'aller… Qu'est-ce qu'il y a eu depuis ?

– Le pire, c'est qu'il n'y a rien eu de spécial. Je sors de chez ma mère qui refuse de tourner la page et de faire son deuil. Mon frère m'a pris la tête pour une connerie. Rien que la routine mais je pense que c'est justement ça qui me pèse. Mais bon, désolé, je ne voulais pas t'emmerder avec mes soucis.

– Déjà, tu ne m'emmerdes pas !

« C'est vrai, on est là pour toi », crie Margot de loin.

– Et puis tu as le droit d'avoir des coups de blues. C'est dur ce que tu as dû faire. Tout plaquer… Enfin…

– Ouais.

– Bon, sinon, as-tu rencontré ton âme sœur depuis la semaine dernière ?

J'apprécie qu'il change de sujet même si le choix de ce dernier n'est pas franchement une bonne idée non plus.

– Vu comme je sors, hormis me taper Mireille, je ne vois pas qui je pourrais draguer ! tenté-je de répondre légèrement.

– Non ! Anto, tu es dégueu ! Putain, j'ai des images maintenant. On la connaît depuis qu'on est gamins, ça pourrait être notre mère.

– C'est toi qui me demandes ! ris-je finalement.

– Ouais mais je pensais à une petite minette… Aïe ! Putain, Margot, ça fait mal !

J'éclate de rire car j'ai vu passer une télécommande qui a violemment percuté mon pote sur l'épaule en entendant Margot crier : « N'appelle pas les nanas “minette” ». Il reprend en se massant l'épaule.

– Marre-toi, abruti. Tu verras quand tu en auras trouvé une qui te fera marcher droit, comme moi.

– C'est sûr que tu as bien à te plaindre.

« Merci Anto », m'interpelle Margot.

– Je sais que j'ai de la chance. Donc je te demandais si tu n'avais pas rencontré une jolie jeune femme – ça va comme ça, ma chérie ? – à la boîte.

– Il pourrait y avoir Miss Monde que je ne la regarderais pas. Tu sais qu'il ne faut pas mélanger boulot et sentiments.

– Qui te parle de sentiments ?

– Putain, Ju. Tu es un porc…

« Merci Anto ! Je n'ai plus rien à balancer. »

– Je ne vois pas où est le problème. On bosse ensemble avec Margot et on baise et on s'aime – mais si, ma chérie, qu'on s'aime !

– Ce n'est pas tout à fait la même situation. Avec mon karma pourri, je tomberais sur la seule qui me ferait un procès pour harcèlement !

– Tu penses encore à elle ? demande-t-il, redevenu sérieux.

Je le regarde un long moment. Par écran interposé, nous retrouvons la même complicité qui nous lie depuis l'école primaire. Il sait ce que je pense. Je sais qu'il sait. Il sait que je ne vais pas répondre. Je sais qu'il comprend.

– Je vais te laisser, Ju. À plus Margot.

Julien hoche la tête tandis que sa petite femme me crie qu'elle m'embrasse. Et je me retrouve seul, à refouler des souvenirs aussi beaux que douloureux.

4

Antoine

J'arrive très tôt aujourd'hui car je dois bosser un peu avant de rencontrer deux nouvelles candidates. J'ai également demandé à Mireille de venir aux aurores car j'ai vraiment eu l'impression de perdre mon temps hier avec les entretiens. Toute la soirée, je me suis morigéné en me disant que je pouvais confier cette corvée à mon directeur des ressources humaines, mais c'est mon plus proche collaborateur que j'embauche, donc je ferais mieux de m'y coller.

Mireille est déjà arrivée. C'est vraiment une perle et je ne sais pas ce que je ferais sans elle, ou plutôt ce que je vais faire sans elle.

Après lui avoir dicté quelques réponses à des courriers, j'attaque le vif du sujet.

– Bon, Mireille, qu'avez-vous pensé des candidats d'hier ?

– Mais je n'ai rien à dire. C'est vous qui allez travailler avec celui ou celle qui me remplacera.

– Je sais bien mais, et si j'avais envie de connaître votre avis ? S'il y a une personne en qui je me fierais, c'est bien vous ! Alors ?

– Je ne pense pas qu'il y en ait un qui convienne.

– Pas un ?

– Non. Pourquoi ? Vous aviez déjà fait votre choix ? Oh, mince, quelle gourde ! Vous voyez que je n'aurais pas dû…

– Stop ! Je suis d'accord avec vous mais ce que j'aimerais entendre, ce sont vos explications.

– Le jeune journaliste est trop… Enfin, pas assez…

– Il est pompeux et arrogant ?

– Oui, un peu ! Et puis quelle virulence ! Vous ne tiendrez pas une semaine avec un collaborateur comme ça.

– Pourquoi ? Vous me trouvez trop intransigeant ?

– Non, non. C'est juste que… vous savez ce que vous faites et vous n'avez pas besoin qu'un petit salopiot vous donne des conseils.

Même si je sais que Mireille est un peu partiale, cela me fait du bien d'entendre cela.

– Vous avez raison, ses idées altermondialistes m'ont vite soûlé !

Je me marre de l'air offusqué de ma secrétaire.

– Bon, donc si je comprends bien, vous ne validez pas ce jeune homme, reprends-je.

– Ah ben certainement pas.

– Bon, et l'institutrice ?

– La baba cool ?

– Oui, si vous voulez.

– Elle était plutôt sympathique mais je ne pense pas qu'elle soit faite pour ce métier.

– Qu'est-ce qui vous fait dire ça ?

– Quelquefois, il faut être vraiment réactif lorsqu'il y a un dossier en cours, quand vous avez besoin de réponses qu'il faut aller chercher dans les services… Même moi, après toutes ces années, j'ai quelquefois du mal, tellement le rythme est intense. Et pourtant, j'ai suivi l'évolution de la société au fur et à mesure. Enfin, je l'imagine plus sous un plaid en poils de chèvre en train de fumer du chichon à attendre un signe providentiel.

– Mireille !

Son rire un peu chevrotant me fait sourire. C'est la première fois que je la vois aussi exaltée. Mais son jugement est sûr. J'ai malheureusement eu le même.

Hormis sa tenue pas vraiment soignée pour un entretien d'embauche, c'est franchement son tempérament qui ne m'a pas plu. Pas concernée du tout. Trop lymphatique. Trop apathique. Trop molle. En fait, c'est le bon terme. Molle ! J'aurais régulièrement été inquiet que l'institutrice ne s'endorme dans son bureau.

– Donc, vous me préparez les lettres de réponse négative ?

– Bien entendu, monsieur Delbarre. Pour les trois candidats ?

– Je ne sais pas. Quel est votre jugement sur la troisième ?

– Non mais vous avez vu son âge ? Elle avait quoi ? Deux, trois ans de moins que moi ! Allez, cinq, au grand maximum !

– Oui mais elle avait l'air compétente…

– Certainement, dans une autre époque. D'après ce que vous m'avez expliqué, vous voulez changer un peu le fonctionnement après mon départ.

– Oui, c'est l'idée.

– Est-ce que vous me voyez travailler en tout numérique comme vous dites ?

– Pas vraiment, Mireille, sauf votre respect.

– Cela ne me vexe pas, monsieur Delbarre. Chacun son temps ! Mais vous ne pourrez jamais mettre en place l'organisation que vous souhaitez si vous misez sur ce cheval-là !

– Je vous rejoins complètement, malheureusement.

Effectivement, la troisième candidate présentait de belles références mais j'ai tout de suite senti qu'elle travaillait un peu à l'ancienne. Elle était plus âgée qu'elle ne paraissait sur son CV. Elle m'a bien dit qu'elle avait suivi une formation informatique mais quand j'ai commencé à lui parler tableaux de bord et fichiers partagés, elle a décroché.

J'ai vu une certaine terreur dans ses yeux, ce qui m'a confirmé qu'elle ne pourrait jamais remplir les fonctions auxquelles je pense pour mon futur collaborateur.

– On doit voir un candidat ce matin ? demandé-je.

– On rencontre les deux en fait. J'ai convoqué le monsieur à huit heures puis la jeune fille à neuf heures trente.

– Et il est ?

– Sept heures quarante-cinq. Le candidat ne devrait plus tarder.

– Impeccable ! Vous me prévenez dès qu'il arrive ?

– Bien entendu, monsieur Delbarre.

Je me plonge dans la consultation de ma boîte mail. J'adore le matin car le téléphone reste muet et je peux avancer sur les dossiers. Le répit est de courte durée puisqu'à peine un quart d'heure plus tard, Mireille sonne sur l'Interphone du téléphone pour m'avertir qu'elle a installé le candidat dans la salle de réunion.

Quand il faut y aller !

Je prends son dossier et me rends avec Mireille à l'étage supérieur où sont les salles de réunion et la cafétéria.

Lorsque nous pénétrons dans la salle, le candidat est en train d'inspecter autour de lui. Il ne nous a pas entendus arriver et j'ai ainsi tout le loisir de l'observer. Mireille me jette un regard courroucé. Je lui fais signe de se taire. Il a dû finalement sentir notre présence car il se retourne, même pas gêné de s'être laissé aller à fureter. Il attaque d'une voix haut perchée.

– Ah, enfin. Jean-Paul Gautier, comme mon célèbre homonyme, sauf que cela s'écrit différemment. Bel endroit que vous avez là !

Est-ce un reproche que j'entends ? Calme-toi mec, ce n'est pas parce que tu n'es pas du matin qu'il doit en pâtir... Laisse-lui une chance !

– Bonjour. Antoine Delbarre. Et voici...

– C'est vous le P.-D.G. de la société ? demande-t-il, incrédule.

– Oui.

Cela ne fait pas plus de cinq minutes que je suis avec lui qu'il m'agace déjà. Il ne m'a même pas laissé le temps de lui présenter Mireille. Quelle arrogance !

– Je suppose que c'est la raison pour laquelle vous souhaitez un collaborateur expérimenté. Forcément, à votre âge...

– Je vous remercie, monsieur, mais nous allons nous arrêter là.

– J'ai été directeur d'une agence d'intérim pendant... Pardon ?

– Vous m'avez bien entendu, monsieur. Je crois que nous n'allons pas poursuivre cet entretien.

Je ne réagis pas lorsque j'entends Mireille qui étouffe son rire dans une quinte de toux.

– Mais… Je ne vous ai même pas parlé de mon expérience dans la gestion de structure, de ce que j'ai déjà envisagé de vous proposer pour améliorer les choses.

– Effectivement, vous ne m'avez pas parlé de tout ça. Et je m'en fous.

Il perd un peu de sa superbe quand il voit mon visage fermé, celui que je prends lorsque je dois asseoir mon autorité, celui qui fait tant rire ma mère puisqu'il est à l'exact opposé de ce que je suis vraiment.

Le bonhomme est rouge de colère mais autant ne pas perdre de temps. Putain, mais ce n'est pas vrai ! Je ne vais pas réussir à trouver quelqu'un de normal. Juste un humain qui souhaite travailler dans de bonnes conditions sans refaire le monde, sans se laisser vivre, sans paniquer à la moindre demande, sans vouloir tout diriger. Juste quelqu'un qui souhaite s'investir à mes côtés en me complétant et en m'apportant les compétences que je n'ai pas.

– Je ne comprends pas, bredouille-t-il.

Je sais que je suis dur, mais je ne lui ai pas menti quand j'ai dit que je n'en avais rien à foutre.

– Juste une question !

– Oui, bien entendu. Que voulez-vous savoir, monsieur Delbarre ? reprend-il, plein d'espoir.

– Depuis combien de temps êtes-vous au chômage, monsieur ?

– Presque trois ans… La crise, les circonstances…

– Votre attitude !

Il me regarde, éberlué, un peu comme une poule qui aurait trouvé un couteau.

– Au regard de votre CV, vous avez effectivement beaucoup d'expérience. Mais, pour la suite de votre recherche, je vais me permettre de vous donner un conseil, malgré mon jeune âge. Soyez un peu plus humble dans votre approche, vous y gagnerez en comportement.

– Ah, bon. Je… Enfin, merci… Enfin, je crois.

Je raccompagne le bonhomme, penaud. Il est à peine huit heures trente lorsque je rejoins mon bureau, Mireille sur mes talons.

– En voilà un que vous avez expédié promptement.

– C'est un con.

– Je ne l'aurais peut-être pas formulé ainsi mais ce n'est pas faux.

– C'est à quelle heure le prochain ?

– C'est une candidate. Elle devrait être là dans une petite heure.

Mireille m'apporte un café noir et referme doucement la porte derrière elle. Je me plonge dans le rapport que m'a envoyé Alexandre sur l'envol des prix de production du quinoa.

Je me perds dans les chiffres et les argumentaires d'Alex, réfléchissant aux conséquences sur notre propre rendement si BioMag diversifiait son approvisionnement avec des producteurs français. Je jette un coup d'œil à mon ordinateur et m'aperçois qu'il est déjà dix heures.

– Mireille !

– Monsieur ?

Mireille entre rapidement et se tient devant moi, l'air embêté.

– Elle n'est pas arrivée ? demandé-je.

– Non. Pas encore.

– C'est pas vrai ! m'énervé-je. Il n'y a pas une seule personne qui a envie de bosser ou quoi ?

– En même temps, elle a peut-être eu un problème…

– Et quoi ? Elle ne sait pas se servir d'un téléphone ? Vous trouvez que ça augure bien pour la suite ?

– Je sais, monsieur.

Je soupire, exaspéré.

– Désolé, Mireille. Je m'énerve contre la situation et pas contre vous.

– Pas de problème. Et puis il vaut mieux que vous laissiez exploser votre colère, vous serez en meilleure disposition quand elle sera là.

– Si elle vient !

– Mais bien entendu qu'elle va venir. Il y a forcément une explication. Quand j'ai laissé un message hier, elle avait l'air très posée. Enfin, sa voix au répondeur…

– Je lui laisse jusqu'à dix heures trente sinon on

reprendra les candidatures. Et si rien ne convient, on repassera une annonce.

– Pas de problème, monsieur. Est-ce que je reprogramme la réunion que j'avais annulée ?

– Non, pas la peine. La matinée est foutue, de toute façon.

Une fois Mireille retournée dans son bureau, je ne parviens pas à me concentrer sur ce que je faisais avant mon interruption. Je fulmine. Je bouillonne. Ne même pas avoir la décence de prévenir ! Je ne sais pas encore si la prochaine candidate sera le mouton à cinq pattes que je cherche mais je sais déjà que je vais lui faire remarquer que la ponctualité est une vertu qu'elle n'a manifestement pas.

5

Léopoldine

Tout avait trop bien commencé ce matin. J'aurais dû me méfier. L'horaire donné par l'assistante de mon futur patron était plus que correct et je me suis levée tranquillement à sept heures, ce matin. J'ai discipliné mes longs cheveux châtain clair avec un brushing étudié. J'ai ensuite enroulé ma tignasse en un chignon sage et bas sur la nuque. Un soupçon de maquillage comme m'avait appris à le faire la maquilleuse professionnelle que ma mère avait embauchée pour mes 16 ans afin que « je sache à quoi ressembler en société ».

Tu vois qu'avoir une mère psychorigide et soucieuse des apparences peut aider !

Une tenue sobre et élégante, un pantalon chino noir et un chemisier blanc sur lequel j'ai revêtu une veste droite. J'ai ressorti des escarpins que j'avais remisés au fond de mon dressing. J'étais fin prête. J'ai avalé un café et je suis sortie de mon appartement à huit heures quinze. La veille, j'ai regardé sur Google Maps où était situé le siège social de BioMag. C'était dans une zone d'affaires à Écully, au nord-ouest de Lyon. Le site des TCL[3] m'indiquait un peu plus d'une demi-heure de trajet. Quelques arrêts de métro depuis chez moi. Par chance, j'étais sur la bonne ligne et n'avais pas à prévoir de correspondance. Puis à la gare de Vaise, j'allais attraper un bus qui me conduirait à une centaine de mètres de mon futur job. En consultant les horaires, j'avais vu qu'il y en avait toutes les dix minutes aux heures de pointe. J'étais donc sereine. J'avais prévu d'aller boire un café avant mon entretien pour me concentrer et assurer.

Mais mon karma en a décidé autrement. Une panne électrique a immobilisé le métro pendant plus de cinquante minutes. Malgré les messages rassurants, le fait d'être coincée entre deux stations était assez anxiogène. Les gens commençaient à rouspéter pour certains, pleurer pour d'autres. Moi, j'étais dans le groupe qui ne tenait pas en place, comme si le fait d'arpenter la rame dans toute sa longueur allait changer quelque chose.

Ah si, la seule conséquence pour moi, c'est un putain de mal de pieds !

Au moment où la voix de synthèse nous annonçait la reprise du service, j'ai jeté un coup d'œil à ma tenue et c'était la catastrophe. L'air étouffant et mes mains agitées avaient eu raison de mon beau chignon et mon chemisier

---

3. Transports en Communs Lyonnais.

était fripé. Puisqu'une merde n'arrive jamais seule, la cadence des bus était largement allégée après neuf heures. Bien que je me sois dépêchée, dans la mesure où me le permettaient mes pieds meurtris, j'ai vu le bus 89 de neuf heures trente quitter son arrêt en me laissant sur le trottoir, pestant encore. Le prochain était prévu vingt-cinq minutes plus tard.

Fataliste, je suis allée prendre un café au point chaud de la gare et je comptais appeler BioMag pour leur conter ma mésaventure et leur signaler mon retard jusqu'à ce que je me rende compte que mon portable n'avait plus de batterie. C'est donc avec une heure de retard que j'entre dans le magnifique bâtiment qui aurait, peut-être, dû être mon lieu de travail. C'est une structure de trois étages, faite de bois, d'acier et de verre qui, étonnamment, se marie parfaitement avec l'environnement végétal extérieur.

Une toute jeune femme m'accueille et son regard ne laisse aucun doute sur ce qu'elle pense de mon apparence.

Si ma mère était là, elle en ferait une syncope !

Je préfère rire de la situation sinon je vais me mettre à pleurer, ce qui aurait un effet désastreux lors de mon entretien.

Enfin, si entretien il y a !

L'hôtesse m'annonce enfin. Je patiente encore quelques instants et une femme vient me chercher.

– Mademoiselle Leclair ? Je suis Mireille. C'est moi qui vous ai laissé un message.

– Bonjour madame. Je suis vraiment confuse pour le retard mais le métro est resté à l'arrêt pendant près d'une heure et…

– Vous auriez pu téléphoner, me répond-elle avec un sourire et une douceur dans la voix qui m'émeut et me rassure.

– Si seulement… Mais mon portable s'est retrouvé complètement déchargé…

– Décidément ! Bien, allons-y. M. Delbarre va vous recevoir.

Je la suis vers les escaliers. J'ordonne à mes pieds de tenir encore un peu même si je suis sûre que s'ils avaient leur propre autonomie, ils jetteraient avec pertes et fracas ces satanés engins de torture que sont les escarpins à talons.

– Dans une démarche écologique, M. Delbarre a refusé d'équiper le bâtiment d'un ascenseur. J'espère que cela ne pose pas de problème, babille-t-elle en continuant à avancer.

C'est un test ou quoi ?

– Aucun problème pour moi. Mais je peux vous poser une question ?

– Bien sûr !

– Comment faites-vous pour les normes PMR[4] ?

---

4. Personnes à Mobilité Réduite.

– Très bonne remarque, mademoiselle Leclair. Tout est pensé au rez-de-chaussée. Des bureaux spécialement aménagés sont à disposition avec des systèmes très performants de visio afin que le collaborateur puisse communiquer avec l'équipe en étage.

Je ne peux rien répondre. Cela me paraît vraiment intelligent et j'ai hâte de rencontrer le patron qui anticipe ce genre de chose. J'ai presque oublié mon retard mais le visage furibond de l'homme qui attend devant sa porte de bureau, une fois que nous sommes arrivées au troisième étage, me ramène vite à la réalité.

– Monsieur Delbarre, votre rendez-vous est arrivé. Je l'installe en salle de réunion ? demande Mireille.

Sans prendre la peine de lui répondre, l'homme le plus magnifique que j'aie jamais rencontré m'interpelle. Je suis abasourdie car le portrait que j'ai vu hier sur Internet ne lui rendait absolument pas hommage.

Il est immense et mesure bien trente centimètres de plus que moi. Sa crinière brune est en désordre comme au sortir du lit. J'ai envie de passer mes mains dedans. Ses yeux sombres brûlent de colère. Je ne souhaite rien d'autre que d'éteindre l'incendie. Sa chemise blanche se plaque sur son torse large, musclé. Ses hanches fines sont mises en valeur par un pantalon droit. Ce mec aurait plus sa place sur une couverture de magazine.

– Plus d'une heure de retard pour un entretien d'embauche ! Vous ne doutez de rien, mademoiselle.

Je suis muette devant sa voix grave et chaude. Sa colère est compréhensible mais son attitude m'agace immédiatement. C'est totalement en opposition avec l'attirance physique que je ressens.

– Veuillez m'excuser, monsieur, une panne de métro…

– Et alors, on appelle ! Il me semble que c'est ce qui se fait !

Nous sommes toujours au milieu du couloir et je vois quelques têtes se pencher hors des bureaux. Mais dès que les employés se rendent compte que c'est leur patron qui fait cet esclandre, ils rentrent vite et referment la porte. Ce mec serait-il un manager directif et autoritaire ? Pourtant, son assistante ne semble pas s'émouvoir plus que ça.

– Plus de batterie.

Il me semble entendre « les batteries externes, vous connaissez ? » tandis qu'il pénètre dans son bureau. J'hésite à le suivre mais un hochement de tête de Mireille me donne l'impulsion nécessaire. Son bureau est classe, imposant, à l'image de cet homme qui me déstabilise. Outre son physique plus qu'avantageux, il a quelque chose de familier alors que je suis persuadée de ne jamais avoir rencontré cet homme avant.

Je hausse les épaules avec un sourire. J'ai certainement

vu sa tête sur un magazine spécialisé lorsqu'il a repris la société de son père ou ce sont les recherches que j'ai faites hier soir qui m'ont plus imprégnée que je ne le pensais.

– La situation vous fait rire ? Asseyez-vous !

Je me suis excusée, merde ! Il n'a jamais d'imprévu, ce con ?

Le ton cinglant m'énerve.

Calme-toi, Léo !

Je sais, au moment où je prends la parole, que je ne devrais pas faire ça, que je vais détruire instantanément mes chances d'avoir ce job, mais je ne vais pas me laisser malmener. C'est fini. J'ai passé des années à être une serpillière. Je reste debout et lui adresse le regard le plus hautain de mon répertoire. Mes années d'entraînement paient enfin !

– Pardon, monsieur ?

– Je vous demande si la situation vous amuse ?

– Pas spécialement non ! À vrai dire, je pense que nous allons en rester là. Je vous prie encore de m'excuser de vous avoir fait perdre votre temps…

– Mademoiselle Leclair, restez là et expliquez-vous !

Alors que je tourne les talons, son ton sans appel m'arrête. Un ordre. Et je repense aux réactions des employés que j'ai entraperçus tout à l'heure. Il ne doit pas faire bon d'avoir affaire à M. Antoine Delbarre !

Je lui fais de nouveau face. Doucement. Froidement. Il veut avoir des explications, il va en avoir !

– Figurez-vous que vous proposez le job pour lequel je suis faite. Vraiment ! J'ai potassé l'activité de votre société une bonne partie de la soirée et cela me plaisait encore plus. Je suis partie à une heure plus que raisonnable de chez moi ce matin qui me laissait plus de trois quarts d'heure de battement avant notre heure d'entretien. Mais malheureusement, on ne fait pas toujours ce qu'on veut dans la vie. Alors que je me suis excusée, votre accueil me laisse perplexe. Je ne crois pas être capable de travailler avec quelqu'un qui ne comprend pas qu'il y a des situations qui nous échappent dans la vie, qu'il y a des impondérables, des choses indépendantes de notre volonté. C'est pour cela que je pense qu'il serait préférable que je m'en aille. Je vous souhaite bonne chance pour votre recrutement.

Je suis restée calme mais ferme et j'ai l'impression de voir une note d'amusement dans son regard qui reste figé sur moi. Mais j'ai dû rêver car c'est sans changer d'expression que Delbarre me répond un peu plus doucement.

– Asseyez-vous, mademoiselle. Vous avez raison, j'ai tendance à oublier que les transports en commun sont quelquefois capricieux. Puisque vous êtes là, profitons-en pour faire cet entretien. Il serait dommage que vous ayez fait tout ce chemin et vécu ces péripéties pour rien.

J'hésite réellement mais j'ai également vraiment besoin de ce boulot. Malgré ma bravade, je suis extrêmement soulagée qu'il me donne ma chance.

Nous passons tous les deux en mode professionnel. Il me parle un moment de l'historique de la société. Il m'explique comment il a développé l'activité en suivant les traces de son père lorsqu'il a repris les rênes, il y a six ans, à la mort de celui-ci. Il m'explique les différents départements et leur spécialité. Je l'interromps quand nécessaire et il ne semble pas s'en offusquer. C'est un véritable échange et cela me plaît.

Je lui parle de mes expériences et passe rapidement sur mes origines et sur le pourquoi de mon voyage. Je n'ai pas fait figurer la totalité de mon état civil sur mon CV, pour une bonne raison.

Il reprend la conversation en anglais afin de m'expliquer ce qu'il attend du futur collaborateur. Ce n'est pas franchement un poste d'assistante comme je l'ai cru au premier abord, mais un véritable bras droit qui sera en charge de dossiers à l'export dans un premier temps. Cela m'effraie un peu mais je rebondis quand même en anglais et je crois entrevoir une esquisse de sourire de la part de mon interlocuteur.

C'est ensuite dans un espagnol un peu scolaire qu'il me demande mes disponibilités éventuelles et mes prétentions salariales. Je lui indique, dans la même langue, que je suis libre de tout engagement et de me faire une offre de salaire, base essentielle d'une discussion. Il semble soulagé de mon niveau en langues étrangères.

Je ne peux pas lui avouer que je ne sais absolument pas à combien prétendre. Malgré la posture que je maintiens et l'assurance feinte, je suis complètement déconnectée du monde du travail actuel. Non seulement je n'ai jamais travaillé en France, mais les expériences étrangères que j'ai vécues l'étaient dans des circonstances bien différentes.

M. Delbarre s'est un peu adouci au fil de l'entretien mais je reste dans l'expectative. Il m'apparaît comme un connard égocentrique. Un jeune arrogant que les circonstances de la vie ont propulsé à la tête d'une entreprise florissante. Pourtant, je suis toujours intéressée par l'emploi qu'il propose. Je sens que c'est une opportunité qui ne se représentera pas de sitôt. J'espère que mon coup d'éclat n'a pas définitivement annihilé les chances d'obtenir le poste.

Il n'aurait pas insisté pour passer l'entretien ? Non ? Si ?

En me levant, je lui tends la main et lui dis :

– *Mujhe honey kay liye dhanyavad*[5].

Devant son air interrogatif, je souris et lui traduis.

– Je vous ai remercié de bien avoir voulu me recevoir, en hindi.

---

5. « Merci de bien avoir voulu me recevoir. »

Il hoche simplement la tête sans laisser voir si mon initiative lui a plu. En même temps, il ne peut manifestement pas savoir si je lui ai dit la vérité ou si je lui ai dit, avec le sourire, d'aller se faire foutre.

Nous terminons le rendez-vous sur la sempiternelle formule : « Je vous tiens au courant. » Je n'ose pas lui demander l'échéance de la réponse. J'ai tout donné. C'est épuisée que je repars de BioMag.

Dans le bus qui me ramène, je repense à cet homme avec lequel je viens de passer la dernière heure. Sa carrure le rend encore plus impressionnant et, bien que concentrée sur ce que nous disions, je n'ai pu m'empêcher de remarquer ses muscles durs moulés dans sa chemise immaculée. Ses yeux sombres ne m'ont pas quittée et j'essaie de l'imaginer avec des cheveux un peu plus longs, qui, j'en suis sûre, doivent être indisciplinés. C'est automatiquement un autre visage, plus jovial, plus jeune, plus détendu qui se superpose dans mon esprit.

Pendant combien d'années encore je vais me languir de cette nuit exceptionnelle ?

Je dois reconnaître que, si j'ai la chance d'être retenue pour le job, il me faudra faire preuve d'une maîtrise sans faille pour côtoyer cet homme charismatique au quotidien. Il y a bien longtemps que je n'ai plus ressenti ce genre d'émotion face au sexe opposé. Tout juste quelques frémissements, de temps à autre. J'ai eu le cœur au bord des lèvres à plusieurs reprises et pas seulement à cause de l'adrénaline de notre échange. Je caresse mes doigts, là où il m'a touchée en me saluant. Je suis un peu déstabilisée par tout cela. Ce n'est pas le moment. J'ai besoin de ce job et tomber amoureuse de son patron n'est absolument pas un bon plan !

On se calme, on n'en est pas encore là...

Et puis je ne sais même pas s'il est célibataire ou pas. Dans tous les cas, je n'ai vu aucune photo de femme dans son environnement immédiat.

Si, si, j'ai regardé !

Maintenant, je n'ai plus qu'à attendre puisque la décision finale lui revient. C'est lui, le boss !

6

Léopoldine

Le plaisir me submerge lorsque les mains rêches de l'homme dans mon lit caressent sans interruption chaque centimètre carré de mon corps brûlant. Mon entrejambe est trempé. Il palpite d'attente. Mes tétons durs de désir me font mal tant ils sont tendus. La langue experte de cet homme me rend folle. Il mordille doucement et lèche pour apaiser le feu qui me consume. Je ferme les yeux et me concentre sur mes sensations. Mon ressenti. Je perds pied sous les caresses soutenues de mon amant.

Je ne suis pas en reste et explore son corps fin et ferme. Je trace du bout des doigts le tatouage qui orne son dos musclé et qui représente un squelette de musicien. Mon amant frémit à mon contact. Sa peau douce se couvre de chair de poule et je suis fière de l'effet que je lui fais. J'embrasse son cou, sa mâchoire carrée. Il pique un peu, ce qui m'excite. Je veux le goûter et descends vers l'objet de mon désir mais il ne l'entend pas ainsi.

D'un coup de reins, il nous retourne et je me retrouve de nouveau à sa merci.

– Non, je voulais…

Il me fait taire d'un baiser profond. Ses lèvres se posent sur les miennes et sa langue se fraie un passage vers la mienne. Elles s'unissent avec passion. Je suis la victime consentante de ses actes. Il me possède entièrement.

Intense ! C'est le seul mot qui me vient à l'esprit. Tout chez cet homme est intense. Son regard. Ses baisers. Son sexe. Le sexe ! Il descend lentement vers mon bas-ventre qui se contracte. Je sens la brûlure du désir. Lorsque sa bouche emprisonne et aspire mon clitoris, je me contracte, surprise de la violence de ma réaction. Je ne vais pas survivre à ce traitement. Je tente de me soustraire à son étreinte.

– Non… Oui… Merde ! C'est trop bon !

La satisfaction que je ressens à cet instant me submerge. Je me tortille pour m'arracher à cette déferlante de jouissance. La puissance de ma réaction est insupportable, insurmontable. Des mains puissantes me maintiennent jusqu'à ce que je lâche prise et me laisse emporter par l'orgasme.

Mon amant me surplombe et je sens sa queue entrer dans mon intimité accueillante, réservée pour lui. Le visage de l'homme se dessine devant mes yeux embrumés par le plaisir. Ses traits se précisent, un peu comme la mise au point d'un objectif. Puis ils se détendent. Anto me regarde avec envie. Son visage se contracte. Il se contient. Ses larges mouvements nous emportent inexorablement vers des sommets de volupté. Nous communions, échangeons, partageons les mêmes émotions. Son plaisir est égal au mien. Son regard s'étrécit et me prévient de l'explosion proche. Je serre mes parois intimes pour l'accompagner.

Je plonge mes yeux dans les siens. Au moment de la délivrance suprême, je vois flou. Ce n'est pas Anto mais M. Delbarre qui me domine. C'est son visage dur que je vois se détendre sous l'effet euphorique de l'orgasme. Je suffoque de bonheur et d'angoisse.

Je me réveille en sueur et perdue au milieu de mon lit dont les draps sont entortillés autour de moi, me comprimant, m'étouffant. Je peste de m'être réveillée au milieu d'un si beau rêve.

Je regarde l'heure, il est à peine sept heures. Merde, j'aurais pu dormir ce matin ! Je repense à mon délire onirique. J'ai trouvé Delbarre magnifique hier, mais je ne pensais pas qu'il m'avait fait autant d'effet. C'est forcément son influence pour que ces souvenirs remontent à la surface.

Je respire profondément pour évacuer le malaise qui me prend. Cela fait des années que je pense sans cesse à ce jeune homme rencontré par hasard mais qui m'a touchée pour toujours. Je n'ai jamais pu l'oublier. J'ai essayé, en vain. Maintenant, il fait partie de moi, un peu comme un ami d'enfance qui a laissé des marques indélébiles. À de nombreuses reprises, je me suis questionnée sur ce qui se serait passé si je n'avais pas fui ce matin-là.

J'avais attendu qu'il s'endorme au petit matin. Je m'étais lovée contre lui, profitant quelques instants de ce cocon, de ce sentiment de plénitude. Puis je m'étais levée, récupérant en silence mes affaires éparpillées. J'avais quitté son appartement dans le petit matin pour aller à l'autre bout du monde.

Je suis encore stupéfaite de ce rêve dérangeant et du sentiment d'abandon qui me tenaille à chaque fois que je pense à Anto, quand mon téléphone sonne et me ramène au présent.

Putain mais qui peut m'appeler à huit heures du matin ? Au chaud dans mon lit, je n'apprécie que moyennement d'être tirée de ma rêverie par la sonnerie stridente de mon portable. Puis dès que mes neurones se connectent et que je réfléchis correctement, je me précipite, craignant qu'il soit arrivé quelque chose à Héloïse.

– Allô ?

– Mademoiselle Leclair ?

Je reconnais tout de suite la voix un peu chevrotante de Mireille, l'assistante de Delbarre. Je suis immédiatement soulagée par le fait que le coup de fil matinal ne concerne pas Héloïse mais, également, immédiatement angoissée par le sujet de cet appel.

Je sais que j'ai planté l'entretien. Je n'aurais jamais dû tenir tête à mon éventuel futur patron comme je l'ai fait. Mais maintenant, je n'ai pas de plan B. Si elle me contacte si peu de temps après l'entretien, c'est que la décision a dû être facile à prendre. Mais quelle entêtée je fais !

Perdue dans mes pensées, j'entends à peine Mireille qui me parle.

– Allô ? Mademoiselle ? Vous êtes là ?

– Oui, oui. Excusez-moi, je…

– Pas de souci. J'ai cru que nous avions été coupées. Je suis Mireille, l'assistante de M. Delbarre.

– Oui, j'avais reconnu le numéro et votre voix. Comment allez-vous ?

– Oh… bien, merci. C'est bien d'avoir de la mémoire, cela vous servira avec M. Delbarre. Vous pouvez commencer quand ?

Je ne comprends pas tout de suite.

– Hein ?

Mireille glousse et reprend.

– Mademoiselle Leclair, je vous appelle pour vous dire que vous avez été choisie pour le poste d'assistante de M. Delbarre. Je pensais que vous l'aviez compris. Je vous demande donc quand vous pouvez débuter.

– NON ! Vous êtes sûre ? Oh putain, j'y crois pas.

Mireille éclate franchement de rire à l'autre bout du fil, ce qui me calme instantanément.

– Oh ! mince ! Je suis vraiment confuse. Ma réaction est…

– Enthousiaste ?

– Je dirais plutôt inappropriée. Si cela pouvait rester entre nous ?

– Ne vous inquiétez pas mon petit. Je serai muette comme une tombe et cela fera du bien à M. Delbarre d'avoir quelqu'un d'aussi spontané et enthousiaste à ses côtés.

Je ne réponds pas à Mireille sur ce point car nous ne serons manifestement jamais en phase. Elle doit avoir développé un sentiment maternel à son égard. Pour ma part, je ne pense pas pouvoir être spontanée et enjouée auprès de ce connard arrogant. Mais je suis quand même vraiment contente d'avoir obtenu le poste.

– Alors ? Vous pouvez débuter quand ?

– Quand vous voulez. Je suis disponible, comme je l'ai dit lors de l'entretien.

Je suis enfin repassée en mode professionnel et réussis à formuler des réponses cohérentes.

– Alors, le plus tôt sera le mieux. Vous pourriez venir demain matin. On passe la matinée ensemble et on avise. Qu'en pensez-vous ?

– Cela me paraît parfait.

– Pour être honnête, plus tôt vous commencerez, plus tôt je pourrai partir à la retraite !

– Effectivement, cet argument est imparable, réponds-je, plus légère.

– Je vous envoie donc un e-mail pour confirmer tout cela. Je joins également la proposition salariale de M. Delbarre. Vous me confirmez cela par message et on se voit demain. C'est d'accord pour vous ?

– Aucun souci. Merci Mireille ! À demain.

– À demain, Léopoldine.

Je raccroche et je reste quelques instants hébétée. Je viens de décrocher mon premier vrai travail.

À 27 ans, il était temps !

Je hurle de joie au milieu de ma chambre et entame une danse personnelle, mélange de samba et de lambada avec un soupçon de fitness. Je savais que ce boulot était pour moi. Putain, c'est vraiment trop bon.

Ma joie est un peu entachée car je ne peux pas balancer ça à la tronche de mon père.

Tu as vu, vieux con ? J'ai galéré mais je m'en suis sortie, et sans ta putain d'aide ! Finalement, je ne suis pas si inutile que ça.

En revanche, je peux tout à fait partager ma joie avec mon soutien de toujours, Héloïse.

Je vérifie l'heure et préfère attendre un peu avant de l'appeler.

Je me fais couler un café et file sous la douche. Rien de tel pour finir de se réveiller. Une noisette de crème hydratante. Un soupçon de mascara. Un peu de mousse sur mes cheveux que je laisse sécher librement et me voilà prête à démarrer ma journée.

J'allume mon ordinateur pour vérifier mes e-mails et donner toutes les informations à Héloïse qui ne manquera pas de me questionner. Mireille a tenu parole et je découvre mon contrat de travail, une fiche individuelle à remplir pour les renseignements administratifs, un livret d'accueil des nouveaux employés et un fac-similé d'une fiche de salaire. Sans être vénale, j'ouvre sans attendre ce dernier document. Les conditions de travail m'ont semblé confortables lors de ma visite. Les explications de Mireille, notamment pour les employés en situation de handicap, m'ont convaincue de l'éthique de la société. En revanche, l'attitude du patron ne me laisse pas espérer une proposition mirobolante. Il doit être du genre à faire ce qui doit être fait pour la façade et il est toujours louable d'afficher des locaux écoresponsables mais de ne distribuer que très peu d'avantages. C'est le trentenaire aux dents longues typique ! Un gosse de riche qui est né avec une cuillère en argent dans la bouche. Un héritier qui n'a aucun sens des valeurs.

Euh... et toi ? Tu es quoi exactement ?

Certes, je suis moi aussi une héritière, mais j'ai su me sortir du joug familial. Je me suis construite moi-même. De toute façon, quoi qu'il me propose, je n'ai pas trop le choix. Je vais accepter son offre et je réussirai bien à vendre mes compétences plus tard. Soit à lui, si je suis devenue un pilier de l'organisation de la société, soit à une autre entreprise, une fois que j'aurai fait mes armes chez BioMag. C'est de toute manière gagnant pour moi.

– Putain de merde !

J'ai peut-être, je dis bien peut-être, jugé mon futur employeur un peu trop vite. Il me propose, pour débuter, trois mille euros bruts par mois et la simulation des différentes primes et autres participations me mène à un salaire annuel de presque quarante-deux mille euros. Je crois rêver.

J'imprime tous les documents et les lis attentivement. Tout me semble en ordre. Un contrat plus que basique avec une période d'essai de trois mois assez cohérente pour un poste de ce type. Des avantages sociaux de dingue. Une mutuelle prise en charge aux deux tiers par l'entreprise. Des horaires flexibles même si je sais que je ne vais pas compter mes heures. J'hallucine. C'est purement et simplement inespéré.

Je m'empresse de confirmer mon accord par e-mail. Je ne peux pas prédire l'avenir mais je jure que même si mon boss est le connard arrogant qu'il paraît être, je vais m'accrocher à ce boulot. Il aura du répondant car je peux être vraiment détestable par moments, mais je suis prête à encaisser ses sautes d'humeur s'il le faut.

Et je sais avec qui je vais aller fêter cela.

– Bonjour ma fleur ? Comment vas-tu ?

– Coucou Héloïse. Qu'est-ce que tu fais aujourd'hui ?

– Rien de spécial. Je pensais aller faire un tour au marché ce matin. Et cet après-midi, je dois juste aller boire un thé avec le club des anciens du quartier. C'est mon tour pour la bibliothèque.

– Vers quelle heure ?

– On a rendez-vous à seize heures trente, mais si c'est important je peux tout annuler. Tu sais, moi, passer l'après-midi avec des vieux... Et puis je pourrai aller au marché demain.

– Je pourrais t'accompagner au marché, puis on pourrait aller déjeuner et peut-être se faire un cinéma. C'est certainement le dernier jour de libre que j'ai avant longtemps.

– Pourquoi ? Non ! Tu as eu le boulot ! Oh, que je suis heureuse ! Tu es là dans combien de temps ?

J'éclate de rire devant la réaction enthousiaste de ma tante quand elle a compris.

– Une petite demi-heure ? Cela te convient ?

– Impeccable. Juste le temps d'annuler ma présence

au club et de finir de me préparer. Oh ! Mais qu'est-ce que je suis contente pour toi !

– À tout à l'heure. Je t'aime, Héloïse.

– Moi aussi, ma fleur, moi aussi.

***

La porte d'Héloïse s'ouvre exactement vingt-neuf minutes plus tard.

– Rentre vite ! Je suis trop heureuse. J'ai mis du champagne au frais ! Le rosé, celui que tu aimes.

– Il est à peine dix heures du matin !

– Et alors ? Aux États-Unis, ils déjeunent au champagne Mimosa ! On ne va pas s'en priver pour une simple question d'horaire ! On doit fêter cela dignement !

La journée risque d'être longue mais c'est pour ça que j'adore ma marraine.

J'arrive à convaincre Héloïse qu'il est préférable d'attendre un peu et qu'on pourrait réserver le champagne pour l'apéritif. Il est hors de question que je titube le reste de la journée. Nous allons finalement au marché, remontons donc le quai Saint-Antoine et après avoir fait le plein de fruits et de légumes, nous optons pour un petit bouchon[6] de la rue Mercière.

---

6. Restaurant typique de Lyon où sont servies des spécialités culinaires régionales essentiellement à base de charcuterie.

Une fois que nous sommes installées, Héloïse veut absolument tout savoir de mon futur job. Je lui explique rapidement en quoi vont consister mes futures occupations.

– Et il est comment, ton futur patron ?

– Le boss classique. Enfin, pas le style de mon père, heureusement.

– Il a quel âge ?

– Je dirais la trentaine. Il fait tellement sérieux que c'est difficile de lui donner un âge.

– Il est beau ?

Il me semblait bien que la véritable raison de son interrogatoire se tenait là. Héloïse ou l'éternelle romantique. Il est indispensable que je casse ses rêves dans l'œuf sinon les semaines, voire les mois qui arrivent, vont être un enfer.

– Mon futur patron est un jeune arrogant. Le genre de mec que j'ai fui toute ma jeunesse, le genre d'héritier pourri gâté avec lequel mes parents rêvaient de me caser. Donc merci, mais non merci !

– Il n'a pas l'air si mal puisqu'il te donne ta chance après l'engueulade que tu lui as passée… Et puis le salaire est confortable quand même pour un début.

– Je veux bien admettre qu'il est plutôt magnanime sur ce coup-là ! Tu sais, j'ai besoin de travailler, de m'épanouir et de m'éclater dans mon boulot. Je ne vais pas chez BioMag pour me trouver un mec ! Je veux me prouver à moi-même que je peux réussir sans l'aide de personne. Sans papa qui passe un coup de fil. Sans maman qui fait appel à ses contacts. C'est d'ailleurs pour ça que j'ai un peu omis de préciser qui j'étais…

– Que veux-tu dire ?

C'est le passage un peu épineux de la situation auquel j'ai évité de trop penser jusque-là.

– Quand j'ai fait ma candidature et quand j'ai pris des renseignements sur la société, j'ai tout de suite su que les recruteurs connaîtraient mon nom. Et je voulais être reçue sur mes compétences, mon expérience.

– Tu n'as pas donné ta véritable identité !

Héloïse hésite entre un fou rire et la colère. Il est vrai que la situation pourrait devenir inconfortable.

– Pas vraiment. J'ai juste omis de mettre mon patronyme en entier. Pour eux, je suis juste Léopoldine Leclair. Je pensais réellement avoir affaire à des recruteurs professionnels à qui j'aurais pu expliquer la situation car ils auraient été détachés du truc. Tu comprends ?

Finalement Héloïse opte pour le fou rire.

– Mais tu ne pensais pas être auditionnée directement par le patron ?

– Pas vraiment, non ! Franchement, quel directeur d'entreprise ne délègue pas ce genre de chose ?

– Peut-être celui qui est investi dans sa société et pas

seulement dans son compte en banque. Il me semble normal qu'il recrute lui-même son assistante.

– Mon père ne l'a jamais fait !

– Ton père est un sombre enfoiré, ma fleur. Alors que vas-tu faire pour cette histoire de nom ?

– Je vais continuer à omettre les détails pour le moment. Une fois qu'il me connaîtra et qu'il verra ce que je suis, je lui dirai la vérité.

– Et pour ton salaire ?

– J'ai appelé Maître Grataloup. Cela ne le gêne pas que ma paie transite par son étude. C'est ce qu'il y a de plus simple.

– Tu joues avec le feu !

– Je sais mais le risque est minime. De toute façon, si je fais l'affaire, il comprendra ma position. Si cela ne fonctionne pas, j'aurai au moins une expérience en France. Je ne risque pas grand-chose.

Le regard que me lance Héloïse m'indique qu'elle espère que je ne me trompe pas. Je préfère faire semblant de ne rien avoir remarqué.

7

Antoine

C'est l'équipe du ménage qui me réveille à cinq heures trente du matin quand ils investissent les locaux avant l'arrivée du personnel. J'étais tellement claqué hier que je suis resté dormir au bureau.

Mais qui vient bosser un dimanche aussi ! Super, ta vie !

Tu parles. Cap des 30 ans passé. Des rêves perdus. Des responsabilités dont je ne veux pas. Pas de femme. Pas de gosse. Le néant.

Heureusement que je suis bon dans ce que je fais, au moins.

Je descends à la salle de sport de la société afin de prendre une douche revigorante. Je ne savais pas, en réalisant cet équipement en sous-sol, qu'il me servirait si souvent. Je profite de mon lever aux aurores pour faire une petite séance de course et du gainage pour entretenir mes abdos. J'avais pris l'habitude, lorsque je me produisais sur scène, de faire du sport quatre à cinq fois par semaine et j'ai conservé le rythme.

Je suis d'une humeur de chien lorsque Mireille arrive au bureau à sept heures quarante-cinq. La semaine démarre fort.

– Bonjour, monsieur Delbarre. Comment s'est passé votre week-end ?

– Bonjour, Mireille. Merci. Rien de spécial ce week-end, comme d'habitude. C'est aujourd'hui qu'elle arrive, la nouvelle ?

– Waouh ! Je vois que c'est la forme ! Oui, c'est effectivement aujourd'hui qu'arrive Mlle Leclair. J'espère que vous serez de meilleure humeur ! dit-elle en quittant le bureau.

La nouvelle ne devra pas prendre tout de suite l'exemple de la trop franche Mireille. Même si je pense qu'elle a un tempérament de feu et que ça risque d'être drôle de travailler avec elle, je reste son boss. Elle va devoir m'obéir même si elle n'a manifestement pas l'habitude de se laisser faire.

Pas très grande, elle est menue mais j'ai eu le temps de remarquer ses formes. Cela faisait longtemps qu'une femme ne m'avait pas fait cet effet. Je me suis senti serré dans mon froc dès qu'elle est arrivée. Échevelée. Rougie par son stress. Essoufflée. On aurait dit qu'elle sortait d'une bonne partie de jambes en l'air.

Mais, putain, ce que j'ai préféré, c'est quand elle m'a tenu tête. Aucune femme ne me tient jamais tête, enfin à part ma mère et Mireille, mais elles ne comptent pas. J'ai bandé encore plus fort. J'ai lu le soulagement dans ses yeux lorsque je lui ai ordonné de faire quand même l'entretien, même si elle a très bien essayé de le cacher. Si je n'étais pas si fort pour décrypter les gens, je serais passé à côté.

Je vais vivre une torture à ses côtés, mais je sens que je vais aimer ça.

– Mireille, vous la gérerez ce matin et l'enverrez à la cafétéria vers douze heures trente pour qu'elle goûte nos produits. Nous, on se voit vers treize heures quinze et je la recevrai vers treize heures quarante-cinq, avant ma réunion, dis-je assez fort pour que ma secrétaire m'entende de son bureau.

Elle ne répond pas mais je sais que ce sera fait.

Satanée adorable vieille souris !

***

Je descends à la cafétéria de l'entreprise vers douze heures quarante-cinq. J'en profite pour faire le point avec les cuisiniers qui élaborent des recettes déclinables pour la restauration rapide. En marge des points de vente traditionnels, je suis en train de tester, en hypercentre, des pôles de restauration bio et écoresponsables. De nombreux cadres passent le soir en rentrant chez eux pour faire leurs courses, c'est pourquoi je voudrais aussi lancer une gamme traiteur ainsi qu'un service de récupération des invendus qu'on pourrait offrir. Je veux absolument vulgariser le bio et continuer l'œuvre de mon père. Ce n'est pas parce que j'ai hérité d'un truc que je ne voulais pas que je ne peux pas être professionnel. Autant m'approprier la boîte. Cela finira peut-être par m'intéresser un peu plus.

Mario, le cuisinier, me donne quelques plats dont les recettes sont déjà élaborées afin que je les goûte. Certains sont entièrement végans, d'autres végétariens. J'essaie de répondre aux évolutions des habitudes de consommation. Je les félicite, lui et son équipe, d'avoir si bien respecté ma commande initiale et file m'installer dans la salle de restauration. Je cherche des yeux ma future assistante.

Je la trouve enfin. Elle s'est installée dans un coin de la cafétéria et est concentrée sur son téléphone. Je m'approche avec le plateau.

– Mademoiselle Leclair ! Vous permettez ?

Je ris doucement lorsque je vois ses grands yeux bleus s'écarquiller. Elle a le souffle court soudainement. Ma présence semble la perturber. J'apprécie. Elle hoche la tête sans pouvoir dire un mot.

– Je pensais pouvoir vous commenter certaines de nos recettes. Il est primordial que ma collaboratrice directe en sache presque autant que moi sur les produits.

Elle avale avec difficulté et prend la parole pour la première fois. Je fixe ses lèvres charnues dont seules quelques traces de gloss perdurent après une matinée. Cela les rend imparfaites et quelque part beaucoup plus attirantes.

– J'ai déjà goûté une salade composée et une soupe miso. C'est très bon. Les employés mangent ce que vous distribuez ?

– Bien sûr ! La qualité est exactement la même, ce qui permet de rectifier le tir si jamais il y a un problème.

Nous passons l'heure suivante à échanger autour des plats. Ses remarques sont pertinentes. Je m'égare à plusieurs reprises à contempler sa bouche, ses yeux. Ces derniers pétillent de gourmandise et je m'interroge sur leur couleur pendant un orgasme.

Se troublent-ils juste ou deviennent-ils plus foncés ?

Et sa bouche ?

Est-elle entrouverte ou s'ouvre-t-elle largement lorsqu'elle crie sa jouissance ?

Quand ses petites dents parfaitement blanches et régulières apparaissent pour mordre dans un beignet sucré, je perds complètement pied.

Je me lève brusquement, faisant grincer les pieds de ma chaise. Léopoldine me regarde, étonnée.

– J'ai oublié que j'avais un coup de téléphone à passer !

Je fuis comme un lâche. J'ai été contraint de m'éloigner

pour ne pas perdre la maîtrise de mes actes. Allonger mon assistante sur une table de la cafétéria pour lui relever sa jupe et m'enfoncer dans sa chatte que j'imagine brûlante ne serait pas du meilleur effet. Surtout pour le premier jour. Surtout après quelques heures.

Je vais vivre une torture à ses côtés mais je ne sais plus si je vais réellement aimer ça.

Je regagne mon bureau rapidement tout en saluant quelques employés au passage. Putain, je n'ai pas envie d'être ici et je préférerais, de loin, être avec mon pote d'enfance et sa femme, à faire ce qui nous a toujours motivés. De la musique. J'en ai franchement plein le cul d'osciller entre euphorie et découragement. J'ai l'impression d'être bipolaire par moments ou alors une gonzesse avec des problèmes d'hormones. Je suis parfois heureux et fier de ce que j'accomplis, pour mon père ; mais, à d'autres instants, j'exècre ma vie.

Tu fais vraiment pitié, mon gars !

Mais je n'ai pas le temps de m'appesantir. Mireille toque à mon bureau à treize heures quinze précises. C'est le seul moment où elle s'octroie la possibilité de venir avec un café pour elle. Lors des pauses de travail entre midi et quatorze heures. Elle n'oublie jamais le mien.

– Je peux, monsieur Delbarre ? Ce n'est pas trop tôt ?

– Non Mireille. C'est bon, entrez ! Alors comment ça s'est passé ce matin avec Mlle Leclair ?

Je ne précise pas que je viens de passer la dernière heure avec elle pour ne pas l'influencer.

– Oh, monsieur Delbarre, je crois bien que vous avez trouvé la perle rare. Elle a une éducation parfaite et sait quelle attitude adopter selon les situations. Elle était détendue avec les assistantes des services et plus formelle avec les directeurs. Tout le monde a eu l'air d'apprécier qu'elle pose des questions, intelligentes au demeurant, sur les différentes activités.

Je voulais me ressaisir avant de recevoir ma nouvelle assistante dans mon bureau, mais c'est mal barré avec Mireille, qu'elle a définitivement conquise.

– Et puis quelle énergie…

Mireille est tout excitée et reprend après avoir pris une grande inspiration.

– Sur un plan professionnel pur, je pense qu'elle a plus à m'apprendre que le contraire. Elle comprend vite, enregistre les choses, propose, échange… Nous avons mis presque deux heures à visiter les services. Elle est restée professionnelle et attentive, mais a esquivé toute question personnelle comme pour ne pas perdre du temps en futilités…

– C'est plutôt bien !

– Oui. Je vous l'accorde. Mais j'espère aussi qu'elle sait être plus conviviale. Ce serait trop triste à son âge ! Enfin, nous sommes remontées dans mon bureau un peu après onze heures. J'étais un peu démunie car j'avais calculé qu'il nous faudrait toute la matinée pour la visite. C'est donc Léopoldine qui a suggéré que je lui explique mon travail.

Je hausse les sourcils pour montrer mon étonnement tant sur l'initiative de la nouvelle que sur le fond puisqu'elle ne remplira pas les mêmes missions que Mireille. Je la laisse m'expliquer la suite sans toutefois l'interrompre.

– Elle est tout à fait consciente que le poste va évoluer, mais elle pense que si elle connaît le mode actuel de fonctionnement, elle pourra mieux proposer des adaptations par la suite. J'espère que cela ne vous dérange pas.

– Non, Mireille. Ne vous inquiétez pas. Tout ce qui peut être bénéfique pour la boîte me va.

– Ah, tant mieux, tant mieux. Et…

Elle continue à me vanter les mérites de ma nouvelle assistante jusqu'à l'arrivée de celle-ci, à l'heure.

Quand Mireille nous laisse tous les deux, je dois vite me rendre à l'évidence qu'elle ne m'a pas menti. Léopoldine est professionnelle. Attentive. Intéressée. Captivée. Critique. Logique. Pragmatique. Elle pose des questions pertinentes lorsqu'il le faut, comme lors de notre entretien, sauf que désormais elle est encore plus motivée. Sous ses airs de beauté froide, elle est le feu. Joueur, je veux la tester, même si je sais que le défi que je m'apprête à lui lancer est perdu d'avance. Mais j'aime la voir perdre sa contenance en ma présence.

– Mademoiselle Leclair, je suis vraiment très heureux de cet entretien et je vois avec plaisir que vous avez su, en quelques heures, capter l'essence même de la philosophie développée par mon père à la création de la société.

– Merci, monsieur Delbarre. Il est vrai que Mireille a été très efficace pour me mettre au courant des activités. Mais j'ai encore tant à découvrir.

Bon point pour elle. Elle n'est pas autocentrée et sait valoriser ses collègues.

Si elle savait tout ce que j'aimerais lui faire découvrir ! Mais je m'égare.

– J'en suis bien conscient. Vous n'êtes là que depuis quelques heures. Vous n'êtes pas sans savoir que vos missions seront largement différentes de celles de Mireille. Nous apprendrons ensemble.

J'essaie de lui faire un vrai sourire pour la rassurer sur notre future collaboration. De ceux que je faisais avant. Mais, devant son air ahuri, je pense avoir échoué lamentablement tellement je suis conditionné lorsque je suis au bureau. À moins que je ne me trompe quant à sa réaction. Peut-être qu'au contraire, elle est surprise, troublée.

– Nous avons de bons contacts en Inde. Vous avez stipulé sur votre CV que vous aviez des notions d'hindi.

– Oui, un peu plus que des notions même, répond-elle, gênée. Mais beaucoup d'autochtones parlent anglais toutefois.

– Oui, tout à fait. Nous avons besoin de nous développer au Moyen-Orient, voire à l'Extrême-Orient où la plupart des pays sont des pays émergents. Il y a une forte demande de produits provenant de cette culture. J'aimerais que vous travailliez sur un tableau comparatif des diverses denrées que nous pouvons trouver en Inde, en bio naturellement ou du moins écoresponsables, même si c'est une notion pas encore vraiment bien maîtrisée là-bas. Selon vos propositions, j'enverrai un émissaire sur place ou j'approfondirai votre étude.

– Il vous faut cela pour quand ?

Il y a danger. Tout chez cette nana me plaît. Elle fait ingénue, mais peut devenir une professionnelle aguerrie et concentrée en quelques secondes. Je veux la tester, mais ce sont mes limites que je teste. Jouer avec mon assistante est finalement une très mauvaise idée. Et si en plus, elle me sollicite pour travailler sur ce boulot, je vais craquer, c'est certain. Ses grands yeux azur me fixent, attendant quelque chose.

Ah oui, une réponse ! Mais comment puis-je me concentrer quand elle me regarde ainsi ? Et le pire, c'est qu'elle n'en a absolument pas conscience !

– C'est votre première mission donc on va dire que

j'aimerais avoir une première approche d'ici un mois. Cela vous conviendra ?

– C'est largement suffisant. Merci. C'est tout ce que je peux faire pour vous, monsieur Delbarre ?

Elle ne se rend pas compte du double sens de sa phrase. Ou peut-être que si finalement, si je me fie à ses grands yeux bleus qui me bouffent d'envie. Je me sens plus fort sous ce regard. J'aimerais lui dire tout ce qu'elle peut faire pour moi. Mais se mettre à genoux dans mon bureau, ma queue entre ses jolies lèvres, n'est pas une option.

– C'est bon. Allez rejoindre Mireille qui doit trépigner d'impatience de vous voir revenir.

Elle quitte mon bureau avec un sourire extraordinaire.

8

Léopoldine

C'est vendredi. Ma première semaine de boulot est juste hallucinante. Fascinante. Enrichissante. Exceptionnelle. Éreintante. J'adore mon job.

La cerise sur le gâteau, c'est que cela me permet de réfléchir à ce que je veux vraiment. Je sais depuis longtemps que je ne pourrai jamais vivre pleinement de mon art. Je pensais trouver un boulot alimentaire mais, après une seule semaine, j'ai le sentiment que ce sera beaucoup plus que cela.

Je découvre un univers très éloigné de celui que j'ai effleuré dans ma famille, pourtant dans la même branche. La boîte est à dimension humaine, loin des chiffres pharaoniques de la multinationale de mon père, et cela me convient bien mieux. J'ai été accueillie, réellement accueillie, comme une lointaine cousine que l'on intègre au cercle familial.

Ne plus avoir le temps de dessiner me permet surtout de me détacher des souvenirs qui me hantent. Même si j'ai une pensée tendre et nostalgique pour cet intermède de ma jeunesse, être occupée à plein temps et avoir en face de moi un boss plus qu'attirant me contraint à oublier l'air angélique de ce jeune musicien qui a bouleversé ma vie, à zapper le timbre de sa voix profonde et puissante, à tirer un trait sur le corps tatoué qui m'a étreinte avec passion. C'est exactement ce à quoi je pense lorsque je rentre chez BioMag, ce matin.

– Alors ? C'est bon pour toi ? Tu as tenu ta première semaine ? m'interpelle Nathalie, la standardiste.

Cette nana pétillante est tout simplement géniale. Un peu fofolle. Un peu taquine. Un peu pipelette. Nathalie force la sympathie.

– Eh oui, je m'accroche, lui réponds-je avec un grand sourire.

– La semaine prochaine, on sort toutes les deux !

– Ah oui ? Et pourquoi cela ?

– Parce que tu es beaucoup trop sérieuse ! Je vais te secouer tout ça moi, tu verras. Tu n'as que 27 ans et tu fais aussi coincée que ma mère !

– Euh, je ne sais pas comment je dois le prendre, Nath'…

– Mais prends-le bien, ma belle ! Si je te dis ça, c'est parce que je t'apprécie et que je suis sûre que tu vas être bénéfique pour la boîte !

Bien que plus âgée que moi, Nathalie me fait penser à une petite sœur qu'il faudrait canaliser.

Ça ressemble forcément à ça une petite sœur…

Bon, par contre, sa mission autoproclamée de me « décoincer » est perdue d'avance, mais je me garderai bien de le lui dire !

Je continue ma route et quand j'arrive à mon étage, je retrouve Mireille, déjà présente.

– Ah, Léopoldine, tu es déjà là ! C'est super, nous allons pouvoir discuter un peu entre nous. Comment s'est passée ta première semaine ?

– Je suis satisfaite ! Le boulot me plaît. Il y a vraiment plein de trucs à découvrir et à envisager. Non, vraiment, c'est cool !

Mireille et moi n'appartenons pas à la même génération mais elle a vraiment été une perle cette semaine. Un peu comme une maman, elle m'a conseillée, corrigée, aiguillée. Enfin, il me semble qu'une maman doit être ainsi. D'autres auraient mal pris ma venue, mais pas elle. Elle affirme que c'est son choix. En même temps qu'elle m'a apporté l'expertise de son ancienneté dans la société, je lui ai appris quelques ficelles en informatique. Je ne pense pas que le boss apprécierait, mais nous avons bien ri lorsque je lui ai créé son profil Facebook. Cela lui permettra de correspondre avec ses petites-filles et de paraître comme une grand-mère dans le coup.

– Tu as pu avancer sur ce que t'a demandé M. Delbarre ?

– L'étude de marché en Inde ?

– Oui. C'est un gros travail quand même pour une première. Je pense qu'il veut te tester un peu. Mais ce n'est pas un mauvais bougre, tu verras.

– Je n'en doute pas une seconde et je crois même pouvoir lui donner une ébauche aujourd'hui.

– Mais, ce n'est pas possible. Il t'a demandé ça lundi !

– Je me suis inspirée de l'étude que tu m'avais remise, mens-je. Cela m'a vraiment facilité la tâche. Tu crois qu'il sera là ce matin ?

– Oui, il ne devrait pas tarder.

– Tu peux m'en dire un peu plus sur lui ?

Il a été très présent cette semaine. Sans doute parce qu'il voulait qu'on travaille souvent ensemble pour se jauger. Mireille m'a déjà expliqué que ce n'était pas toujours ainsi. Il paraît que cela lui arrive, quelquefois quand il sature, de s'enfermer pendant des heures.

– C'est difficile car je le connais depuis tellement longtemps !

– Oui, tu travaillais pour son père. Mais encore ?

– C'était un gentil garçon, plus jeune. Il avait des rêves qu'il a dû abandonner quand son père est mort. Il est rentré de son voyage en toute hâte pour remplir son rôle de fils aîné.

– C'est affreux ! Je savais que son père était mort, mais je ne savais pas que ça l'avait obligé à renoncer à ses propres rêves… Désolée, je ne voulais pas être indiscrète.

– Non, ne t'en fais pas, me dit-elle en me tapotant la main. C'est bien normal que tu te renseignes. Tu vas travailler avec lui. Suite à ça, il n'a plus jamais été le même.

– Qu'est-ce que tu veux dire par là ?

– Il est devenu… taciturne. Mais ne t'y fie pas. C'est vraiment un homme bon.

De ce que j'ai vu cette semaine, ce n'est pas le connard arrogant que je pensais. Pas du tout. Il est même plutôt sympa, même s'il est dur et impitoyable. Il est exigeant. J'ai l'impression de le connaître ou tout du moins de me reconnaître en lui. Les échanges sont très naturels entre nous. Il a un je-ne-sais-quoi de familier. Ce qui est complètement irrationnel.

Toute la semaine, je me suis demandé comment ce mec était arrivé à ce poste. Bon, je savais bien qu'il était un fils à papa, mais cela dénotait carrément avec son attitude. Il n'a pas cette suffisance que j'ai si souvent rencontrée dans ma vie avec les héritiers prétendant au titre de prince consort des De Saint Balmont Leclair. Maintenant que je connais les circonstances avec lesquelles il a pris la direction de la boîte, je comprends un peu mieux son aigreur. Son manque de passion. J'ai enfin mis le doigt sur ce qui me tracassait. Il fait les choses parce qu'elles doivent être faites.

– Alors, mesdames, comment allez-vous ce matin ? nous interrompt une voix chaude.

Nous sursautons toutes les deux, comme prises en faute. Je ne sais pas depuis combien de temps il est là et s'il a entendu nos échanges.

– Bonjour, monsieur Delbarre, répond sereinement Mireille.

– Monsieur, me contenté-je de dire en hochant la tête. Auriez-vous un instant pour me recevoir aujourd'hui ?

Il me fixe un peu trop longuement à mon goût et je me tortille sur ma chaise. Je n'aime pas le regard qu'il me lance. C'est un regard qui serait approprié dans une alcôve ou dans un salon, juste avant d'entrer dans la chambre, mais pas au milieu d'un bureau, avec un témoin en plus.

J'ai l'impression qu'il détaille ma tenue que je voulais classique ce matin. J'ai ramené mes cheveux en un chignon strict mais la vue de ma nuque semble l'intéresser. Je jette un coup d'œil à mon chemisier mais son décolleté est resté sage.

– Onze heures.

C'est tout ce qu'il répond et tourne les talons. Mireille pouffe à mes côtés et j'ai soudain froid.

***

Quand arrive l'heure de notre rendez-vous, je prends ma pochette et toque à la porte de mon boss.

– Entrez !

– Je ne vous dérange pas, monsieur Delbarre ?

– Nous avions rendez-vous.

Je prends ça pour une invitation et m'installe face à lui.

– Je souhaitais vous voir pour vous présenter la première ébauche de l'étude que vous m'avez commandée.

Il ne dit rien, mais je remarque la lueur intéressée qui scintille dans ses yeux sombres. Il reste silencieux, m'invitant à poursuivre. Mais je n'ajoute rien. Je lui tends le rapport concernant les filières d'agriculture biologique en Inde. Il hausse son sourcil, qu'il a parfaitement arqué par ailleurs.

– Vous avez fait vite ! Vous êtes sûre de vous ?

– Je vous ai stipulé que c'était une ébauche et je voulais voir avec vous si j'allais dans la direction que vous souhaitiez avant de vous remettre mon rapport définitif.

– Comment avez-vous eu tous ces chiffres ? me demande-t-il en feuilletant le dossier.

– J'ai gardé de bons contacts en Inde.

Je ne lui précise pas que j'ai sollicité mon amie Nadini, prénom qui signifie « Celle qui donne de la joie » et qui lui va comme un gant. Je lui ai expliqué mon boulot et surtout ma mission. Associée de la boîte pour laquelle j'ai travaillé en Inde, je savais qu'à l'époque nous avions réalisé des études complètes sur les différents choix de filière. Elle a vraiment ri lorsque je lui ai expliqué que c'était pour damer le pion à mon boss. Elle m'a taquinée en me demandant s'il était aussi bien que Connor, le fils du conseiller de l'ambassadeur que j'avais fréquenté lors de mon séjour.

Il n'y a aucune comparaison, Antoine Delbarre met la barre très haut en termes de beauté, virilité, prestance et présence.

Mais ça sort d'où, ça ?

– Vous m'intriguez, mademoiselle Leclair.

Je souris face à cet aveu. S'il savait que lui fait plus que m'intriguer. Il me subjugue. Il me pose quelques questions rapides, efficaces. Il a cerné mes commentaires en quelques coups d'œil. Compris mes remarques.

– C'est un début très prometteur, mais j'ai besoin d'en savoir un peu plus. Vous comprendrez que je ne peux prendre pour de l'argent comptant vos écrits, surtout en si peu de temps. Je…

– Je comprends, même si cela me plaît moyennement que vous mettiez en doute ma parole. J'ai déjà réalisé ce travail, il y a quelques années, lorsque je travaillais en Inde. Je n'ai eu qu'à actualiser les données après les avoir récupérées auprès de mes contacts.

– Fabuleux !

– Vous verrez que j'ai joint une présentation sur la région pilote, en termes d'agriculture biologique. Il s'agit du Sikkim, région située au nord de l'Inde, sur les contreforts de la chaîne himalayenne. Je ne sais pas s'il maîtrise le développement durable, mais il est le premier État à pratiquer une agriculture entièrement bio-organique au monde, politique environnementale mise en place depuis quinze ans quand même !

Antoine Delbarre comprend tout de suite ma petite pique. Il esquisse un rictus. Un sourire. Une grimace. Enfin, pour une fois, il laisse apparaître une émotion autre que la colère.

Pour la première fois, je le laisse sans voix. Antoine Delbarre n'est pas un expansif. Enfin, professionnellement parlant. J'espère qu'il est plus torride dans sa vie personnelle car ce serait vraiment dommage qu'un tel spécimen masculin soit insipide et sans saveur. Je l'imagine passionné. Fiévreux. Impatient mais méticuleux. Ardent. Expérimenté. Brûlant.

Non mais qu'est-ce que j'ai aujourd'hui ? Est-ce que ce sont les confidences de Mireille qui me perturbent ?

Cela fait longtemps que je n'ai pas été troublée ainsi par un mec. Grand. Brun. Les yeux noirs. Mon boss en impose avec sa carrure d'athlète, là où j'apprécie plus, en temps normal, un torse tout en finesse et musculature bien dessinée. J'aime les regards habités des gens passionnés, alors que mon boss semble avoir perdu son feu sacré. Et puis j'aime le côté bad boy gentil qui me fait immédiatement craquer, alors qu'Antoine Delbarre semble bien propre sur lui.

Il est tout ce que d'habitude je ne regarde pas. L'exact opposé de mon idéal.

***

Home sweet home !

Ce sont les mots qui me viennent à l'esprit lorsque j'ouvre la porte de mon appartement à presque dix-neuf heures après une journée de travail intense. J'enlève mes escarpins *torturateurs* de doigts de pied et les balance dans l'entrée. Je verrai ça demain. C'est marrant comme l'ordre, le rangement, et même le ménage sont des concepts très secondaires lorsqu'on travaille. Le long du chemin qui me mène à la salle de bains, je sème les éléments vestimentaires de ma panoplie d'assistante. Je jette ma veste sur le portemanteau de l'entrée. Ma jupe est dégrafée et rejoint le sol au milieu du couloir. Mon chemisier atterrit sur le bras du fauteuil. Seuls mes sous-vêtements sont placés dans la panière de linge sale de la salle de bains. Sans plus réfléchir, je prends une douche brûlante qui détend mes muscles meurtris.

Démaquillée, lavée, séchée, je revêts un pantalon usé jusqu'à la corde et un grand tee-shirt informe, puis j'allume la télé pour avoir un fond sonore. Une émission de musique, ce sera parfait. Je file à la cuisine pour me faire un plateau-repas et je m'affale sur mon canapé.

Je réfléchis à cette semaine. Je suis vraiment heureuse. Je pense qu'un véritable avenir se profile. Il y a une éternité que je n'ai pas eu une telle vision de mon futur. Cela fait du bien. Je peux enfin me projeter dans quelque chose. Si j'avais conservé quelques contacts, ce serait la soirée parfaite pour aller faire la fête.

Comme en écho à mes pensées, mon téléphone fixe sonne. C'est étrange car la seule personne qui sait que j'habite ici est Héloïse mais je lui ai parlé tout à l'heure en rentrant du boulot pour justement lui dire que je lui expliquerai tout ce week-end. Et elle m'appelle toujours sur mon portable. Je n'ai communiqué ce numéro à personne.

Je regarde l'heure. Il est près de vingt et une heures et il me semble peu probable que ce soit des démarcheurs à cette heure. Mais dans le doute, j'hésite. La semaine a été tellement parfaite que je n'ai pas envie de m'emmerder avec des importuns. Mais cela pourrait être important. Je me décide à me lever quand le répondeur s'enclenche.

« Léopoldine ? Tu es là ? C'est ta mère ! »

Oh putain, cette voix. Mon sang se glace.

« Bon, tu dois être sortie. C'est normal un vendredi soir, mais j'espère que tu ne mènes pas une vie trop décousue. Je me suis inquiétée toutes ces années. Flora, tu sais, mon amie Flora Di Matteo, t'a vue l'autre jour sur la place du Change. Elle m'a dit que tu dessinais des portraits sur une espèce de petit tabouret… Enfin, j'espérais que ça t'était passé. Tu aurais pu nous dire, à papa et moi, que tu étais rentrée. Nous sommes quand même tes parents ! Il est temps que nous parlions d'avenir donc tu me rap… »

« Biiiiiiip ! »

Sauvée par le gong. Elle a rempli mon répondeur. Pas un mot gentil. Encore des reproches et des jugements. Neuf années de silence et elle me parle comme si mes parents et moi nous étions quittés hier, comme s'ils avaient encore un droit sur moi. Ils n'ont manifestement, et malheureusement, rien compris. Et cette voix haut perchée qui me fait l'effet d'une craie sur un tableau noir. Dénuée de chaleur. Dénuée d'amour. Putain, si mes géniteurs sont au courant que je suis rentrée, ma vie va redevenir un enfer ! Bon, je ne suis plus la gamine de 18 ans qu'ils pouvaient manipuler. Je suis forte, indépendante, et j'entends bien le rester !

9

Antoine

C'est déjà le premier dimanche du mois et je me retrouve, comme le veut la tradition, chez ma mère. Mon frère ne devrait plus tarder mais, comme souvent aussi, il est en retard. Ma mère ne dit rien mais je vois que cela la peine.

Un putain de dimanche par mois ! C'est quand même pas insurmontable !

Bon, pour moi aussi, ça devient parfois une contrainte, mais ma mère est tellement heureuse que l'on se retrouve que je ne peux me résoudre à annuler.

J'entre dans la maison de mon enfance et prends ma mère dans mes bras. Je l'embrasse sur la tempe. C'est encore une très belle femme qui affiche une cinquantaine épanouie, malgré cette tristesse qui ne quitte plus ses magnifiques yeux verts. Quelques fils d'argent agrémentent désormais ses longs cheveux bruns qu'elle préfère laisser au naturel. Elle est fière de son âge et de ses premières rides comme la preuve qu'elle a bien vécu sa vie. Institutrice au début de leur mariage, elle a rejoint mon père quelques années plus tard, lorsque la société se développait. Je m'occupe maintenant de l'entretenir financièrement car je n'ai pas souhaité qu'elle continue à travailler avec moi. Cela l'aurait trop détruite, sans mon père, et je voulais la préserver. J'arrive toujours un peu plus tôt pour l'aider, même si au final je ne fais que lui tenir compagnie et discuter avec elle dans la cuisine, pendant qu'elle termine de tout préparer car elle préfère tout faire elle-même. C'est tout juste si elle me laisse mettre la table !

Nous sommes justement en train de parler des fleurs qu'elle désire mettre dans les parterres qui bordent la maison et du fait que je vais devoir venir bêcher lorsque mon frangin se pointe enfin.

– Salut, maman. Anto, bougonne-t-il en me voyant attablé avec ma mère au comptoir de la cuisine.

– Salut toi, comment tu vas ? Tu ne t'es pas réveillé ce matin ? lui demande trop gentiment maman qui a du mal à dissimuler que son arrivée à treize heures trente pour se mettre les pieds sous la table la blesse.

– Oui, désolé maman, mais je suis rentré un peu tard cette nuit et… Enfin, tu sais ce que c'est. Je profite de ma jeunesse.

Il marque une pause, essayant de l'amadouer, ce qui m'agace prodigieusement car cela fonctionne. Je vois ma mère fondre et lui ébouriffer les cheveux. Il se tourne alors vers moi et me demande, agressif :

– Pourquoi tu me regardes comme ça ?

– Pour rien, Gabin, pour rien. Bon, on passe à table ?

Je me lève sans lui répondre car je ne veux pas faire souffrir ma mère plus qu'elle ne souffre déjà. La perte de mon père, la solitude et l'incapacité de ses enfants à s'entendre, il me semble que c'est un peu trop. Je prends ma bière et vais m'asseoir à table tout en apportant le pain que j'ai largement entamé.

Le repas se passe sans heurts. J'ai tenté de mettre un couvercle sur mon énervement et ma rancœur envers mon frère. Même si Gabin en début de repas a continué à me titiller, pensant me faire craquer, j'ai tenu bon et il s'est également calmé, au plus grand bonheur de ma mère. Tout se passait vraiment bien, jusqu'à ce qu'innocemment maman mette de l'huile sur le feu.

– Au fait, mon chéri, ta nouvelle assistante a débuté lundi ? Cela se passe bien ?

Je vois mon frère se renfrogner, encore une fois, car je ne l'ai pas consulté.

Est-ce qu'il a franchement tort ?

J'aurais dû lui en parler mais vu l'ambiance entre nous, je n'en avais vraiment pas envie.

Gabin agit toujours comme l'enfant gâté qu'il est, que l'on a trop souvent préservé. C'est pourquoi son avis, je m'en suis passé.

Je ne suis pas un patron despote et omnipotent.

J'écoute mes collaborateurs. Je suis certains conseils. Je développe certaines idées même, et peut-être surtout lorsqu'elles ne sont pas de moi. Mais pour le choix de mon bras droit, il me semble que je suis en droit de ne rien demander à personne. Heureusement, maman ne le remarque pas et je peux lui répondre facilement.

– C'est vrai que j'ai oublié de te raconter tout à l'heure. Écoute, j'avais vraiment quelques appréhensions sur le fait de s'habituer à un nouveau mode de fonctionnement. Je le sais nécessaire mais j'ai pris certaines habitudes en six ans et puis Mireille fait partie du paysage BioMag. Mais je suis agréablement surpris par la dynamique qui s'est naturellement installée !

– C'est génial, mon chéri. Et comment est-elle ?

– Si je te réponds « compétente », cela te convient ?

Ma mère éclate de rire et m'adresse un clin d'œil, comme une enfant qui a fait une bonne blague. La voir aussi détendue me ravit et me fait presque oublier Gabin qui ne desserre pas les dents.

– Non, allez, décris-la-moi.

– C'est un petit gabarit de femme. Elle a des yeux bleus qui changent de couleur et deviennent orageux quand elle est en colère ou soucieuse. Et tu sais quoi ?

– Non, quoi ? demande ma mère, attentive.

– Elle en a deux, réponds-je dans un éclat de rire.

– Mais que tu es bête, ce n'est pas possible ! Elle s'entend bien avec Mireille ? Ce n'est pas trop difficile pour elle ?

– Bah écoute, je suppose car je les entends rire à longueur de journée ! Et puis c'est le choix de Mireille. Je la vois plus soulagée qu'autre chose maintenant que Mlle Leclair est là. Je pense que le fait d'avoir trouvé la bonne personne pour la remplacer, et qui répond à ce que je veux faire pour la boîte, la soulage grandement.

– Et toi, Gabin, comment tu la trouves ?

– Je ne sais pas, répond Gabin, renfrogné.

– Comment ça, tu ne sais pas ! On a bien toujours un avis ou au moins un ressenti !

Je soupire face à la réaction de mon frère qui boude comme il le faisait enfant. Ma mère ne s'aperçoit de rien, ou plutôt refuse de s'en apercevoir car elle espère toujours que tout redevienne comme avant, quand nous étions encore complices.

– Je ne peux rien te dire sur elle car je ne l'ai pas vraiment rencontrée. Je n'ai fait que l'entrevoir, précise-t-il.

– Anto, tu n'as pas présenté Mlle Leclair à ton frère ?

– L'occasion ne s'est pas présentée, donc pas officiellement, non. En revanche, tu exagères Gabin, car tu as rencontré Léopoldine quand Mireille a fait le tour des services et quand vous avez déjeuné avant-hier ensemble au self.

– Alors oui, maman, j'ai effectivement côtoyé Miss Parfaite, nouvelle assistante de mon frère.

– Putain, Gabin… m'énervé-je.

– Les garçons… tente ma mère.

– Quoi, Gabin ? demande-t-il, agressif maintenant.

– Tu me fais quoi là ?

– Tu crois que cela me fait plaisir quand je suis traité comme un vulgaire employé et que mon propre frère ne me présente pas en tant que tel à sa putain d'assistante, poste entre parenthèses que j'aurais très bien pu occuper afin de plus m'investir dans la boîte… Mais bon.

– Tu m'emmerdes avec ton ego démesuré et tes problèmes existentiels de gamin gâté à qui il faudrait un coup de pied au cul plus qu'autre chose !

– Eh ben viens, le donneur de leçons ! Viens me mettre un coup de pied au cul, mais dis-toi qu'aujourd'hui tu n'es pas mon boss mais mon frère donc je te rendrai coup pour coup.

– Mais tu es un grand malade, Gab'. Je ne vais pas te frapper. C'est quoi ton problème ?

– Mon problème, c'est que tu as embauché une étrangère à BioMag alors que j'aurais pu prendre ce poste pour acquérir d'autres compétences et participer vraiment à la société. Mais, bien sûr, tu as encore trouvé ce moyen pour me mettre sur la touche.

Ma mère tente de nous arrêter mais l'abcès étant crevé, il faut que la bile s'écoule. Mon frère semble vouloir en découdre. Je dois apaiser les choses, pour ma mère.

– Certes, j'aurais pu, peut-être dû, te présenter Léopoldine personnellement. En revanche, au regard de ton immaturité et tes crises de jalousie, il est hors de question que tu prennes un poste de cette importance au sein de la boîte. Fais déjà tes preuves en tant que directeur de la communication, chose qui est loin d'être le cas, et on en reparle. Pour le moment, je n'ai absolument pas envie de te confier quoi que ce soit d'autre.

– Mais…

– Non, Gabin. Ça suffit ! Tu crois que tout te revient et que l'on te doit tout mais il va falloir que tu changes d'attitude si tu veux qu'un jour on puisse faire de belles choses ensemble et travailler sereinement. Le respect, ça se gagne. Pour le moment, ce n'est pas le cas et tant que j'aurai les rênes…

– Ah… Le sacro-saint argument du fils aîné. Mais tu crois que papa aurait été content de voir comment tu agis ? Tu es devenu arrogant et despote et…

– VOS GUEULES ! hurle soudain ma mère.

Nous nous arrêtons instantanément et regardons, hébétés, notre mère en larmes. Il n'y a rien que je déteste plus que de la faire pleurer.

– Maman, disons-nous de concert.

– Fermez-la ! Tous les deux. Ce n'est pas possible d'avoir deux abrutis pareils comme fils ! Vous ne croyez pas que nous avons assez souffert comme cela sans en rajouter une couche ? Vous pourriez faire un effort et vous entendre, au moins par respect pour moi et en mémoire de votre père ! Toi, Gabin, tu…

– Mais c'est toujours moi qui…

– Je t'ai dit que je ne veux pas t'entendre ! Donc, toi, Gabin, il y a un fond de vérité dans ce que dit ton frère. Tu es encore un peu jeune pour prendre plus de responsabilités dans la société même si ton poste est déjà essentiel. Il faut que tu fasses tes armes et j'aurais besoin de te voir pour te dire deux ou trois petites choses en tête à tête. Quant à toi, Antoine…

Je la laisse continuer. Et devant la mine déconfite de mon frère, je ressens une lassitude immense. Il fut une époque où, lorsqu'il faisait cette tête, il se réfugiait auprès de moi pour que je le console. Maintenant, je suis l'artisan de sa tristesse.

– Tu pourrais arrêter de la jouer solo et impliquer un peu plus ton frère. Comment veux-tu qu'il progresse si, à chaque fois qu'il te soumet une idée ou un projet, tu le rejettes en lui disant qu'il n'a pas l'expérience ? Comment veux-tu qu'il l'acquière ?

***

En rentrant chez moi, juste après l'épisode de crise, je repense aux propos de ma mère et me dis qu'elle n'a pas complètement tort sur le fond. Notre relation est tellement épidermique avec Gabin qu'il nous est très difficile de trouver un autre mode de fonctionnement. Le pire dans tout ça, c'est que je voudrais lui laisser complètement la main dans quelques années mais que je ne peux pas le lui dire sinon il va prendre la grosse tête. Mon ambition a toujours été de retourner vers le groupe. J'aurai fait mon taf chez BioMag. J'aurai fait ce que l'on attendait de moi. Ce sera à lui de prendre la relève. S'il savait, ce petit con, que je l'aime infiniment et que si je subis et accepte la pression incessante depuis six ans, c'est justement pour lui. Justement pour lui préparer la voie comme mon père l'a fait avant moi.

Il faudra que je creuse la question concernant notre façon de communiquer mais, à cet instant, j'ai juste envie de me retrouver tranquillement chez moi. Mettre un bon vieux rock américain des années cinquante. Prendre une bière. Peut-être deux. Et je vais rêver de ma superbe assistante car, ce que je n'ai pas pu révéler à ma mère, c'est que c'est la première femme depuis longtemps qui me fait bander vraiment dur… Surtout quand je vois ses jambes fines gainées de soie noire, et quand j'imagine ce qui peut se dissimuler sous sa jupe cintrée qui lui moule les hanches…

10

Léopoldine

J'ai la chanson de Jeanne Mas, « Toute première fois », dans la tête. Ce n'est pas franchement ma génération mais tant pis. C'est ce qui me vient quand je monte dans le bus pour me rendre au taf ce matin. Oui, toute première fois que je suis toute seule aux commandes.

Puisque cela se passait super bien, au lieu de reculer son départ en retraite, Mireille a fait valoir ses droits à des congés et est partie vendredi. En cinq semaines, elle m'a fait la genèse de la société et j'ai les bases pour construire le reste. Antoine Delbarre était super content de l'étude que je lui ai communiquée la première semaine et depuis nous travaillons dessus. Il pense même m'envoyer en Inde avec Alex que j'ai rencontré et avec lequel je m'entends super bien. Un baroudeur, un vrai, comme j'en ai croisé quelquefois lors de mes voyages. Ce sont souvent des gens profonds qui fuient quelque chose.

Alexandre est adorable. Toujours un bon mot. Un sourire. Une bêtise à dire. Toujours là pour faire le clown et nous faire rire. Mais il cache au fond de ses yeux une douleur indicible. Il a l'air d'avoir vécu des choses pas cool du tout dans sa vie. J'espère que je serai là si un jour il décide de fissurer sa carapace. Je suis persuadée que nous allons bien nous entendre. Il a presque l'âge d'être mon père et je nous ai découvert plus de points communs en quelques rencontres que ceux que j'ai pu avoir avec mon propre géniteur.

À l'inverse, les débuts avec Delbarre ont été un peu houleux, je dois bien l'admettre. J'ai un tantinet dépassé les bornes lors de l'entretien. Mais comme nous sommes deux adultes responsables, nous avons oublié cet épisode et depuis cela se passe vraiment bien. Une certaine complicité est en train de naître et j'apprécie de plus en plus cet homme.

Je m'étais complètement fourvoyée sur le personnage. C'est un mec bien. Difficile, mais bien. J'ai toujours l'impression qu'il lutte contre sa nature. Mais de temps en temps, de plus en plus souvent, je vois apparaître le vrai Antoine sous le vernis de chef d'entreprise. Un mec qui a des valeurs, dont la parole veut dire quelque chose et qui, quand il s'engage, le fait pour de bonnes raisons. J'ai comme la sensation qu'il revêt un costume lorsqu'il arrive au taf. Une espèce d'armure qui le maintient dans son rôle. Je ne sais pas pourquoi mais j'ai envie de creuser petit à petit.

Il est juste un peu plus vieux que moi mais il a déjà endossé tellement de responsabilités à la mort de son père. Et la boîte n'est que la partie émergée de l'iceberg ! Il porte tout le monde à bout de bras et, certains jours, je vois la lassitude sur ses traits.

Je n'ai toujours pas eu le loisir de lui parler de mon petit problème d'état civil et plus le temps passe, plus cela sera difficile. Mais j'estime ne pas encore avoir assez fait mes preuves pour me permettre de me dévoiler.

Antoine Delbarre est un type ouvert. Enfin, il me semble. Et je suis sûre qu'il comprendrait mais je préfère avancer encore un peu et travailler avec lui. Ce n'est finalement pas si important que cela. J'ai juste omis une partie de mon nom, ce n'est pas comme si j'avais usurpé une identité.

Mais tout cela est bien loin de mes préoccupations aujourd'hui car nous avons organisé, en catimini, une grande réception cet après-midi pour mettre Mireille à l'honneur. Delbarre lui a demandé de passer signer des papiers vers quatorze heures. Elle ne se doute de rien.

C'est donc le sourire aux lèvres, forte de la certitude que tout va bien se dérouler, que j'arrive au travail ce lundi matin. Je suis seule aux commandes pour la toute première fois et je sais que je vais y arriver. J'ai la foi. J'ai la rage. J'ai le courage.

Alors que je passe par la porte latérale, car à cette heure-là le hall principal est encore verrouillé, mon téléphone sonne. Je regarde le correspondant et ne reconnais pas le numéro. Je laisse la messagerie prendre le relais et monte les escaliers qui mènent à l'étage. J'aime cet instant de calme. J'apprécie le cadre. J'apprécie les lieux. J'apprécie mon job. Je profite comme jamais. Je ris toute seule avant d'atteindre mon bureau. J'espère juste ne pas être filmée sinon je risque la camisole de force. Comme souvent, la lumière filtre sous la porte d'Antoine.

J'ai envie de le voir mais je me retiens. Il reste mon boss et je ne dois pas l'oublier, même si ce n'est pas facile de le faire avec lui.

Tandis que mon ordinateur démarre et se connecte, je regarde mon bureau qu'il faut encore que je m'approprie. J'ai des tas d'idées d'aménagement que je devrais soumettre à Antoine. Je lance mon répondeur tout en réfléchissant aux possibilités quand une voix me glace. Sa voix.

« Léopoldine ! C'est encore moi. Est-ce que tu voudrais bien me rappeler ? Cela fait au moins quatre messages que je te laisse. J'espérais que tu répondrais sur ton portable ! Tu ne peux pas fuir tout le temps, ma fille. Il est temps que tu te comportes en adulte. Rappelle-moi ! »

Mais putain, comment a-t-elle eu mon numéro de portable ?

Elle m'a effectivement laissé plusieurs messages à la maison auxquels je n'ai pas donné suite car cela ne m'intéresse pas. C'est quoi la prochaine étape de son harcèlement ? Qu'est-ce qu'elle croit ? Que je vais tout d'un coup oublier ? Certainement pas ! Je sais qu'un jour prochain, le plus tard possible, je devrai les affronter, elle et mon père. Qu'est-ce qui les emmerde le plus ? De ne plus me voir ou le fait que j'aie osé ne pas obéir à leurs injonctions ? Je sais malheureusement que la balance penche pour la deuxième hypothèse. Je vais devoir prendre des décisions très rapidement si je veux que ma mère arrête de m'emmerder. Je ne veux plus avoir affaire à elle, à eux. J'ai rayé cette vie en montant dans le TGV qui me menait vers mon destin. C'est peut-être pour cela que je n'ai encore rien dit non plus à mon patron sur ma famille. Sur mon passé. Sur mon héritage.

Je dois me calmer avant qu'Antoine revienne car s'il me voit dans cet état, il va vouloir savoir ce qui se passe et je ne pourrai pas me taire. Je refuse que, même maintenant, ma mère s'immisce dans mon job et me pourrisse la vie !

J'efface le message lorsque la porte de communication avec le bureau d'Antoine Delbarre s'ouvre.

– Ah, Léopoldine, il me semblait bien que je vous avais entendue ! Comment allez-vous ? Prête pour le grand bain ?

Il me tend un mug avec un grand café. Je hausse un sourcil.

– Grand café au lait sans sucre !

– Vous ne pensez pas que c'est plutôt à moi de vous apporter votre café, monsieur Delbarre ?

– Si ! Mais c'est votre premier jour, je voulais être sympa avant de devenir le despote que vous allez découvrir, me répond-il avec un clin d'œil craquant. Et puis Léopoldine, je vous en prie, ne faites pas comme Mireille, appelez-moi Antoine !

– D'accord… Antoine, lui dis-je avec un grand sourire.

Il reste debout dans l'encadrement de la porte, semblant attendre je ne sais quoi. Nous nous regardons, complices mais gênés.

Je remarque à quel point mon boss est « intense ». Sa chemise peine à dissimuler ses magnifiques muscles. J'imagine quel effet cela ferait de parcourir son torse. Défaire les boutons, un à un. Découvrir sa peau que j'imagine bronzée. Il doit avoir un léger duvet. Noir. Je devine à cet instant que tout va devenir plus compliqué maintenant que nous nous retrouvons seuls.

Je relève la tête et plonge directement dans son regard qui ne m'a pas quittée. Je me sens rougir car il sait à quoi je pensais il y a quelques secondes. Je le sens. Je le sais. Ses yeux me parlent et affichent une envie égale à la mienne.

Sans vouloir le provoquer, et pour me donner une contenance, je porte ma tasse à ma bouche. Antoine, puisque c'est ainsi que je dois désormais l'appeler, suit des yeux chacun de mes mouvements. Il crispe sa mâchoire lorsque je lèche mes lèvres, ramassant la trace de mousse de lait. Je détourne la tête, gênée qu'il pense que je l'ai fait exprès.

– Bon, je vais descendre à la salle de sport ce matin. Je vous ai envoyé un e-mail. Si vous pouviez le traiter avant de vous échapper pour préparer la fête de Mireille, c'est pressé.

Il quitte mon bureau soudainement, comme s'il avait le feu aux fesses. Je l'entends traverser son propre bureau et claquer sa porte. Je me demande ce qu'il donne, trempé de sueur. Il doit être sexy en diable.

Mais c'est ton boss, alors au boulot !

Je hausse les épaules et consulte ma boîte mail. Il m'a effectivement transmis un fichier que je dois relire. Je m'y mets rapidement. Je découvre les dernières statistiques des différents points de vente qu'il a mises en page pour les managers. Je corrige quelques coquilles, lance l'impression des dossiers qu'il distribuera demain et retourne dans son bureau pour les poser sur sa table de travail.

Concentrée sur ma tâche, je ne l'ai pas entendu revenir de son sport. Et pourtant, il est là, au milieu de son bureau. Nu comme un ver, en train de remettre son caleçon. Tout ce que j'imagine depuis plusieurs semaines est incarné en un seul corps. Et quel corps ! La largeur de ses épaules, la sculpture de ses dorsaux, la finesse de ses hanches, le galbe de ses fesses. Ce mec est simplement parfait. Pas une once de graisse. Une peau veloutée…

Oh, mon Dieu, je suis en train de bloquer sur le corps de mon boss.

Le corps NU de mon boss.

Je rougis furieusement mais n'arrive pas à esquisser le moindre geste. Mes yeux sont maintenant rivés sur le haut de son dos, tout du moins sur la partie de l'épaule jusqu'au milieu du dos. Ce que j'y découvre me chavire, me perturbe et me blesse profondément. Je fixe un putain de tatouage, un squelette bien connu qui tient une guitare. Un dessin que je trace, trace et trace encore depuis presque dix ans.

Mais quelle conne je suis ! Comment n'ai-je pas fait le rapprochement ?

Certes, il a les cheveux moins longs. Il a pris de la prestance et de la carrure. Quelles étaient les chances que je sois embauchée par lui à Lyon, alors que nous nous sommes rencontrés il y a des années à Paris ?

Je suis abasourdie que mon adorable musicien, que je n'ai jamais pu oublier, et mon boss, qui m'attire tant, soient un seul et même homme. L'un était solaire, l'autre est taciturne. L'un était insouciant, l'autre est prisonnier de ses responsabilités… Je reste interdite, paralysée. Je le fixe, ne pouvant concilier les deux éléments.

Il est une information que mon corps avait intégrée mais que mon cerveau n'admet pas.

– Bon Dieu ! Léopoldine ! Vous ne voyez pas que je suis à poil ! Foutez le camp de mon bureau !

La voix agacée d'Antoine me ramène à la réalité. Je me rends compte que je suis restée prostrée. Je lâche mes dossiers qui s'éparpillent au sol et sors rapidement. Je ne réfléchis pas et fuis la situation. Je suis complètement paniquée. Je ne sais plus comment réagir.

Devrais-je m'excuser ? Lui dire ce que je viens de découvrir ? M'enfuir ?

Non, pour le moment, j'ai une tâche à mener. Lui dire maintenant ne ferait que compliquer les choses. Je passe en pilotage automatique et me concentre sur les festivités pour Mireille. Je tente de ne rien laisser paraître et organise la réception. Cela a l'extrême avantage de me tenir éloignée d'Antoine. Je ne le revois pas de toute la matinée.

Avec Nathalie, nous disposons les tables, décorons de photos d'archives la grande salle de réunion et disposons les petits fours. Je réceptionne la livraison des boissons. Nathalie m'amuse. Elle a une énergie débordante.

Une fois satisfaites du rendu de notre préparation, nous prenons un moment pour déjeuner. Nous sommes assises à la cafétéria dans un coin calme. Nathalie me regarde.

– Qu'est-ce qu'il y a ? lui demandé-je au bout d'un moment.

– Tu as été distraite toute la matinée. Tu vas me dire ce qu'il y a ?

– Non, je t'assure, tout va bien.

– Tu me prends pour un lapereau de huit semaines ?

Je ris devant sa moue boudeuse. Même si elle est ce qui ressemble le plus à une amie, je ne peux pas lui confier mes pensées les plus secrètes. Je ne peux pas lui dire que cela fait neuf ans que je pense sans cesse à un putain d'inconnu avec qui j'ai passé la nuit la plus érotique de ma vie et dont le souvenir me hante… Et que ce même mec est devenu mon boss.

Non, je ne peux pas. Alors j'adapte ma réponse, quitte à passer pour une abrutie.

– Je pense que c'est un peu le stress de me retrouver toute seule. Le départ de Mireille, tout ça. Puis organiser sa fête, ça me remue.

Elle me lance un regard suspicieux, pas dupe pour deux sous, mais elle n'insiste pas.

Mon angoisse monte au fur et à mesure que l'heure approche. Les employés arrivent. Ils me saluent et me complimentent pour la décoration. J'accueille des collègues. Sa famille. Mais je reste détachée car je suis obnubilée par la porte. Je sursaute à chaque fois qu'elle s'ouvre.

Puis j'entends sa voix chaude, son rire profond. La poignée s'abaisse et il s'efface pour laisser entrer Mireille.

– SURPRISE ! hurlons-nous tous ensemble.

Mireille semble émue et quelques larmes mouillent ses yeux. Elle se tourne vers Antoine, avec une expression attendrie comme celle qu'une grand-mère pourrait avoir pour son petit-fils.

Antoine s'approche du micro et le silence se fait sans qu'il ait besoin de le demander.

– Mireille, du plus loin que je me souvienne, vous avez toujours fait partie de ma vie, pour mon plus grand bonheur. Vous avez, durant des années, été la fidèle assistante de mon père, le fondateur de BioMag. Vous avez tenu bon, et rien que pour le fait d'avoir supporté les hommes Delbarre, vous devriez avoir une médaille.

Il parle avec son cœur mais le ton est ferme et posé. Pourtant, quand on le connaît comme je commence à le connaître, chaque phrase a une signification profonde et veut dire MERCI. Merci de m'avoir aidé. Merci d'être restée à mes côtés. Merci de m'avoir fait confiance. Merci de m'avoir secoué lorsqu'il le fallait.

Je n'écoute plus le fond de son discours. Je me concentre sur les émotions, sur ses expressions. La tendresse. L'amour. Cet homme est d'une complexité extrême. Je ne réussis pas à réunir toutes les facettes que je découvre.

L'homme d'affaires. Le frère. Le fils. Le patron. L'homme. Et désormais le musicien insouciant.

Finalement cette révélation fait passer au second plan le potentiel embarras d'avoir vu mon boss nu. Ça me paraît bizarrement moins grave !

Tout le monde applaudit enfin et je me demande ce que l'on va faire désormais. Je le suis des yeux. Il a revêtu une chemise bleu clair qui le met particulièrement en valeur. C'est indéniable qu'il me plaît.

Antoine doit sentir mon regard sur lui car il tourne la tête, depuis l'autre côté de la pièce, et me fixe. Il affiche un petit sourire taquin. Je suis quand même soulagée qu'il ne m'en veuille pas de l'avoir vu en tenue d'Adam, mais cela ne résout pas ma gêne. J'aime à penser que je ne lui suis pas indifférente mais je détiens un secret que je ne peux pas partager.

Le temps passe et je parle avec les uns et les autres. Mais je sais toujours où est Antoine. C'est comme une montée d'adrénaline à chaque fois. L'accélération cardiaque au son de sa voix. Les bouffées de chaleur lorsque nos regards se croisent. Les palpitations en sa présence.

Antoine Delbarre a été le meilleur coup de ma vie, mais il est désormais interdit. C'est bien ma veine ! Quand, au bout de neuf années de relations ternes, je tombe enfin sur un type qui éveille quelques palpitations dans mon petit cœur, il faut que ce soit mon ancien amant devenu mon boss. Apparemment, le destin m'en veut !

11

Antoine

Je claque la porte de mon bureau un peu plus fort que nécessaire. Malgré toute la tendresse que j'ai pour Mireille, une fois mon rôle accompli, je devais quitter cette réception. Je suis complètement paumé avec ce qui se passe avec Léopoldine. Elle m'intrigue et me subjugue mais, dans le même temps, me pousse à bout, à la limite de mes retranchements, de mes contradictions.

Ce matin, je savais qu'elle était arrivée puisque j'avais senti son parfum dans le couloir. C'est inimaginable comme le sens olfactif peut être stimulé. Elle sent magnifiquement bon. Cela me rappelle vaguement quelque chose mais je n'arrive pas à déterminer en quelles circonstances j'ai eu l'occasion de sentir cette odeur. Un jour je trouverai. C'est certain car sa fragrance m'est familière. Tout ce que cela m'évoque c'est la plénitude, le bien-être, un sentiment intense. Cela me trouble de respirer ces effluves et cela me trouble de ne pas réussir à situer mon souvenir. Il n'empêche que ce matin, je savais qu'elle était là.

C'était sa première journée en solo alors j'ai trouvé cela sympa de lui apporter son café. Mais tout est parti en vrille par la suite. Elle est rentrée dans mon bureau alors que j'étais encore à moitié à poil.

J'ai passé la journée à chasser son regard qui me hante. Et j'ai passé l'après-midi à regarder cette nana qui me perturbe. C'est complètement déstabilisant de ne plus être maître de rien. De savoir que ce que l'on fait est mal mais que dans le même temps, on se sent obligé de le faire.

Je ne suis pas encore remis de cette journée que j'entends mon agaçante collaboratrice dans son bureau. Je sais que je devrais laisser passer pour ce soir. La journée a été intense et rien ne sortira de bon d'une mise au point, mais je dois le faire. Je n'ai pas apprécié son attitude. Ce n'est pas tant le fait qu'elle m'ait vu à poil qui me dérange, c'est sa réaction de sainte-nitouche qui a suivi. Et sa fuite, son évitement ! On aurait dit une gamine. Je crois que ce qui me blesse aussi, c'est que cela me prouve que nous ne sommes pas compatibles.

C'est ma collaboratrice, merde !

Elle est simplement intouchable. Et puis je n'aime pas les prudes dans mon pieu, j'aime les femmes qui savent ce qu'elles veulent. Ce n'est même pas une option.

– Léopoldine ! Vous pouvez venir, s'il vous plaît.

J'orchestre rapidement la mise en scène. Je m'assois nonchalamment sur mon fauteuil, éparpille les dossiers sur mon bureau et mets une cheville sur mon genou opposé. Je retiens mon souffle lorsqu'elle entre.

– Vous m'avez appelée, monsieur Delbarre ?

– Antoine ! Je vous ai demandé de m'appeler Antoine ! réponds-je, agacé, même si ce n'est pas le sujet. Je voulais vous remercier pour ce que vous avez fait pour Mireille. La fête était très réussie.

C'est pitoyable comme excuse mais je n'ai pas trouvé mieux. On doit installer nos bases d'échange sur le boulot et essentiellement sur le boulot. Je ne dois pas laisser ma bite prendre le dessus car, à cet instant, cette dernière me pousse à coucher mon assistante sur mon bureau, à tout envoyer valser et à la baiser. J'aimerais tant lui apprendre sa sensualité…

– De rien, c'était bien normal. Mireille a été une secrétaire précieuse, d'après ce que j'ai appris sur elle pendant ces cinq semaines, mais elle a vraiment été accueillante avec moi et… Enfin, cela m'a vraiment fait plaisir, monsieur Delbarre.

Je sais qu'elle me provoque volontairement en insistant sur mon nom de famille. Je ne devrais pas entrer dans son jeu mais cette nana me pousse à bout. Dans tous les sens du terme, malheureusement pour moi. Son pantalon droit qui lui moule les hanches affole mes sens car j'imagine aisément le galbe de ses fesses sur lesquelles j'aimerais passer la main. Son décolleté sage me questionne et je rêve de découvrir ses seins blancs. Quelle est la couleur de ses tétons ? Mais surtout, je veux savoir pourquoi elle a fui ce matin.

– Pourquoi faites-vous cela, Léopoldine ?

– Quoi, monsieur Delbarre ?

– Vous m'avez appelé Antoine jusqu'ici, à ma demande. Je viens de vous redemander de ne pas m'appeler ainsi, mais vous insistez. Qu'est-ce qu'il se passe Léopoldine ? Nous avons eu de bons rapports jusque-là. Ce qui s'est passé ce matin…

– … n'était rien, je vous assure. Je n'aurais pas dû entrer dans votre bureau ainsi.

Même si cela ressemble à des excuses, je vois qu'il y a autre chose dans son regard. Ce n'est pas de la gêne comme je le croyais. Mais qu'est-ce que c'est ? Je ne comprends pas son attitude. Ce n'est pas si important. Mais, depuis que je l'ai virée de mon bureau, surpris par son immobilisme, elle est devenue distante. Froide. Je m'énerve, frustré.

– Effectivement, ce n'est rien. Je suppose que je ne suis pas le premier mec à poil que vous voyez ! Alors arrêtez de vous comporter comme… m'agacé-je.

– Comme quoi ? m'interrompt Léopoldine, au moins aussi en colère que moi. Attention à ce que vous allez dire, Antoine ! Ne poussez pas le bouchon trop loin.

– Mais, bordel de merde ! C'est le monde à l'envers. C'est moi qui pousse le bouchon ? C'est vous qui agissez comme une enfant depuis ce matin. Vous entrez dans mon bureau sans prévenir. Vous restez à me dévisager alors que je suis à poil. Vous balancez vos dossiers et vous vous barrez comme si vous aviez le diable à votre putain de cul ! Vous me donnez du « monsieur Delbarre » alors que je vous demande de ne pas le faire. Je suis désolé si c'est la première… « bite » que vous voyez et si cela vous a choquée mais vous auriez dû frapper !

– Je sais. Et ne vous inquiétez pas. Votre engin est loin de m'avoir traumatisée. Je suis là pour faire mon job, et c'est tout !

– Vous voulez la jouer ainsi, mademoiselle Leclair ? Vous pensez vraiment pouvoir vous permettre ce genre de remarque ? Je vais donc vous rappeler la seule règle qui prime dans ces murs. Je suis le boss. Vous avez des griefs contre moi ? Je l'entends mais je n'accepterai pas que vous me parliez comme ça une seule minute de plus ! Vous êtes là pour faire votre job ? Alors faites-le, dans le respect des collègues et de votre hiérarchie.

Je remarque la colère et la frustration dans son regard. Mais elle acquiesce. Cette mise au point était nécessaire. Même si, à court d'arguments, j'ai été contraint de sortir la carte du patron. Elle hoche la tête sans rien ajouter et quitte mon bureau, fière, altière, bandante. Comme une merde n'arrive jamais seule, c'est mon frère qui toque à la porte quelques secondes plus tard. J'avais oublié que je lui avais demandé de passer à l'issue du pot de départ de Mireille. J'ai pris connaissance, ce matin, de sa proposition de campagne pour les nouveaux plats traiteur et elle me semble prometteuse. Le timing ne pourrait être plus pourri. Vraiment ! Il a certainement entendu toute la conversation. En même temps, vu comme nous avons hurlé tous les deux, le personnel présent ce soir a certainement entendu la même chose. Ça ajoute à mon énervement car maintenant, tout le monde va connaître la tension qu'il y a entre nous. J'espère juste que cela ne posera pas de soucis professionnels.

– Tu voulais me parler, Anto ? demande mon frère en fermant la porte.

– Je voulais juste te dire que j'aime beaucoup ton idée de campagne publicitaire. Jouer sur les clichés de l'écolo en culpabilisant ceux qui pensent que c'est un domaine réservé à une certaine catégorie de population est bien vu. Surtout que ton slogan est percutant et qu'on pourra le décliner à travers plusieurs spots !

– OK. C'est tout ?

– Ben oui. Que veux-tu que je te dise d'autre ?

– Pas de « mais » ? Pas de « Il faudra par contre changer ça ou ça » ?

Je m'assois dans mon fauteuil et soupire de lassitude. A-t-on vraiment perdu notre dialogue et notre complicité de façon irréversible ?

– Non, Gabin. C'est juste parfait comme concept de départ. Je…

Je m'apprête à expliquer encore une fois à mon frère que je ne suis pas contre lui quand mon téléphone sonne.

– Excuse-moi deux minutes, c'est Julien. Je dois répondre.

Gabin acquiesce et me demande d'un signe de tête si je veux qu'il sorte. Je lui réponds de la même façon que c'est inutile.

– Eh mec ? Comment vas-tu ?

– Putain, Anto ! C'est ouf ! Je t'appelle parce qu'on joue au Transbo[7] ce soir. Début de concert à vingt et une heures. Ça te dit ? Dis-moi que tu n'as rien prévu ce soir ?

– Hein ? Mais tu aurais pu me prévenir avant !

– Tu crois que je fais quoi, là ? Je l'ai su il y a une heure. On assure au dernier moment le remplacement d'un groupe ! Le chanteur est en prison pour quelques jours apparemment. Le temps de rassembler le groupe et de prendre la route, on sera là in extremis ! Je t'appelle du camion pour te prévenir.

– Désolé, mec. Je suis un peu tendu. Et puis je suis crevé. On a eu une journée intense au boulot et…

– Grave ?

– Non. Chiant ! Bon, c'est super pour vous, ça ! Tu as besoin de quelque chose ?

7. Transbordeur : salle de spectacle lyonnaise située sur la commune de Villeurbanne.

– Ben, j'espérais juste que tu pourrais venir.

Je réfléchis quelques instants. C'est vrai que je suis naze, mais ce n'est pas physique. C'est une lassitude. Sortir me fera incontestablement du bien.

– Vous comptez arriver vers quelle heure ?

Pendant que Julien me répond qu'ils devraient arriver dans un peu moins de trois heures, je regarde Gabin qui fait semblant de ne pas écouter ma conversation. Je sais qu'il a souffert de mon absence. Et si c'était un moyen de le faire entrer dans mon univers ? Au moins entrouvrir la porte…

– Pas de souci. Je serai là. Au fait, Julien, tu peux m'avoir deux pass ?

– Eh, eh ! Tu viens avec ta nouvelle assistante ?

– Non, avec mon frère.

La réaction de Gabin me conforte dans ma décision. Son regard s'illumine et je retrouve le gamin avec qui je m'entendais bien.

La fin de journée passe donc à toute allure. J'ai juste le temps de rentrer chez moi pour virer ma panoplie de chef d'entreprise et reprendre mon allure de rockeur. Je passe prendre Gabin et nous arrivons au Transbordeur en même temps que Julien et le groupe.

– Putain, mec ! Ça me fait trop plaisir que tu sois là, dit mon pote en me donnant une accolade.

Tout le monde est enchanté. Gabin et moi leur donnons

un coup de main pour tout installer. Ils voyagent léger car la salle dispose de sa propre sono. Je kiffe de retrouver les sensations si familières. Le poids des caisses. Le bruit des instruments. L'énergie qui se dégage du groupe. Mais surtout, celle du public.

On reste en *backstage*[8] avec mon frère au début du concert. Après un moment de flottement lorsqu'il a été annoncé que le groupe prévu initialement ne se produirait pas ce soir, le public est entré dans l'univers de DMG, dans mon univers, car j'ai vraiment ça accroché en moi. C'est viscéral.

– Le public lyonnais est vraiment top ! annonce Julien sur scène.

Des centaines de personnes hurlent leur joie. C'est galvanisant et je vis par leur biais tous ces sentiments oubliés.

– Mais ce soir, pour vous, nous avons une surprise ! Un des fondateurs de DMG est lyonnais, et pour notre plus grand plaisir, il est là, dans les coulisses. Il est devenu un peu timide avec le temps alors je vais vous demander de l'appeler, de hurler son nom, pour qu'il vienne nous rejoindre pour la dernière chanson. Allez Anto, laisse-toi tenter !

Ma première réaction est de refuser. Tout ça est bien trop loin. Je vais tout faire foirer. Mais quand j'entends

8. En coulisses.

les fans qui scandent mon nom, quand je vois le sourire sur le visage de mes amis, quand mon frère me tape dans le dos pour me donner l'impulsion nécessaire, je fous ma réserve au placard et entre sur scène. Enfin !

Dès les premières notes, tout remonte à la surface. Les frissons. L'énergie. La chaleur. L'amour. Si ma voix est un peu moins assurée sur les premières phrases, elle reprend sa tessiture, sa puissance dès le refrain. Tout ça est vraiment génial, mais ce qui me bouleverse, c'est l'expression de mon frangin quand il me voit sur scène.

Je décèle de la fierté. C'est ça qui m'émeut le plus.

Tout naturellement, nous aidons les potes à ranger le matériel après le concert. Certains mecs viennent dans les coulisses pour nous dire à quel point ils ont aimé nos compos. Enfin, celles de mes amis. Je ne fais plus partie du groupe.

Le van est chargé. C'est le moment que je déteste le plus. Nous allons nous quitter comme des cons. Mais Margot lance une idée que je ne peux refuser.

– Eh, les mecs, on ne remonte que demain, on peut aller se prendre un dernier verre. Tu crois qu'on peut trouver un truc ouvert dans votre province ? demande-t-elle en se tournant vers Gabin et moi.

Je jette un coup d'œil à mon frère qui dissimule mal son envie.

– On devrait trouver un truc sympa dans le vieux Lyon ! lui réponds-je. À cette heure, il n'y a que là qu'on trouvera un truc ouvert.

– Ah ! la province, se marre Margot.

On remonte le quai de Serbie qui longe le Rhône jusqu'à Bellecour. Julien est comme un gosse un jour de Noël. Il redécouvre notre ville natale, encore plus belle de nuit.

Le groupe ne passe pas inaperçu. Cinq mecs habillés en jean et cuir avec une seule nana entre nous attirent forcément les regards.

– Putain, il fait trop bon ce soir, dit Grégory.

– Il est beau, ce quartier, mec, répond Damien en filmant les rues typiques du quartier historique de Lyon. Liz et Erwan vont adorer. J'aimerais bien leur faire découvrir.

– Tu sais que ma porte est ouverte si tu veux te faire un week-end, proposé-je.

– Sympa, mec. Je ne dis pas non. C'est génial ! Cette ville est à dimension humaine.

– T'es grave, dit Greg en lui tapant dans le dos. On a traversé la ville en bagnole. On marche depuis trois minutes et demie, et tu as déjà analysé le truc. T'es taré, gros.

Je les entends se chamailler comme avant. S'ils savaient tous comme je suis heureux de les avoir avec moi ce soir. Ils sont mon histoire. Ils demeurent une partie importante de ma vie.

Nous trouvons un pub ouvert. Le barman nous salue d'un signe de tête lorsque nous passons la porte. Il y a encore pas mal de monde. Nous commandons tous une pinte et nous nous installons autour d'une table haute.

– Alors mec, t'as kiffé de remonter sur scène ? demande Julien.

– Ouais, c'était vraiment cool. Merci pour le cadeau !

– Ben c'est sûr que c'est pas avec ton costard-cravate que tu dois t'éclater comme ça, rétorque Greg.

– Putain, t'es lourd, Greg, s'agace mon pote. Tu sais bien qu'il n'a pas eu le choix.

Tout le monde me charrie, comme ils ont l'habitude de le faire, avec une pointe d'amertume sur ma nouvelle condition de chef d'entreprise. Je laisse faire. Gabin s'apercevra peut-être ainsi que la reprise de la boîte de notre père n'a jamais été ma motivation première, comme il semble le croire.

Après avoir terminé nos pintes, il est encore tôt et nous recommandons une tournée. Tout à l'ambiance, je ne remarque qu'au dernier moment la magnifique créature qui m'accoste.

– Salut, beau gosse. J'ai encore soif et j'espérais que tu puisses m'offrir un verre, me dit-elle avec une petite moue qui se veut sexy.

Mes potes éclatent de rire.

– Waouh ! La bombasse !

– Vas-y, mec.

– Putain, mais elle t'offre un boulevard !

Je détaille ses jolis yeux verts trop maquillés. Son chemisier est ouvert sur un soutien-gorge pigeonnant qui dévoile plus qu'il ne suggère. Ses jambes sont interminables sous sa jupe en cuir vert. Je dois reconnaître qu'elle est sublime. Pourtant, je ne ressens absolument rien. Pas le moindre frémissement d'excitation. Ma bite présente un électrocardiogramme complètement plat.

– Mademoiselle, bien que votre proposition soit très flatteuse, je ne sais pas si je suis le meilleur candidat ce soir…

Elle pose sa main manucurée sur ma poitrine. Je la lui retire. Je ne supporte pas qu'elle me touche. Mes potes me regardent bizarrement. Lors de mes premières sorties avec le groupe, j'avais l'habitude de sauter sur chaque proposition, de profiter de chaque opportunité qui s'offrait à moi.

Je regarde la jeune femme papillonner des paupières. Pourquoi font-elles toutes ça ? Elles croient vraiment que cela peut nous émouvoir ? C'est du grand n'importe quoi. Un mec, c'est binaire. Pas besoin d'artifice. Il y a quelques années, je l'aurais amenée à la table pour en profiter. Je l'aurais assise sur mes genoux et l'aurais pelotée un peu. Elle aurait certainement accepté de monter dans ma chambre. Mais ça, c'était avant. Avant mes responsabilités mais surtout avant une certaine petite nana blonde au regard de glace et au tempérament volcanique.

Je me retourne vers mes potes. La nana se barre, furax. Le groupe reste silencieux un moment puis nous reprenons nos discussions. Je n'arrive pas à entrer dans la conversation. Je reste en retrait, repensant à ce qui vient de se passer. Je me sens mal à l'aise. Je suis tiraillé.

Il ne reste plus que trois personnes au bar qui parlent entre elles. Deux jeunes femmes sont attablées un peu plus loin. Et nous. Je m'intéresse au décor qui est chaleureux. Les couleurs sombres et les lumières tamisées donnent une ambiance particulière. Mon regard se porte sur la vitrine et ses sérigraphies travaillées.

C'est à ce moment que mes yeux tombent sur deux prunelles couleur océan. Mais qu'est-ce qu'*elle* fait ici ?

12

Léopoldine

Quand les collègues ont proposé de ranger la salle, j'ai sauté sur l'occasion. Je suis partie après avoir embrassé longuement Mireille. Elle n'y est pour rien si son ex-patron est un connard. L'altercation qui a eu lieu dans son bureau n'a fait que confirmer mon impression.

Je sors de BioMag en courant presque. J'ai besoin de mettre un peu de distance entre le boulot et moi. Au moins pour ce soir.

Héloïse m'accueille comme à son habitude. Elle est en vêtements d'intérieur et a déjà préparé un apéritif avec un cocktail planteur et quelques chips.

– Alors, ma fleur, comment cela se passe dans le meilleur des mondes ?

– Ça va. Enfin, ça va aller.

Ces simples mots l'inquiètent. Je le vois et m'en veux de lui causer des tourments.

– Qu'est-ce qui se passe ma belle ?

– Je suis dans la merde, et le pire c'est que je suis la seule fautive !

– Bon, je sers le rhum et tu me racontes tout.

Je passe presque une heure à tout déballer à Héloïse. Je remonte à mon départ, il y a presque dix ans, lorsque, jeune fille rebelle et sûre de son avenir, je me suis retrouvée pour la première fois seule à Paris. La rencontre avec Anto dont je sais maintenant que c'est le diminutif d'Antoine et non pas d'Anthony comme je le pensais. Notre nuit d'amour sur laquelle je ne donne pas trop de détails. Je sais qu'Héloïse est ouverte d'esprit mais elle reste ma tante et il y a des choses gênantes. Mon départ le lendemain en ne laissant que le croquis que j'avais fait de lui.

Puis je lui narre les dix années suivantes où chaque rencontre, chaque expérience, me mettait en perspective les quelques heures que j'avais connues. Et aucune relation que j'ai pu avoir, qu'elle soit de très courte durée ou pas, n'a jamais atteint le niveau d'intensité que j'avais connu dans les bras d'Antoine.

Héloïse m'écoute sans m'interrompre comprenant, sans que je lui dise, mon besoin impérieux de vider mon sac. Je n'ai que trop attendu. Puis je termine par le déroulement de cette journée, ma terrible découverte et ce qui en découle. Je suis dans la merde.

– Tu vois, Héloïse, le pire est que je suis blessée en

plus de tout le reste. Est-ce que j'ai enjolivé cette nuit ? Est-ce que j'ai été tellement insignifiante pour lui qu'il m'a oubliée pendant toutes ces années alors que moi, je me suis morfondue ?

Je suis éreintée lorsque je finis mon histoire. Résumer en quelques mots près de dix ans de vie et de sentiments est très éprouvant.

Héloïse est silencieuse et les premiers mots qu'elle prononce me laissent à penser que j'aurais préféré qu'elle le reste.

– Tu l'as reconnu, toi ?

Oh, merde ! En même temps, elle met le doigt exactement là où ça fait mal…

Je ne suis pas absurde et je suis bien consciente que ce qui est vrai dans un sens l'est aussi dans l'autre. Pourquoi est-ce que j'ai mal qu'il ne m'ait pas reconnue alors que, moi-même, j'ai été incapable de le resituer ?

– Non…

– Donc, si je résume, tu fantasmes sur un mec depuis des années. Un mec que tu idéalises et qui t'a laissé un souvenir tellement fantastique qu'aucun autre homme n'a trouvé grâce à tes yeux. Tout cela se passe il y a dix ans, autant dire un siècle à ton âge. Puis tu rentres et te réinstalles. Dans un autre lieu. Une autre époque. Avec tes dix années de vécu derrière toi. Tu côtoies un type, ton patron, au quotidien, dans des circonstances complètement différentes de celles que tu as vécues il y a dix ans. Ce mec t'émeut et te trouble mais tu refoules cette attirance. Et puis un jour, tu découvres que l'homme qui te paie est en fait une seule et même personne avec l'objet de tes rêves. Et tu lui reproches de ne pas comprendre ton attitude soudain devenue glaciale, et tu es blessée qu'il ne t'ait pas reconnue dès votre première rencontre. C'est bien cela ?

– Oui, mais…

– Laisse-moi terminer, s'il te plaît. Tu es venue pour que je te donne mon avis ? N'est-ce pas ?

Devant mon silence, Héloïse me regarde intensément et reprend son analyse.

– Mais, en même temps, tu réalises bien que toi non plus, tu ne l'as pas reconnu ? J'ai toujours bon ?

Je hoche la tête mais me ratatine, pas fière de l'image que je lui donne.

– Donc, pour résumer, c'est l'hôpital qui se fout de la charité. Tu lui en veux pour un truc que tu as également été incapable de faire ! Et en plus, tu as mal réagi donc il s'est énervé. Qui peut le blâmer ? Eh bien, Léo, laisse-moi te dire que tu es une sacrée bécasse d'agir comme ça. Au lieu de tempêter et d'en vouloir à la terre entière, au lieu de te draper dans une fierté à la noix, tu devrais remercier le ciel, ou qui tu veux, de te donner une deuxième chance !

Je manque de m'étouffer avec mon verre tant je ne m'attendais pas à ça.

– Pardon ? Une deuxième chance à quoi ?

– Mais une deuxième chance à l'amour ! Tu as changé en dix ans. Tu ne te décolores plus les cheveux. Tu te maquilles un peu. La jeune fille fraîche et un peu bohème est devenue une jeune femme affirmée et élégante. Enfin dans le travail, me lance-t-elle, espiègle, en regardant mon jean et mon tee-shirt délavé. Il est normal qu'il n'ait pas fait le rapprochement.

– Oui. C'est vrai. Moi, j'avais en tête un jeune homme un peu artiste avec son chapeau sur la tête et…

– Et tu retrouves un homme d'affaires qui doit souvent être en costume bien apprêté. Ce n'est pas grave. Ce n'est pas là l'essentiel de l'histoire.

– C'est-à-dire ?

– Je veux dire que l'essentiel est dans ce que tu vas, enfin ce que vous allez faire de ça maintenant. Il n'y a pas de hasard. À peine quelques concours de circonstances, voire des coïncidences quelquefois. Si tu n'as jamais oublié ce jeune homme, c'est qu'il est fait pour toi. Et si le destin te l'a remis sur ton chemin sans que tu le cherches, c'est qu'il veut que tu saisisses ta chance. Ta deuxième chance.

J'essaie d'intégrer, intellectuellement, ce que me dit Héloïse mais rien ne coïncide. Même si notre attraction est réelle, même si nous nous retrouvions comme les deux gamins que nous étions, la situation est désormais complètement différente. C'est mon putain de boss ! Rien n'est possible entre nous.

– C'est un joli rêve, mais complètement illusoire si tu veux mon avis. Primo, je ne suis pas persuadée qu'il souhaite que notre relation évolue. Deusio, il ne sait pas qui je suis. Et tertio, il est absolument hors de question qu'on me prenne pour l'assistante qui passe sous le bureau pour réussir !

– Qu'est-ce que tu peux être rabat-joie ! Je te parle d'amour et tu me réponds logique. Allez, habille-toi. Je t'emmène au Transbo !

– Pardon ? Qu'est-ce que…

– Il y a un jeune groupe qui joue au Transbordeur. C'est un groupe local qui commence à faire parler de lui. Il paraît qu'ils sont bons. Un des musiciens est le neveu de la bouchère. Tu sais, le commerce qui fait l'angle… Non, tu ne sais pas et tu t'en fous en fait, rit-elle. Elle sait que j'aime le rock et elle m'a donné deux places. Je pense que c'est le bon soir pour que tu te vides la tête.

Ma tante est complètement barrée !

– Et pourquoi pas, finalement ! lui réponds-je.

Le sourire qu'elle me renvoie a raison des quelques doutes qui pourraient me faire hésiter.

Héloïse se change rapidement et moins d'une demi-heure plus tard, nous nous engouffrons dans un taxi.

Lorsqu'il nous dépose sur le parking de la salle de spectacle, je remarque une foule de gens, plus jeunes que moi pour la plupart. Nous détonnons mais ma tante s'approche d'un pas décidé jusqu'à l'entrée.

– Hélo ? Qu'est-ce que tu fais ?

– Ben, je nous fais rentrer !

Je suis sur le cul lorsqu'elle tape la bise au videur.

– Salut Max, comment vas-tu ? Ils sont bien les petits, ce soir ?

– Eh, salut Mamie H. Tu viens voir jouer les Parisiens ?

– Non, c'est un groupe local. C'est le neveu d'une amie.

– Ils se sont désistés au dernier moment. Le boss a fait appel à un groupe de rock de Paris. Le fondateur est de Lyon, alors le directeur les a convaincus comme ça, en leur disant de revenir aux sources !

Je reste abasourdie de voir ma tante aussi à l'aise avec ce grand mec musclé et tatoué. Il a les cheveux rasés et des arabesques sombres ornent son cou de taureau.

– Ce n'est pas le groupe prévu, ma puce, dit-elle, déçue, en se tournant vers moi. Qu'est-ce qu'on fait ?

– Je ne connais ni l'un ni l'autre. On est là, autant essayer !

– Bien dit, jolie demoiselle, intervient le fameux Max en me jetant un regard ardent.

Il s'efface et nous laisse entrer dans la salle de concert

déjà bondée. Héloïse se dirige vers le bar, nous commande deux bières et nous jouons un peu des coudes afin de nous approcher de la scène. L'avantage de sortir avec une femme de presque 50 ans est qu'on nous laisse passer.

– Au fait, « Mamie H » ? C'est quoi, ce délire ?

– Je suis de la génération des babas cool, donc du hasch et puisque je m'appelle Héloïse, de fil en aiguille, Max m'a surnommée comme ça.

– C'est mignon !

– Tu sais, il est célibataire… J'dis ça, j'dis rien.

– Putain, tu es incorrigible.

La masse humaine commence à se resserrer. L'énergie monte petit à petit. Ce sont les prémices d'un concert. L'ambiance s'échauffe. Les fans attendent. L'impatience augmente.

Un beau blond habillé en jean et chemise blanche arrive sur scène. Un silence s'abat sur la salle. Il s'annonce comme le DMG, Deathly Music Group, et enchaîne immédiatement sur du gros son. Après quelques secondes d'écoute, la plupart des gens se laissent emporter dans l'univers du groupe.

Putain, ils sont bons ! Super bons, même.

Je ne connais aucune des mélodies qu'ils proposent en plus des reprises, mais ils sont tellement dans les standards qu'on a l'impression d'avoir déjà entendu leurs compositions. Et pourtant, elles restent originales. Après plus d'une heure à danser et à se déhancher, le chanteur s'approche du micro.

– Le public lyonnais est vraiment top ! annonce-t-il.

Le public hurle, trépigne, tempête. Je me surprends à participer à la liesse.

– Mais ce soir, pour vous, nous avons une surprise ! Un des fondateurs de DMG est lyonnais, et pour notre plus grand plaisir, il est là, dans les coulisses. Il est devenu un peu timide avec le temps alors je vais vous demander de l'appeler, de hurler son nom, pour qu'il vienne nous rejoindre pour la dernière chanson. Allez Anto, laisse-toi tenter !

À l'annonce du prénom, j'ai un mauvais pressentiment. Un doute s'installe, qui est vite confirmé lorsque je vois Antoine entrer sur scène. Héloïse se tourne vers moi avec un clin d'œil appréciateur. Je ne veux pas qu'elle se rende compte de quelque chose, alors je joue le jeu.

C'est vrai qu'il est beau. Il éclipse, en entrant sur scène, tous les autres musiciens. Il a le charisme rare des vrais leaders en plus d'une plastique irréprochable. Un jean sombre fait ressortir ses cuisses musclées. Son tee-shirt ne dissimule aucun de ses abdominaux dessinés.

Je regarde autour de moi, prête à frapper toutes les pétasses qui baveraient sur lui. C'est complètement irrationnel mais je le connais intimement, je le connais professionnellement et je n'ai pas envie, dans ce contexte, de voir d'autres femmes se jeter à ses pieds.

Étant assez proche de la scène, je me positionne derrière ma marraine car je ne souhaite pas qu'il me remarque. Je sais que la prestation de ce soir n'était pas prévue, mais si Antoine me surprend au premier rang à l'admirer, ça pourrait encore flatter son ego.

Son timbre grave semble peiner à s'installer mais, quand les notes montent crescendo et qu'une harmonie annonce le refrain, la puissance de sa voix me sidère. Il est parfait. Sa voix est sublime et envoûtante. Elle me fait l'effet d'un baume apaisant. Une rocaille dans un cocon de douceur.

– Il est bon, hein ? demande Héloïse.

Je ne peux que hocher la tête. Je suis subjuguée. Dès le concert terminé, un ami de Max nous conduit jusqu'à une grosse berline pour nous ramener chez ma marraine. C'est une habitude apparemment. Max veille à la sécurité de Mamie H. Malheureusement, dès que nous nous retrouvons toutes les deux, je ne peux pas cacher bien longtemps à Héloïse qui est le chanteur.

Quand je lui explique qu'elle vient, sans le savoir, de rencontrer mon boss et l'objet de mes tourments, elle est prise d'un fou rire irrépressible. Je suis au départ trop choquée pour réagir puis je me laisse également aller au cocasse de la situation.

Je monte avec elle dans son appartement pour prendre un dernier verre.

– En tout cas, merci Héloïse, ce fut vraiment une soirée de dingue.

– Oui, pleine d'émotions. Tu sais comment tu vas réagir avec lui ?

– Non, et pour la première fois depuis longtemps, je suis un peu angoissée. Je ne sais pas comment jouer cette partition, Hélo. C'est lui, le musicien !

Bien qu'il soit près d'une heure du matin, je refuse de rester dormir chez Héloïse. Je travaille demain et je préfère rentrer chez moi. Les rues de Lyon sont encore bien fréquentées à cette heure. Il fait tellement doux, même la nuit. Je traverse mon quartier, admirant les vitrines typiques des lieux. Je m'arrête un instant pour apprécier les détails d'un décor sérigraphié d'un pub qui a ouvert récemment. Le travail est de toute beauté. La finesse du trait. La qualité des couleurs.

Mais je m'immobilise en découvrant l'arrière-plan. Tout le groupe est là mais je ne vois que lui. Une grande liane le colle et a posé sa main sur son torse. C'est évident ! Comment un mec comme lui peut résister à tant de sollicitations ? La femme s'éloigne après qu'il lui a parlé. Elle semble agacée, mais peut-être est-ce juste parce qu'elle aurait voulu qu'il succombe tout de suite. Peut-être qu'il lui a donné rendez-vous plus tard.

En même temps, il ne me doit rien. Il ne sait pas qui

je suis. Il m'a oubliée. Pour le moment, je ne suis qu'une assistante irascible.

Je quitte rapidement l'endroit et me dépêche de rentrer chez moi. Une fois arrivée, je m'effondre sur mon lit. Malgré la fatigue qui me gagne, j'ai le temps de réfléchir à ce que je vais bien pouvoir dire à Antoine demain.

« Au fait, Anto, j'ai été exécrable hier et j'en suis vraiment désolée. Mais, tu sais, je me suis rendu compte que tu étais le mec de mes rêves depuis près de dix ans. Quoi ? Mais tu ne m'as pas reconnue ? Tu sais, la nana que tu as sautée toute la nuit, que tu as fait jouir comme jamais elle avait joui, que tu as fait hurler jusqu'au petit matin après l'avoir rencontrée place du Trocadéro. Oui, celle-là même qui s'est barrée comme une voleuse dès que tu t'es endormi. »

13

Antoine

J'arrive au bureau après quelques heures de sommeil. Pas assez dans tous les cas. J'espère que mon adorable assistante sera dans de meilleures dispositions qu'hier parce que je n'ai pas les nerfs à entrer dans son jeu du *je t'aime moi non plus*.

Alors qu'elle a fait preuve d'un tempérament ouvert, sympa, elle s'est transformée d'un seul coup en mégère distante et froide. Elle a juste de la chance d'être si douée professionnellement, sinon je pense qu'elle aurait pris la porte.

N'importe quoi, tu n'en aurais pas été capable !

Peut-être ! Pas sûr ! Je n'en sais rien en fait.

Dès que je l'entends dans son bureau, je l'interpelle. Je l'avais prévenue qu'il était possible qu'elle soit obligée de faire des déplacements. Il est donc hors de question qu'elle refuse de m'accompagner à Paris dès ce soir.

– Léopoldine ? Vous pouvez venir s'il vous plaît ?

Elle ne me répond pas, mais s'exécute à la minute.

Je ne lève pas tout de suite la tête, ce qui me permet d'imaginer son allure. Je pense à ses mollets galbés, musclés, certainement gainés d'un léger collant qui donne à sa peau un ton irisé. J'imagine ses hanches étroites sur lesquelles tombe parfaitement sa jupe. J'espère que ce matin, elle aura mis la marron, un peu courte, celle qui englobe l'arrondi de ses fesses. Je visualise son visage si rayonnant lorsqu'elle sourit, ce qui contraste avec sa coiffure, stricte, toujours la même, les cheveux tirés en arrière. La seule variante qu'elle se permet est une queue-de-cheval basse ou un chignon. Et puis ses seins, que je pense petits mais gracieux, qui ouvrent à peine le décolleté de son chemisier.

Le pire c'est que, même si j'adore la voir dans ses habits professionnels, je suis persuadé que je la préférerais sans conteste au naturel. Des cheveux lâchés, ébouriffés comme après une partie de baise torride.

Putain, si sa simple présence me perturbe autant que ça, comment je vais faire, avec elle, à Paris…

– Vous vouliez me voir, monsieur Delbarre ?

– Oui, effectivement. Asseyez-vous, Léopoldine.

Je sens qu'elle se crispe. Elle n'est pas revenue dans de meilleures dispositions. Tant pis, j'ai besoin d'elle. Et si elle pense que je vais revenir sur ce qui s'est passé hier soir, elle se goure !

– Léopoldine, que faites-vous ce soir ?

– Je vous demande pardon ? s'exclame-t-elle, offusquée.

Sa voix est devenue glaciale. Ses yeux me transpercent, cherchant manifestement à percer un hypothétique secret.

– Excusez-moi, je me suis mal exprimé. Si vous n'avez pas d'impératif personnel, je souhaiterais que vous m'accompagniez à Paris jusqu'à jeudi.

– Paris ? Mais vous n'avez pas de déplacement prévu !

– Non, je n'*avais* pas de déplacement prévu. Je viens de recevoir un appel de partenaires financiers très importants pour BioMag qui se trouvent être en France actuellement. Ils souhaitent me rencontrer, mais ne peuvent pas venir jusqu'à Lyon. Cet entretien est d'une importance capitale et j'ai pensé que ce serait intéressant pour vous également.

Je la vois hésiter et je remarque instantanément qu'en mode professionnel, elle réfléchit vite et pèse le pour et le contre.

– Il me semblait que vous m'aviez dit que vous n'étiez dépendant de personne financièrement. Enfin, loin de moi l'idée de juger, mais j'aimerais comprendre.

Elle analyse mes propos, ce qui me plaît. J'aime cette facette de Léopoldine. Elle percute rapidement et rebondit encore plus vite.

– Je sais ce que je vous ai dit, Léopoldine. Je suis effectivement indépendant désormais. Mais, cela n'a pas toujours été le cas. À la mort de mon père, lorsque j'ai repris la boîte, les banquiers qui l'avaient suivi ne m'ont pas fait immédiatement confiance. J'ai donc dû trouver des fonds ailleurs car les lignes de trésorerie avaient été suspendues. Je n'ai plus de créance envers eux, mais nous restons partenaires puisqu'ils représentent une coopérative, une centrale d'achat implantée en Amérique du Sud.

– Excusez-moi, je ne voulais pas paraître indiscrète.

– Et vous ne l'êtes pas. Votre question est complètement légitime.

Je ne sais pas pourquoi je lui raconte tout cela et surtout pour quelle raison cela me paraît complètement naturel. Même ma mère n'est pas au courant des difficultés auxquelles j'ai dû faire face au début. Léopoldine a l'art de me faire me livrer. C'est déroutant.

– Alors ? Je peux compter sur vous ? reprends-je avec une note d'espoir dans la voix que j'aurais aimé dissimuler.

– Oui. Pas de problème. On part à quelle heure ?

Elle semble sereine à l'idée de voyager avec moi. Quel con je fais ! Pourquoi suis-je déçu ? Je m'attendais à quoi ? Qu'elle soit euphorique de m'accompagner ? Excitée ? Je vais devoir me calmer si je ne veux pas que ce voyage d'affaires tourne au fiasco. En même temps, après la scène d'hier, je devrais aussi être heureux qu'elle n'ait pas déjà démissionné.

– Je pensais qu'on pouvait se donner rendez-vous à la Part-Dieu[9] pour le train de seize heures trente. Qu'en pensez-vous ?

– Ça me va. Quel est le programme ?

– Je veux être à Paris dès ce soir car demain matin, ils ont prévu une réunion vers neuf heures trente où il sera question des bilans de nos accords sur différentes branches d'activité. Elle sera suivie d'un déjeuner puis d'une reprise des négociations pour l'an prochain avec les nouveautés qu'ils comptent mettre sur le marché, les prévisions d'achat, etc. Je préfère vous dire qu'on rentrera jeudi car nous risquons fort d'être retenus mercredi soir par un dîner avec eux. On pourrait faire un peu de tourisme jeudi et rentrer dans l'après-midi ?

Je la vois se détendre au fur et à mesure que je lui explique nos engagements, ce qui me rassure.

– Vous me proposez de faire l'école buissonnière ? parvient-elle même à dire en riant.

– C'est ça.

Le moment est magique lorsque nous nous regardons en souriant. Je ne sais pas ce qui la met de si bonne humeur tout d'un coup, mais je prends. Je la regarde sortir de mon bureau presque en sautillant.

Comment les hommes peuvent-ils s'en sortir devant

---

9. Quartier des affaires lyonnais et nom donné à la gare principale de la ville.

la dichotomie des femmes ? Vraiment, c'est une question essentielle qu'il faut poser et à laquelle il est absolument nécessaire de répondre, pour le bien de l'humanité. Les pouvoirs publics devraient débloquer des fonds pour financer la recherche sur ce sujet. Un homme, c'est oui ou non. C'est binaire. Blanc ou noir. Jour et nuit. Un concept accessible à chacun.

Les femmes ? Oh, putain, que c'est compliqué les femmes. Je ne sais pas si un jour j'aurai les codes. Je ne comprends toujours pas les réactions de Léopoldine. J'ai certainement dû louper quelque chose. Mais quoi ? Si seulement elle s'expliquait au lieu de fuir, s'énerver, bouder et faire la gueule. Maintenant, je retrouve avec plaisir son attitude enjouée. Celle qui me fait fondre. Celle que j'aimerais tant côtoyer au quotidien.

***

J'arrive à la gare avec quelques minutes d'avance. Je cherche la voie de départ. Lorsque je remonte le quai jusqu'au repère de voiture, Léopoldine est déjà là. Je marque un temps d'arrêt pour l'admirer tandis qu'elle n'a pas conscience de ma présence. Elle a revêtu un jean noir qui lui va encore mieux que ses jupes, même s'il me cache ses jambes. Je regrette qu'elle se soit assise sur sa valise pour attendre. J'aime admirer sa silhouette.

Bon, dit ainsi, ça fait limite pervers !

Elle est concentrée sur son téléphone et semble écrire un texto. J'attends que le train entre en gare pour me manifester. J'avais peur que l'attente, côte à côte, soit un peu gênante.

J'ai réservé un carré en première classe. Nous devons revoir quelques rapports et, sans surprise, Léopoldine ne rechigne pas à travailler.

– Les chiffres sont bons et les marges appréciables mais… avez-vous fait une étude de marché avec d'autres fournisseurs ? D'après ce que j'ai pu connaître en Inde, les prix qu'ils pratiquent sont presque trois fois supérieurs.

– Je sais que l'on pourrait certainement mieux marger en changeant de filière, mais je suis fidèle en affaires.

– Même quand vos partenaires ne le sont manifestement pas ? Ce sont les affaires !

– Oui, et c'est ma société ! J'ai conscience que l'on fait un bénéfice minimum pour rester dans les prix du marché, mais c'est mon choix.

– C'est bon, ne prenez pas la mouche. Ce que j'en dis…

Ce n'est pas tant qu'elle m'agace mais plutôt que je suis encore une fois impressionné par son aptitude d'analyse. Léopoldine comprend vite les schémas et apporte souvent des solutions appropriées.

Mais je ne veux pas qu'elle fourre son nez, qu'elle a magnifique par ailleurs, dans mes affaires. Ces gens-là, je n'oublierai jamais qu'ils m'ont permis de remplir ma mission. Je reste silencieux pour ne pas qu'elle me titille encore à ce sujet.

Car, ce que j'ai également pu remarquer ces dernières semaines, c'est que Léopoldine est tenace. Elle se tortille à mes côtés et me jette des regards réguliers tandis que je continue à travailler sur mon ordinateur.

– Sinon, je voulais vous dire…

Je reste silencieux. Son attitude imprévisible de ces derniers jours me prouve encore plus que je dois tenir mes distances avec cette fille, car elle est dangereuse pour mon âme.

Je suis son boss, merde ! Il ne manquerait plus, pour BioMag, dans le cas où cela capote, qu'elle m'intente un procès pour harcèlement sexuel.

La deuxième raison est que je ne cherche pas à me caser. Depuis mes 20 ans, j'ai eu quelques expériences mais jamais de plus de quelques nuits. Je fuis celles qui s'accrochent. Les rêves de mariage, d'amour éternel, de gosses, de famille ne sont absolument pas ma came. Je laisse cela à ceux qui sont faits pour.

J'y ai cru une fois. Ce jour-là, j'ai même cru au coup de foudre mais la suite m'a prouvé à quel point j'avais eu tort.

Mais je ne suis pas un salaud. Je refuse qu'elle soit réellement mal à l'aise avec moi. Je vais tout faire pour que nous restions sur un plan strictement professionnel.

Je ne me suis pas déjà dit ça, moi ?

– En fait, ce que j'essaie de…

Quand elle interrompt de nouveau sa phrase, je relève les yeux et la fixe, intrigué. Elle soupire, tentant de se donner du courage. Je m'astreins à ne pas baisser le regard vers sa poitrine qui se gonfle et à son tee-shirt qui laisse voir son soutien-gorge en transparence. Cela fait plus d'une heure et demie que je résiste.

– Je… Enfin… Pfff… Hier, j'étais au Transbordeur et je vous ai vraiment trouvé très bien sur scène. Je ne savais pas que vous chantiez ainsi et, même si je ne connaissais pas le groupe en arrivant, j'ai vraiment passé une soirée magique.

Elle termine sa tirade essoufflée, comme si elle s'était dépêchée de tout sortir avant qu'elle ne soit plus capable de le faire.

– Merci, dis-je un peu froidement.

Je ne veux pas aller sur ce terrain-là avec elle. Ce n'est plus ma vie, et ma collaboratrice, surtout elle d'ailleurs, n'a pas besoin de savoir ça. Moi, en revanche, cela m'emmerde qu'elle ait découvert cette partie de ma vie.

– Merci ! C'est tout ce que vous trouvez à dire ? Je ne vous dis pas tout cela pour avoir un putain de merci. Je m'en tape de votre merci, je…

– Léopoldine ! Nous sommes dans un train et…

– Et quoi ? Nous sommes dans un train et je dois me

taire ? C'est bien cela votre vision de notre sacro-sainte collaboration ? Eh bien, si vous vouliez un petit chien obéissant sans personnalité, vous ne vous êtes pas seulement trompé de carrière, vous vous êtes aussi trompé de personne.

Elle quitte le wagon en récupérant son sac au passage. Je ne la suis pas. Mais j'espère que nous nous retrouverons à l'arrivée et qu'elle ne décidera pas de prendre un train retour.

Rien n'est moins sûr avec ma volcanique collègue.

Finalement, Léopoldine m'attend à la station de taxis. Elle monte à mes côtés dans une berline sans dire un mot. Le trajet jusqu'à l'hôtel est pesant. Je récupère nos deux pass pour les chambres. Alors qu'elle a saisi le sien et me tourne le dos pour rejoindre les ascenseurs, je cède à la pression. Cette situation ne me plaît pas.

– On se retrouve à vingt heures au bar.

Je module ma voix et mon intonation pour qu'elle ne prenne pas cela comme un ordre tout en ne lui donnant pas réellement le choix. Je reste suspendu à ses lèvres. Puis je suis soulagé lorsqu'elle hoche la tête et me répond :

– Vingt heures, c'est parfait.

Je me dépêche de rejoindre ma chambre et de filer sous la douche pour enlever les tensions du voyage et, sans me mentir, pour aller la retrouver le plus rapidement possible. Ce qui est une réaction complètement irrationnelle puisqu'il y a une heure à peine, je l'ai envoyée paître.

C'est donc avec un peu d'avance que j'entre dans le bar pour avoir le temps de mettre de l'ordre dans mes émotions. Je repense à ce qu'elle m'a avoué dans le train. C'est complètement dingue. Avant de l'apercevoir au pub, elle était au concert.

Il y a combien de chances pour que ça arrive ce genre de truc ?

Et moi, au lieu de réagir à cette coïncidence que n'importe qui aurait eu envie de partager, je la repousse… Elle a fait des efforts et moi, je me suis conduit comme un con.

Je sens sa présence dès qu'elle pénètre dans le bar et cela n'a absolument rien à voir avec les coups d'œil réguliers que je jette à l'entrée. Elle a laissé ses cheveux détachés et une cascade dorée lui encadre le visage. Elle est parfaite. Plusieurs hommes se retournent sur son passage. J'ai un petit sentiment de fierté lorsque je me lève pour l'accueillir et que je me dis que c'est vers moi qu'elle se dirige.

Elle a l'air différente, plus jeune, plus… Je ne sais pas. Cela me fait bizarre de la voir moins apprêtée. Plus comme quelqu'un de son âge. Mais elle est tout aussi classe. Cette nana irradie littéralement. Elle a conservé ses talons et revêtu un pantalon cigarette qui l'allonge. Un simple pull noir avec des fils d'argent complète sa panoplie du soir.

Je la trouve vraiment séduisante. Je suis fier d'être son cavalier.

– Léopoldine, vous êtes radieuse. Que voulez-vous boire ?

Elle est un peu sur la réserve mais je dois reconnaître que je le mérite.

– Je veux bien une margarita. Et vous, vous prenez quoi ?

– Du scotch. Ils ont une gamme impressionnante dans ce bar. Dès que je viens à Paris, je descends ici. J'ai découvert cet hôtel il y a des années de ça.

– C'est bien.

Nous attendons que le serveur nous apporte nos boissons. Léopoldine est assise au bord de sa chaise. Elle contemple le décor moderne. Un mur éclairant en verre dépoli prune sépare la salle et dispense une lumière spectrale. Une fois son verre sur la table, ma collaboratrice le prend dans les mains.

Notre relation était simple. Franche. Directe. Je regrette vraiment la perte de notre complicité même si je ne suis pas convaincu d'y être pour quelque chose. Je décide de jouer le tout pour le tout.

– Léopoldine, je ne veux pas revenir sur ce qui s'est passé mais… Enfin, je n'ai pas compris votre réaction. Je ne dis pas que vous aviez tort, je dis juste que je ne comprends pas. Alors, si cela vous dit, je vous propose que nous fassions table rase du passé et que nous repartions de zéro.

Elle m'observe un moment, semblant peser le pour et le contre. Elle hoche imperceptiblement la tête.

– J'ai un peu surréagi mais j'ai découvert quelque chose qui m'a blessée et… Voilà ! Je n'aurais pas dû m'enfuir et bouder. Vous n'y êtes pour rien. Je suis désolée.

– Vous voulez m'en parler maintenant ?

– Non. Ce n'est plus franchement important.

J'ai le sentiment que ce qu'elle ne m'avoue pas est plus important qu'elle ne veut bien le laisser croire. Je suis par contre soulagé de n'être pour rien dans son attitude.

Nous nous sourions, de nouveau complices.

– Cela fait désormais plusieurs semaines que tu bosses avec moi. C'est vraiment génial de t'avoir. Je ne te le dis pas assez. Je ne suis pas à l'aise pour exprimer ce que je ressens.

Je suis passé facilement au tutoiement. Elle lève un sourcil avec un air interrogatif mais ne commente pas cette soudaine familiarité.

– C'est gentil… Antoine.

Je remarque son hésitation, mais elle fait le bon choix. Ce serait bizarre qu'elle me serve du M. Delbarre maintenant.

Léopoldine se détend au fur et à mesure que le temps passe. Elle repose régulièrement son verre sans s'y cramponner. Elle s'assoit plus loin dans son siège. Ses épaules se décontractent.

– Parle-moi un peu de toi. Ton CV est assez explicite. Tu as beaucoup voyagé mais tu n'en parles jamais. Comment c'était ?

– Tu sais, j'ai décidé d'aller explorer les contrées lointaines par rébellion. Ensuite, j'ai continué par goût. Je me suis sentie… utile.

Elle me raconte certaines anecdotes de ses années d'errance. Les gens merveilleux qu'elle a rencontrés au fil de ses missions, humanitaires pour la plupart.

– Tu ne me parles que de tes voyages. J'espère ne pas être indiscret, mais… tu n'as pas de souvenirs d'enfance ?

Elle tarde à me répondre et je me maudis lorsque je vois son regard s'assombrir.

– J'ai commencé à vivre le jour de mon départ.

C'est tout ce qu'elle me répond et j'ai peur d'avoir plombé l'ambiance. Elle reste quelques secondes silencieuse, puis m'illumine de son sourire.

– Et si on commandait quelques tapas ? Je crois que le cocktail me monte un peu à la tête.

Je fais signe au serveur et commande quelques assiettes. Un vin délicieux. Une compagne charmante. C'est l'effet Léopoldine. Je ne crois pas avoir été aussi bien depuis un long moment. La musique un peu jazzy en fond sonore devient un peu plus prégnante. Je me lève et, poussé par un moment d'enchantement, je lui tends la main.

– Qu'est-ce que…

– Danse avec moi, Léopoldine… S'il te plaît.

Je sais que je ne devrais pas faire ça. Après tout, c'est mon assistante et ce n'est pas la meilleure idée qui soit d'entamer une relation avec elle.

Je ne me suis pas déjà dit ça plus d'une fois, moi ?

Aucune volonté…

Mais elle me plaît. Beaucoup. J'aime son caractère un peu teigneux que j'ai pu découvrir et qui dissimule une certaine douceur. J'aime que son apparence soit un peu trompeuse et que ses airs de glace cachent un tempérament passionné. J'aime son humour et sa décontraction tout en nuances.

Elle se love dans mes bras et nous réalisons quelques pas de danse. Nous sommes presque seuls dans le bar et cela rend la situation encore plus irréaliste, encore plus spéciale. Son parfum léger m'enivre. D'un coup, sa présence contre moi me paraît normale. Je remarque que son corps s'imbrique parfaitement dans le mien. Je lève doucement ma main dans sa nuque et caresse délicatement ses cheveux. Ils ont exactement la texture à laquelle je m'attendais. Soyeux. Doux. Léopoldine frissonne. Je devrais m'écarter, mais j'en suis incapable.

C'est l'initiative la plus conne que je prends depuis des années.

– Repousse-moi, Léo… S'il te plaît.

Elle pose sa tête sur mon épaule, et soupire d'aise. Elle me donne l'impression d'avoir trouvé ce qu'elle cherchait dans mes bras. Elle se détend complètement et se laisse aller contre moi.

– Et si je ne veux pas, Antoine ? murmure-t-elle.

Je ne peux pas résister. Comment un homme pourrait résister à cet appel ? Je prends la main de Léopoldine et quitte le bar en faisant signe au serveur qu'il mette les consommations sur ma note de chambre.

Nous entrons dans l'ascenseur. Je prends sa bouche sitôt les portes fermées.

– Attends, m'arrête-t-elle. Tout ce qui se passe à Paris reste à Paris ?

Je souris face à sa demande mais je comprends.

– Une nuit. Donne-moi juste une nuit.

Elle me rend passionnément mon baiser. Je découvre son goût et je doute de pouvoir laisser ça à Paris. C'est trop bon. Comment se contenter des étoiles lorsqu'on a atteint le soleil ? C'est une question que je me poserai ultérieurement. Pour le moment, j'ai dans mes bras la plus belle fille qui soit, et c'est le principal.

Elle se dirige vers sa chambre et je ne proteste pas. Qu'importe le lieu du moment qu'il y a un lit où je vais pouvoir me repaître de son corps dans les heures qui viennent. Même un canapé. Même un tapis moelleux fera l'affaire tant j'ai envie de la découvrir.

Nos deux corps sont déjà enlacés lorsque nous pénétrons dans sa suite. Elle balance ses chaussures au loin et nous nous regardons avant d'éclater de rire car elle m'arrive à peine à la poitrine sans ses échasses. Je la hisse dans mes bras et elle passe naturellement ses jambes autour de ma taille.

– Parfait, chuchoté-je. Juste la bonne hauteur.

Je me dirige vers le lit où je la dépose. Je m'écarte un peu pour la contempler. Ses pommettes rosies et ses yeux lumineux lui confèrent une aura particulière. Elle tend la main pour m'enlever ma chemise, mais je l'arrête. Je veux que ce soit son moment. Je veux que chaque seconde lui soit consacrée.

– Non, laisse-moi faire. Tu me promets de ne pas bouger ?

Léopoldine hoche la tête. Je me relève et ôte rapidement mes vêtements sous ses yeux intéressés. Je conserve mon boxer qui contient mon érection douloureuse. Je me couche à ses côtés et entreprends de défaire chaque bouton. Ma langue part en exploration de sa peau, douce, veloutée, sucrée. Au fur et à mesure de ma progression, elle se couvre de chair de poule. J'ai envie de la lécher, de la sucer, de la mordre.

Elle est si splendide dans sa nudité que j'en ai la gorge nouée d'émotion. Elle s'est abandonnée à moi avec une telle confiance que je reste éberlué par tant de fraîcheur dans ce corps de femme. Je le contemple un instant mais mes mains ne peuvent que partir à l'aventure de ses courbes. Les pleins et les déliés de son anatomie sont un ravissement. Je ne m'étais pas trompé lorsque j'imaginais ses seins petits. Ils sont parfaits. Galbés et rebondis à souhait pour la main d'un homme. Pour la mienne.

Mon pouce effleure ses tétons qui se dressent. Ils s'offrent. Elle s'offre. Entièrement. Ma bouche explore encore la sienne car je ne me lasse pas du ballet langoureux de nos langues. Je descends vers son intimité. Je veux la goûter. Pleinement. Elle se tortille mais je maintiens ses cuisses ouvertes. Je la veux consciente du plaisir que l'on se donne.

Elle frissonne encore lorsque mes lèvres tracent un chemin sinueux vers son pubis. J'aime sentir sa réaction, infime, légère. Une petite contraction du muscle vers l'aine. Un positionnement du pied. Un soupir. J'écoute son corps pour mieux le faire parler encore. Léopoldine ne veut rien dire, c'est à moi de la découvrir. Lorsque ma langue effleure son clitoris, gorgé de désir, elle se cambre et gémit. Elle lutte comme si elle refusait le plaisir. Je redouble d'intensité et ma langue explore profondément son sexe. Elle ruisselle d'envie et enfin, les vannes cèdent. Un cri de jouissance la libère. Je souris tout contre elle, heureux d'être parvenu à mes fins.

Je pensais mon assistante prude, je la découvre sensuelle. Elle profite du moment, sûre d'elle et de sa sexualité.

– Antoine, j'ai besoin de toi en moi !

– Pas encore… Laisse-moi te découvrir un peu plus.

Elle rit doucement et me chevauche. Elle est magnifique avec cette assurance qu'elle affiche. J'ai le flash d'une jeune fille prometteuse, tout aussi blonde mais moins expérimentée. Une jeune fille qui m'a ému et atteint comme le fait maintenant Léopoldine.

Notre entente est spectaculaire, comme si nous étions une seule et même entité qui se retrouve. Sa peau attire ma main. Mon torse capture ses doigts. Nos bouches s'unissent. Sa main a empoigné mon sexe qui grossit encore sous ses caresses. Je ne suis pas sûr de tenir tant j'ai envie de la pénétrer, d'avoir son intimité qui serre ma queue.

J'ai peur de l'écraser mais j'ai besoin de la sentir. J'ai besoin de la prendre. Je me mets sur le dos et la hisse sur mon ventre. Je lui tends un préservatif que j'avais mis à portée de ma main. Léopoldine le déroule le long de ma hampe avec gourmandise et s'empale sur moi dans un râle guttural. Je n'ai plus le temps de penser. Seules les contractions de son vagin qui enserre ma bite sont importantes. Je lutte également. Je veux qu'elle jouisse de nouveau. Je sens qu'elle accélère mais se dérobe aussi. Je m'accroche à ses hanches que je maintiens contre moi tout en donnant des coups de reins longs et profonds. Elle halète et nos regards se capturent. Son regard se voile. Je vois l'instant où elle perd pied. C'est également le signal pour moi. Notre orgasme est dévastateur. Je hurle son prénom. Elle hurle tout court.

En sueur, éreintés mais comblés, nous nous effondrons l'un contre l'autre. Nous restons un moment, enlacés et repus. C'est Léopoldine qui bouge la première. Sans un mot, elle se dirige vers la salle de bains et j'entends bientôt l'eau couler. Je me lève pour me rhabiller.

Je renfile mon boxer, mon pantalon et rassemble les fringues éparses. Je ramasse le sac de Léopoldine qu'elle avait négligemment laissé par terre dans notre précipitation. Je fulmine lorsqu'il m'échappe des mains et que tout son contenu se répand sur le sol de la chambre.

Mais comment font les femmes avec ces engins ?

Je commence à récupérer son portefeuille, son porte-cartes, un rouge à lèvres, une pochette noire, une trousse d'écolier quand je prends en main un papier froissé qui me semble assez vieux. Il est tellement usé qu'il doit avoir été manipulé de nombreuses fois. C'est manifestement quelque chose d'important pour elle, quelque chose qui pourrait me faire mieux la connaître. Je déplie la feuille et c'est le choc. Je suis catapulté presque dix ans en arrière. Je me vois place du Trocadéro. Je reconnais mon chapeau. Je reconnais ce coup de crayon. Et pour cause ! Je possède moi-même un dessin quasiment identique à celui-là, qu'une inconnue que je n'ai jamais pu oublier m'a offert il y a très longtemps. Je ne reconnais pas bien mes traits mais bien sûr, presque dix ans se sont passés. Je reste prostré, mon portrait à la main avec cette signature que je connais tant, Élo.

– Antoine ?

La voix de Léopoldine me sort de ma torpeur. Je la regarde et comprends qu'elle sait. Qu'elle sait tout. Qu'elle sait qui je suis. Je n'arrive pas à le croire. Je me sens trahi. Con et trahi.

Je quitte sa chambre, refusant d'entendre sa supplique.

14

Léopoldine

Roulée en boule dans la chemise qu'il a oubliée, j'ai vidé la boîte de mouchoirs de la chambre. Tant de questions tournent dans ma tête. Pourquoi ne lui ai-je pas tout avoué lorsque j'ai découvert son tatouage ? Pourquoi n'ai-je pas insisté dans le train ? Je voulais lui en parler mais il a coupé court lorsque j'ai abordé le concert, la musique.

J'aurais également pu lui dire quand je le chevauchais, désinhibée. Il n'y a que lui qui me fait ressentir ce que je ressens quand je suis dans ses bras. Toutes mes expériences font pâle figure en comparaison de notre alchimie. Les sensations, les ressentis, tout est revenu comme un boomerang. Je me suis rendu compte que je n'avais rien exagéré. Tous mes souvenirs étaient bien réels, voire un peu en dessous de la vérité.

Ses mains expertes sont désormais moins rugueuses mais tout aussi excitantes. Sa langue joueuse sait me charmer comme aucune autre. Ses coups de boutoir, puissants et profonds, me terrassent pour mon plus grand plaisir. Il y a même eu une fraction de seconde, lorsque nos yeux se sont captés, où j'ai cru qu'enfin, Antoine m'avait reconnue. J'ai vu la même fièvre qu'il y a presque dix ans. La même ferveur. Mais ce regard est passé et c'est là qu'il m'a pénétrée. J'ai alors tout oublié. Comme à chaque fois. Comme pour mieux me rappeler plus tard.

Il est déjà cinq heures du matin et je ne sais pas quoi faire. Il a mon destin entre ses mains et cela me terrorise. Comment cela a-t-il pu dégénérer ? Nous nous étions retrouvés. J'avais pensé, en prenant ma douche, qu'il serait préférable d'attendre un peu pour lui dire ce que j'avais découvert. Je voulais lui dévoiler mon histoire, enfin notre histoire, mercredi matin en faisant du tourisme. Je l'aurais conduit place du Trocadéro et là… Mais c'est plié, fini, terminé. Exit la fin heureuse des contes de fées. Je pense que dès mon retour à Lyon, j'irai de nouveau à Pôle emploi et je recommencerai à croquer des portraits dans le vieux Lyon. La grande différence, c'est que je n'aurai plus d'espoir, je serai brisée de l'intérieur. Je pourrais repartir. Pourquoi ne pas reprendre la route ? Me reconstruire, de nouveau, loin de la France, loin de Lyon, loin de ma famille, loin de lui.

Une petite lumière bleue m'indique l'arrivée d'un texto. Je prends mon téléphone, fébrile.

[Petit déjeuner travail :
8 h 30 – Bar de l'hôtel.
Apportez ordinateur pour
CR réunion.]

Lapidaire. Je refuse de remarquer le vouvoiement. Je refuse de m'arrêter sur le ton sec et directif. Je ne vois que le fait qu'il m'a contactée.

Je vais tenter de dormir deux petites heures. Il aura certainement une mine aussi défaite que la mienne mais quand même. Je sombre dans un sommeil de plomb immédiatement après avoir réglé une alarme pour sept heures trente.

Le réveil est douloureux et je passe un temps fou à camoufler les cernes violacés et les traces d'une nuit courte. C'est pourtant regonflée à bloc que je sors de ma chambre. Il est hors de question que je me laisse déstabiliser par M. Antoine Delbarre. Il a agi comme un con à fuir ainsi. Nous avions décidé de repartir à zéro. Si c'est valable pour moi, cela devrait l'être pour lui. Nous aurions pu en parler. Nous aurions dû en parler.

J'entre d'un pas décidé dans le bar. L'atmosphère est complètement différente de celle d'hier soir. On dirait une ruche. Plusieurs tables sont occupées par une population essentiellement masculine autour de petits déjeuners d'affaires. Les murs tant colorés hier soir se sont transformés en cloisons blanches, presque aseptisées. Seuls une famille et un couple semblent des intrus parmi les hommes en costume.

J'avise tout de suite Antoine et fais signe à l'accueil que je n'ai pas besoin qu'on me conduise. Il capte mon regard lorsque je m'approche et j'enrage immédiatement. Aucun signe qui trahirait une éventuelle nuit blanche. C'est trop injuste. Ou alors, je suis vraiment trop conne. Il a juste été blessé dans son ego mais il se fout complètement de cette situation, de notre passé, de notre présent. Si cela se trouve, il ne sait même pas ce que représente ce croquis car il a tout oublié. J'ai été tellement insignifiante pour lui. Moi, j'étais jeune et naïve. J'ai cru que cette nuit avait été spéciale, même pour lui. Il a certainement pensé hier que j'étais une sorte de groupie amoureuse de son patron. Sa réaction n'a incontestablement rien à voir avec notre histoire, avec le souvenir que j'en ai.

– Laissez-moi vous présenter mon assistante, Léopoldine Leclair. Remo, Luis et Mario Rodriguez, les partenaires, et amis, dont je vous ai parlé.

Après les salutations d'usage, je m'assois auprès d'eux. Le plus âgé, Remo, est un homme d'une cinquantaine d'années. Grisonnant, il a de superbes yeux verts qui ressortent de sa peau burinée par le soleil. Luis et Mario sont plus typés latino avec des cheveux noir corbeau et des yeux sombres. Bien plus jeunes, ils pourraient toutefois passer pour les jeunes frères de Remo. Je comprends rapidement qu'ils sont père et fils. Ils ne me plaisent pas et exhalent une dangerosité qu'Antoine ne semble pas détecter. Ils sont malgré tout courtois et m'incluent dans leur discussion. Mon patron reste un peu en retrait mais guère plus que d'habitude. Il me semble juste un peu distant.

La journée se déroule comme cela était prévu. Après le petit déjeuner, nous nous retirons dans une salle de réunion où tout a été organisé pour des séances de travail. Antoine m'ordonne de m'installer à ses côtés mais sa proximité me trouble, ce qui m'agace. Pourquoi ne suis-je pas capable de faire comme lui, de ne pas tenir compte de notre nuit ? Durant les trois heures de la matinée, nous déroulons et analysons l'année écoulée. Le bilan de nos transactions avec cette coopérative est a priori positif. Cette centrale d'achat connaît bien mieux le marché que nous sur son territoire. Je découvre que les accords spécifiques avec quelques agriculteurs ou cultivateurs sont marginaux. Puisque je commence à bien connaître Antoine, je le suspecte de vouloir développer la relation directe, sans intermédiaire, pour que nous gagnions en autonomie. L'énorme avantage des centrales d'achat comme celle-ci, c'est qu'elles nous font faire des économies d'échelle, notamment pour tout ce qui concerne le transport. Je me note d'étudier des solutions alternatives pour augmenter l'indépendance de BioMag. Enfin, si j'ai la possibilité de le faire. Antoine ne peut pas ne pas se rendre compte que si, demain, les prix flambent chez eux parce qu'ils décident de les augmenter, nous serons coincés et cela risque de faire mal à BioMag en termes de marge.

Antoine est professionnel, incisif. Il me snobe lorsque je fais mine de vouloir parler. Je ne sais pas s'il agit ainsi pour me punir ou si je ne dois pas me faire remarquer devant ses partenaires. Il aurait pu m'informer de comment il comptait la jouer. Mais sa main rassurante qu'il avait l'habitude de m'offrir en me pressant l'épaule ou en me tapotant la main me manque cruellement.

À moins qu'au départ… Mon boss m'a-t-il conviée pour que je lui dise ce qu'il pressent ? Si oui, la question suivante est : est-ce que j'en aurai l'occasion ?

Nous optons pour des plateaux-repas afin de pouvoir avancer sur les dossiers. Je n'aurais jamais pensé à quel point il était intéressant de faire des prévisions, de mettre en perspective les indicateurs de développement espérés pour l'année avec les réalités du marché, de chercher l'équilibre et le meilleur accord pour les parties. Malgré nos différends, nous retrouvons notre complicité professionnelle. Mais elle reste sur la strate professionnelle. Exit les petits sourires en coin et les œillades complices.

Ce sont d'autres regards plus brûlants que j'imagine lorsque je l'observe évoluer, prendre la parole, demander, exiger. Je le croyais passionné, impliqué, mais ce n'est rien par rapport au feu que j'ai vu dans ses prunelles lorsqu'il était enfoui en moi. Je fixe ses lèvres qui bougent et le poids de ses baisers m'incendie.

Comme c'était programmé, à l'issue des réunions, nous nous retrouvons tous pour passer une soirée détendue après avoir regagné nos chambres respectives. J'accorde un soin particulier à ma tenue mais le résultat espéré n'est pas au rendez-vous. Je me trouve blême.

Lorsque je rejoins Antoine et les Rodriguez dans le hall de l'hôtel, je sais que ma robe vert sapin et mon maquillage un peu charbonneux sont tout de même du plus bel effet et que cela fait illusion. Mais moi, je sens la fatigue qui me terrasse. Mon entrée est remarquée. S'il y a quelques éléments de mon éducation dont je peux me féliciter, ce sont les années de danse classique qui m'ont contrainte à une posture qui me confère une certaine élégance.

Antoine ne réagit pas. Il me regarde comme si j'étais transparente et cela me fait mal, plus mal que je ne le voulais, plus mal que cela ne devrait. En revanche, Mario a l'air d'apprécier ma tenue.

– Mademoiselle Leclair, laissez-moi vous dire que vous êtes splendide. Antoine a de la chance et, si vous souhaitez côtoyer un vrai homme, je suis entièrement à votre disposition, me dit-il en me faisant un baisemain appuyé.

Son frère et son père s'esclaffent, mais Antoine se tend et lance un regard meurtrier à Mario. Je ne veux pas créer de problèmes alors je le repousse gentiment, arguant la conscience professionnelle.

– C'est vraiment adorable mais j'aime travailler pour M. Delbarre. Je suis loyale et le jour où je partirai de BioMag n'est pas encore arrivé.

– *Gringo* ! Belle et subtile ! J'espère que tu te rends compte qu'elle est précieuse et rare, conclut Remo en donnant une tape virile dans le dos d'Antoine qui ne réagit toujours pas.

Pourtant, je trouve mon boss encore plus tendu. Serait-il jaloux ? Non. Je ne le crois pas. Je ne suis pas mesquine pour autant. Il y a longtemps que j'ai appris à vivre selon certaines valeurs. Je ne veux pas jouer, surtout avec ce que j'ai à perdre. Je ne me sers donc pas de Mario. En plus, il me met vraiment mal à l'aise.

Nous arrivons dans un restaurant gastronomique. J'ai le sentiment que les Rodriguez nous ont amenés là seulement pour nous impressionner. Enfin, moi surtout, l'assistante, la petite dinde que je représente pour eux. S'ils savaient que certains chefs étoilés ont été sollicités pour me préparer mes bouillies !

Les conversations ne sont pas réellement différentes de celles partagées tout l'après-midi. Je n'avais pas pensé au facteur boulot. Je décroche un peu trop souvent, ne réussissant pas à capter les sujets. Je reviens pourtant vite à la réalité lorsque je m'aperçois que Mario profite de mon inattention pour se rapprocher de moi, pour frôler mon épaule, ma main. Je n'ai pas pu refuser de me mettre à ses côtés à table, mais je le regrette amèrement. Et Antoine ne fait rien, indifférent à mon malaise.

Dès les cafés servis, je suis abasourdie par l'attitude de mon boss.

– Léopoldine, nous avons encore quelques éléments à voir, mais il est tard et la journée a été longue donc vous pouvez vous retirer. Je vais appeler un taxi qui vous conduira à l'hôtel.

– Pourquoi ta charmante assistante ne reste pas avec nous, *gringo* ? intervient Mario.

– Parce que c'est moi qui la paie et qu'en France, la réglementation sur le temps de travail est stricte. Elle doit avoir ses onze heures de coupure jusqu'à demain matin, tranche Antoine.

Les quatre hommes s'esclaffent alors qu'il n'y a absolument rien d'hilarant, à moins que cela les fasse rire qu'Antoine me rappelle mon seul et unique statut de subordonnée. Des fois que je l'aurais oublié. C'est vexant et humiliant. Antoine aurait voulu me rabaisser qu'il ne s'y serait pas pris autrement. Il me renvoie à l'hôtel, me privant de la suite de la soirée. Il l'a dit assez sèchement pour ne pas me permettre de répliquer.

Je dissimule ma blessure et me dépêche de terminer mon café en acquiesçant.

– Vous avez raison, monsieur Delbarre. En plus, la journée a été longue, je suis de toute façon fatiguée.

Je quitte la table sans demander mon reste en saluant rapidement les quatre hommes pour aller récupérer mes affaires au vestiaire. Je refuse de me donner en spectacle, mais mon cœur saigne. J'oscille entre l'envie de m'effondrer et de pleurer jusqu'à tarir mes larmes ou celle de lancer la totalité de la vaisselle qui reste sur la table à la tête de mon boss. Son regard dur me suit. J'ai juste le temps d'entendre un des Rodriguez dire à Antoine : « Tu l'as bien dressée, celle-là. » Mais c'est surtout son éclat de rire qui me transperce le cœur.

Je suis anéantie lorsque j'arrive à l'hôtel. Je traverse le hall aussi rapidement que possible pour dissimuler mes larmes de rage. J'ai besoin de me défouler sur quelque chose ou d'attendre que ma colère retombe un peu. Personne ne cherche à m'arrêter tant l'image que je dois renvoyer est celle d'une femme à qui il ne faut surtout pas chercher des noises.

Putain, et il n'est que vingt-trois heures. Une fois dans ma chambre, je vire ma robe, mes escarpins, mon maquillage. Je me retrouve à nu, avec moi-même, avec mes espoirs et mes peurs, seule, de nouveau. Je récupère mon téléphone que j'avais mis à charger et c'est la goutte d'eau qui fait déborder le vase. J'ai un message de ma mère. Je ne l'écoute même pas puisqu'elle dit inlassablement la même chose. Je lance mon portable à travers la pièce. Il explose contre le mur de la chambre. J'espère juste que les murs sont insonorisés sinon je risque d'avoir des problèmes avec la réception. Je hurle ma rage. Je hurle mon désespoir.

J'aurais dû rester à des milliers de kilomètres de mon pays natal. En neuf ans d'exil, je n'ai pas eu à vivre autant d'émotions que depuis les quelques mois que je suis rentrée. C'était simple. J'aimais ce que je faisais. Je m'impliquais auprès des personnes. Je vivais le moment présent et quand cela ne me convenait plus, je partais ailleurs, plus loin, pour autre chose.

Ici, tout est compliqué. Retrouver mes racines, les codes sociaux, m'oblige à m'ancrer dans le réel. À m'investir. À réfléchir. Avant je ne vivais pas les conséquences, désormais je les subis.

Je regarde mes affaires éparpillées aux quatre coins de la chambre, témoins de ma rage et de mon désespoir. Je n'ai pas la force de tout ramasser tout de suite. J'ai besoin de me ressourcer. De laver cette soirée.

Je file dans la salle de bains et fais couler l'eau de la

douche. Lorsqu'elle a atteint la température idéale, je me glisse dessous. Je me savonne vigoureusement. Mon sang s'échauffe. Je me shampooine les cheveux, retrouvant avec bonheur leur souplesse. Je reste un temps interminable pour laver mes pensées. L'eau est salvatrice. Régénérante. Apaisante. Quand elle commence à refroidir, je sors. Je me sens réellement mieux. J'attrape le peignoir mis à ma disposition et me pelotonne dans le moelleux de l'éponge, ce qui conforte mon bien-être. Je sors de la salle de bains en frottant mes cheveux dans une serviette tout aussi douce.

Je m'arrête un instant lorsque je vois ma robe étalée sur mon lit. Je me retourne et sursaute quand j'aperçois l'immense silhouette d'Antoine, prostré devant ma fenêtre. Il me fait face immédiatement, et sans me quitter du regard, assène :

– Je pense qu'il faut qu'on parle.

– Qu'est-ce que vous faites là, monsieur Delbarre ?

Je ne peux m'empêcher de le provoquer encore. J'en ai ras le bol qu'il fasse la pluie et le beau temps dans ma vie.

– Ne réagis pas ainsi, Léopoldine, s'il te plaît, me dit-il doucement.

– Ah, on se tutoie de nouveau ?

Il soupire. Cette situation est complètement débile. Ubuesque. Délirante.

– Tu sais très bien que je ne pouvais pas montrer notre intimité aux Rodriguez. Ce sont des enfoirés en affaires et s'ils avaient détecté mon point faible, ils en auraient tiré parti.

– Notre intimité ? Parce qu'on a baisé une fois !

– Léo ! Ne sois pas vulgaire, cela ne te va pas !

– Putain, mais tu sais ce qui me va, Antoine ? Non, je ne pense pas. Tu ne me connais pas. Tu ne sais rien de moi parce que tu n'as jamais rien voulu savoir.

– C'est faux ! Je veux tout connaître de toi. Je veux…

Il s'approche comme s'il ne supportait pas la distance entre nous. Je refuse qu'il me prenne dans ses bras car je ne serai alors plus maître de mes émotions. Ce mec me déstabilise depuis toujours.

– Et moi ? Merde ! Est-ce que tu t'es demandé cinq minutes ce que moi, je voulais ? hurlé-je presque. Antoine Delbarre veut. Et moi, pauvre conne, je dois répondre au moindre claquement de doigts ? Parce que ton excuse est complètement bidon. Ou alors, tu as honte de ta collaboratrice et je ne suis bonne qu'à mettre ton ego en valeur devant les autres.

Je dois reconnaître qu'il reste impassible, me laissant déverser ma colère. Lorsque je tente de reprendre mon souffle, il s'explique.

– Je suis désolé mais je n'ai pas eu le temps de t'expliquer qu'avec les frères Rodriguez, nous avons toujours eu un esprit de compétition très développé. C'est à celui qui fera mieux que l'autre. C'est con mais c'est comme ça qu'on fonctionne. Et tu as vu le regard de Mario sur toi ? Ça m'a rendu fou ! Et surtout, je ne voulais pas que tu sois un enjeu dans ce challenge sordide.

Il semble sincère. Je vacille car je ne suis finalement peut-être pas aussi transparente que cela à ses yeux. Pourtant, je suis toujours en colère. S'il n'était pas parti hier soir, il aurait pu tout me dire.

– Et donc, continué-je, quand on redevient « intimes », tu peux te permettre de me tutoyer ? Eh bien, je vais te le dire en face, tu m'emmerdes ! Et tant pis si c'est grossier et que cela n'a rien à faire dans la bouche d'une femme.

Il reste stoïque et silencieux tandis que je me mets à arpenter la chambre, m'agaçant, criant, l'invectivant. Cela fait près de dix ans que je pense à ce mec. Presque dix ans que mes aventures avortent au bout de quelques semaines parce que son souvenir me hante. C'est dingue et complètement hallucinant. Je n'explique rien et c'est peut-être la raison pour laquelle je suis tant à fleur de peau lorsqu'il s'agit d'Antoine.

Mais lui, il semble subjugué. Je m'arrête pour le regarder. Je me sens un peu gênée tout d'un coup. Je suis en peignoir, les cheveux mouillés, pieds nus à m'agiter devant l'homme de mes rêves, encore en costume, qui me fixe intensément comme si je n'avais jamais été aussi belle. Il n'est plus mon boss, mais simplement un homme dingue de désir pour une femme.

Il baisse les yeux, parcourant mon corps. Je suis son mouvement et j'aperçois un bout de mon téton à travers le décolleté de mon peignoir qui s'est entrouvert. Nous nous regardons et je vois l'instant où il perd pied. Il ne se maîtrise plus. Le galbe de mon sein blanc a eu raison de son self-control. En quelques pas, il me saisit par le bras et m'embrasse avec passion.

Pour me faire taire. Pour me revendiquer. Pour me posséder.

Après une hésitation, je réponds à son baiser avec une voracité égale à la sienne. Il tire sur la ceinture lâche de mon peignoir et je me retrouve nue dans ses bras. Ses mains partent à la conquête de mon corps. Ses pouces effleurent mes tétons qui se dressent d'envie. Je frissonne mais ce n'est pas de froid. Je ne peux résister. Il est tout ce dont j'ai envie. Tout ce dont j'ai besoin. Je mordille sa lèvre, impatiente, dévorante.

Je suis en feu. Insatisfaite. Insatiable. Je veux sentir sa peau sous mes doigts. Je passe mes mains sous la veste qu'il porte encore et la fais tomber au sol. Sans se détacher de ma bouche, il sort sa chemise de son pantalon et défait ses boutons avec précipitation. Nous avons trouvé un terrain d'entente. Pour chacun, cela ne va pas assez vite. Je remarque la passion qui voile les prunelles sombres d'Antoine.

Il me soulève et j'entoure machinalement ses hanches avec mes jambes. Le feu de mon intimité se plaque sur une érection impressionnante. J'ai envie qu'il emplisse mon fourreau étroit. Plus rien n'a d'importance à cet instant.

– Putain, Léo. Je vais te faire hurler ce soir. Tu me rends dingue.

– Prouve-le, le provoqué-je, encore.

15

Antoine

Je n'ai pas pu supporter les regards de Mario sur Léopoldine. Je me suis retenu toute la soirée de lui foutre mon poing dans la gueule, à Mario bien évidemment. Malgré toutes mes bonnes résolutions, bien que je me sois senti trahi, cette femme me bouleverse et je dois la protéger.

Un peu plus tôt dans la soirée, quand elle est apparue dans sa robe verte, j'ai dû me maîtriser pour ne pas la prendre sur mon épaule et la remonter, illico presto, dans sa chambre. Non mais, on n'a pas idée de vendre des trucs pareils. Elle fait ressortir chez moi mes plus bas instincts.

N'y tenant plus, je l'ai donc réexpédiée à l'hôtel tout en me détestant de faire ça. J'ai immédiatement vu sa blessure et cela m'a fait mal. Oui, j'étais agacé, même vexé, par ce que j'avais découvert. Mais, une fois la surprise passée, j'avais confiance. J'étais encore un peu réticent mais je savais que nous allions trouver une solution.

C'est pour cela que je suis entré dans sa chambre peu après avoir quitté les Rodriguez. Prétextant une fatigue soudaine, je les ai laissés dans une boîte chaude de Paris où ils ont voulu me traîner. Je ramasse sa robe verte qui m'a tant fait fantasmer. Je récupère les bouts épars de son téléphone. Redresse le fauteuil. Aligne ses escarpins.

Lorsque j'entends l'eau de la douche qui s'arrête, je reste immobile au milieu de la chambre. Je ne veux pas être voyeur et ne sais pas si elle va sortir nue comme le jour de sa naissance ou emmitouflée dans le peignoir de l'hôtel. Je me mets devant la vitre et admire la vue nocturne de la capitale. Je sens sa présence. Elle a un hoquet de peur quand elle aperçoit ma silhouette. Je n'attends pas qu'elle réagisse. Je me retourne et lui fais face. Je vois tout de suite l'expression de sa colère et de sa frustration.

– Je pense qu'il faut qu'on parle.

Ce qui suit me laisse sans voix. La violence de sa colère est à la hauteur de la puissance de notre passion. Après des préliminaires exaltés, j'ai eu l'accord que je souhaitais.

Elle m'accepte. Elle veut de moi. Je ne me retiens plus quand elle entoure ma taille de ses jambes. Nous tombons ensemble sur son lit. Elle remonte un peu tandis que je me débarrasse de mon pantalon sans jamais la quitter des yeux. Je ne peux retenir un grognement lorsque ses ongles rouges trouvent le chemin de son clitoris. Elle se caresse en me dévisageant. Je gaine un préservatif sur ma queue et attrape les chevilles de Léopoldine. Je la fais glisser au bord du lit. Là, je la domine de toute ma hauteur mais aucun de nous deux n'est dupe, c'est elle qui mène la danse. C'est elle qui dirige. Elle. Rien qu'elle.

Je m'enfonce en elle d'un seul coup. Léopoldine hoquette. J'ai peur de lui avoir fait mal mais elle a juste un temps pour s'habituer à moi. Quand elle commence à gigoter sous moi, je peux commencer mes va-et-vient amples et profonds. Je bute au fond de son intimité à chaque mouvement. Je ne peux la quitter des yeux. C'est plus de la moitié de mon plaisir.

Voir son regard se brouiller. Remarquer la couleur rosée dont se teintent ses joues. Constater la sueur qui gagne du terrain, entre ses seins, sur ses tempes, puis ses cheveux. Savoir que c'est moi qui lui fais cet effet est jouissif. Je capte tous les petits signes, pour mieux la connaître. Pour apprendre à la satisfaire.

Quand ses paupières se ferment, je la rappelle à l'ordre.

– Léopoldine ! Regarde-moi. Je veux que tu me regardes quand tu vas jouir. Je veux que tu saches que c'est moi qui te mets dans cet état.

– Connard arrogant, halète-t-elle.

Je ne peux que sourire. Léo ne se rend pas, jamais.

Elle garde la main. Yeux dans les yeux, je vois la brûlure du désir gagner du terrain. Son souffle se fait saccadé. Ses lèvres s'entrouvrent. Léo commence à gémir.

– Oh, putain, Antoine. Plus fort. Plus vite !

J'intensifie un peu mes coups de boutoir. Ses parois m'enserrent un peu plus. Je rêve du moment où je pourrai sentir son intimité sans latex. Cette image a raison de moi. Léopoldine pousse un cri de jouissance tandis que je me laisse aller juste après elle. Mon râle se perd dans ses cheveux lorsque je m'effondre sur elle.

Nous sommes tous les deux haletants. Vidés. Comblés. Ma bite dégonfle un peu alors qu'elle est encore en elle mais je ne suis pas près de me retirer de sa cavité douce et chaude. Je dois pourtant m'y résoudre.

Nous nous blottissons l'un contre l'autre en silence. Incapables de parler tant les émotions sont intenses. Léo s'endort presque immédiatement quand je lui caresse le dos avec la paume de ma main. Je reste un moment éveillé, écoutant sa respiration lente, sentant son souffle sur mon torse. Elle est pile où elle doit être et cela m'angoisse.

Je me laisse à mon tour gagner par Morphée.

***

Je me réveille aux aurores le lendemain. Je la fixe quelques minutes. Ses cheveux emmêlés sont éparpillés sur l'oreiller. Elle est juste magnifique. Apaisée. Elle paraît plus jeune. Je suis surpris de ne pas être spécialement angoissé de me retrouver de nouveau dans ses draps. Jamais je n'ai dormi plusieurs fois avec la même femme. Mais avec Léopoldine, c'est naturel. Je lui laisse un mot lui demandant de se tenir prête pour dix heures dans une tenue confortable. Je rejoins ma chambre pour prendre une douche et m'habiller pour la journée. Je veux que cette journée soit inoubliable.

Je contacte les Rodriguez pour décommander notre dernier rendez-vous. Je prétexte le fait de devoir rencontrer d'autres partenaires. Je veux que rien ne parasite nos retrouvailles.

Quand j'ai enfin compris qui était mon assistante, j'ai su inévitablement que tout allait changer. Je pense que c'est la raison pour laquelle je suis parti ce soir-là. Son retour modifiait toutes mes certitudes. Cela avait été tellement simple il y a neuf ans que je pensais avoir trouvé mon âme sœur. Mais elle avait continué sa route. J'ai alors enterré mon envie d'ouvrir mon cœur en même temps que l'espoir qu'elle avait fait naître en moi.

C'est la raison pour laquelle, lorsque je frappe à sa porte à l'heure dite, je suis nerveux. Comment va-t-elle réagir ? Est-elle aussi anxieuse que moi ? Est-ce que tout cela a autant d'importance à ses yeux ?

– J'arrive !

J'entends sa voix enjouée et je peux enfin respirer. Quand elle ouvre la porte, elle a déjà son sac. Elle paraît minuscule. Elle a mis des baskets, ce qui change de ses habituels talons. Léopoldine a simplement noué une chemise sur son ventre plat, au-dessus d'un jean taille basse. Elle est maquillée légèrement. Je ne l'ai jamais trouvée aussi belle.

Elle hésite en me voyant. Son sourire se fait indécis. Mais je lui tends la main et l'attire contre mon torse pour lui voler un baiser. Il va falloir qu'elle comprenne que c'est là qu'est sa place désormais. Elle soupire d'aise et claque la porte de sa chambre.

– Où allons-nous ?

– C'est une surprise.

Elle hausse les épaules et me suit. Je suis bien conscient que nous n'avons rien réglé hier car une partie de jambes en l'air, même si elle a été plus que satisfaisante, n'a pas répondu à nos questions.

Nous marchons dans les rues de Paris comme il y a neuf ans. Léopoldine peine à suivre ma foulée rapide alors je ralentis. Tout ce que je souhaite est que nous passions le reste de notre vie au diapason l'un de l'autre. Je glisse sa main dans la mienne et nos doigts s'étreignent. Cela me semble évident. Elle accepte ce contact, ce qui me comble de bonheur. C'est certainement grâce à ce toucher que je remarque instantanément quand elle comprend où je l'emmène. Ses petits doigts menus se crispent sur ma paume. Lorsque nous remontons l'avenue Kléber, Léo se tourne vers moi.

– Tu…

– Je t'ai dit que nous devions parler. Nous n'avons pas réellement pu le faire hier soir, lui précisé-je, taquin. Quel meilleur endroit que celui où tout a commencé ?

Après une seconde de flottement, son sourire me ravit. Je l'entraîne sur les marches, presque à l'endroit où elle se tenait le fameux jour de notre rencontre. Le jour où nos destins ont été irrémédiablement scellés.

Je me souviens d'elle comme si c'était hier. J'ai enfoui les vestiges de ce passé dans ma mémoire, mais délibérément. Je n'ai absolument rien oublié. Son cul galbé dans son short en jean. Son débardeur immaculé. Ses longs cheveux au vent. Son rire. Son regard. Et les heures qui ont suivi.

En silence, nous contemplons la tour Eiffel, cette vieille dame majestueuse.

– Alors ? On commence par quoi ? Par où ? dit Léopoldine au bout de quelques minutes.

– Honnêtement, je ne sais pas. Il y a tellement à dire…

J'espère secrètement qu'elle va amorcer la discussion car j'ai peur de me perdre. Je n'ai pas honte de dire que Léopoldine me bouleverse. Pourtant je ne veux pas la forcer, pas la brusquer. Je veux savoir où elle en est, elle, avant de me dévoiler. Je ne veux pas l'effrayer en lui avouant que, quoi qu'elle me dise, notre avenir est écrit.

– Je veux m'excuser pour l'autre jour. Quand je suis entrée dans ton bureau, j'ai été bouleversée et je n'ai pas géré. C'était bizarre.

– C'est vrai que je n'ai pas compris. Qu'est-ce qui t'a fait disjoncter d'un coup ?

Toute cette histoire a débuté suite à son coup d'éclat et il est important que nous réglions cela avant tout. Elle pouffe et secoue la tête comme si elle n'en revenait pas elle-même de sa réaction.

– J'étais concentrée sur mon boulot et je ne t'avais pas entendu revenir de la salle de sport. J'ai donc été surprise de te voir là. Mais quand j'ai vu ton tatouage dans ton dos, j'ai compris qui tu étais et cela m'a bouleversée. J'étais incrédule, heureuse mais en même temps agacée.

– C'est sûr que cela a dû te faire un choc. Moi, j'ai juste vu mon assistante inerte au milieu de mon bureau à me fixer alors que j'étais à poil. Puis j'ai vu les dossiers voler et je n'ai pas eu le temps de réagir que tu avais disparu. Puis tu étais si distante, puis agressive. J'étais complètement perdu.

– Je m'en doute. Bizarrement, ce qui m'a le plus choquée, ce n'était pas de te surprendre nu ou que tu m'engueules pour mon attitude. C'était le fait que je ne t'avais pas reconnu. Cela me perturbait. Et, de manière complètement irrationnelle, je t'en voulais de ne pas me reconnaître à ton tour. Je me suis persuadée que tu m'avais oubliée.

– Hein ? m'étouffé-je. Moi ? T'oublier ? Mais jamais. Mais comment voulais-tu que je te reconnaisse ? Tu es tellement différente désormais, tellement plus femme. Mais c'est toujours toi. Je ne t'ai jamais oubliée et je ne le pourrais pas, même si je le voulais.

L'émotion me submerge. Je n'arrive pas à croire à ce qui nous arrive. Elle fait mine de ne pas remarquer mes yeux brillants et enchaîne.

– Et toi, tu es tellement plus… homme, dit-elle en riant. Je me souvenais d'un musicien un peu frêle…

– Quoi ? Frêle ! Mais je faisais de la musculation trois fois par semaine au minimum.

– C'est le souvenir que j'avais, rit-elle.

Cela fait du bien de discuter ainsi. Sans prise de tête. Nous échangeons simplement nos ressentis. Ceux de l'époque. Ceux de maintenant. Il n'y a ni jugement, ni rancune. Cela ne sert à rien. C'est juste un constat. Nous ne parlons même pas d'avenir, de futur ou d'espoir. Tacitement, nous avons besoin de vivre l'instant. Simplement l'instant présent.

Dans quelque temps, peut-être en rirons-nous. Maintenant, nous admettons.

Je dois bien me rendre à l'évidence. Depuis que je sais

qui elle est, il y a des évidences. Son sourire et son rire, qui m'avaient tant manqué. Son regard franc et sincère. Sa voix mélodieuse, qui devient rauque lorsqu'elle est sous le coup du désir.

Je décide de nous accorder une journée de répit. Nous pouvons continuer à vivre cette parenthèse.

Nous ne parlons plus. Nos mains jointes communiquent pour nous. Nos regards accrochés se comprennent. Nous surplombons le Champ-de-Mars, appuyés sur la balustrade, perdus dans nos pensées, lorsque je la force à me regarder en face. Il y a tant de choses à dire mais finalement tellement inutiles. Nous sommes là, ici et maintenant, et cela suffit amplement.

– Ne pars pas. Reste avec moi, s'il te plaît, Léo.

Elle met un quart de seconde à comprendre. Elle me regarde et sourit, simplement.

– Je ne vais nulle part.

Cela me va. Elle a dit la phrase que j'attendais. En reprenant la parole, Léopoldine répond à une question que je me pose inconsciemment depuis presque dix ans.

– Tu sais, même si tu me l'avais demandé à l'époque, je ne serais pas restée. J'en avais besoin. Il le fallait pour que je découvre la femme que je suis aujourd'hui et que je te retrouve.

– On n'a rien perdu alors ?

– Non, on a juste construit, chacun de notre côté…

16

Léopoldine

Cette mise au point nous a libérés. Nous avons compris qu'il est quelquefois nécessaire de vivre une situation d'une façon et pas d'une autre. Pour nous, c'était écrit ainsi.

– Allez, si on allait manger un truc rapide ? Ensuite, j'aimerais t'emmener quelque part, me dit Antoine en se décollant de la balustrade.

– OK. Où va-t-on ?

– On prend un truc gras qu'on mange avec les doigts en marchant ou on se cale dans un restau ?

– J'aime bien quand ça dégouline, lui réponds-je, espiègle.

Ma remarque est accueillie par un éclat de rire. Je constate à quel point il fait moins sévère et moins strict quand il rit ainsi, insouciant. Je retrouve davantage du jeune musicien qu'il était quand il tombe le masque du boss soucieux et occupé.

– Léo, je peux te poser une question ? me demande Anto tandis que nous marchons au gré de nos envies pour trouver un *food truck*.

– Bien entendu ! Qu'est-ce qu'il y a ?

– Je t'ai longtemps cherchée. Je n'avais qu'une signature au bas d'un dessin. Je m'aperçois que je n'aurais jamais pu te retrouver puisque tu ne signes même pas de ton nom. Pourquoi Élo ?

Je ne sais pas si je peux tout lui révéler. Cela ferait un peu trop si, en plus de tout ce que nous avons découvert, je lui apprenais de quelle famille je viens. Je décide de lui faire la version courte.

– C'est une longue histoire. Quand j'ai commencé à peindre, je devais me trouver un nom d'artiste. Léopoldine, c'était beaucoup trop long et Léo faisait masculin. J'ai opté pour un diminutif de mon deuxième prénom, Éléanore. En plus, c'est un hommage à ma marraine qui s'appelle Héloïse. En fait, pour être franche, très peu de personnes m'appellent Léopoldine. Quand j'ai ma casquette d'artiste, on m'appelle toujours Élo. Sinon, c'est Léo.

– Moi, j'aime bien Léopoldine.

Je ne peux pas lui avouer que j'exècre mon prénom, quoique je me réconcilie avec depuis que c'est Antoine qui le prononce. Jusqu'à présent, chaque fois que quelqu'un l'utilisait, j'entendais le mépris contenu dans le ton de ma mère, sur chaque syllabe. La déception de mon père face à ma naissance.

J'aime quand c'est Antoine qui fait rouler les syllabes.

Après avoir acheté un sandwich dégoulinant de fromage fondu et une barquette de frites, je suis Anto dans le métro parisien. Je ne regarde pas où nous allons, lui faisant confiance quand je le vois déambuler d'une démarche assurée dans les dédales souterrains.

Nous émergeons du métro au milieu d'une zone désaffectée. Antoine est radieux, comme un enfant qui préparerait une bonne surprise. Je me laisse gagner par sa bonne humeur. Il se dirige vers une porte en métal où il tape un code sur un clavier numérique. Le clic de la porte la déverrouille.

Nous entrons dans un couloir sombre et si Antoine n'avait pas été avec moi, je serais un peu angoissée. Au fur et à mesure de notre avancée, rapide de surcroît, j'entends des percussions, un fond sonore. Je comprends enfin pourquoi Anto ne m'a rien dit. Nous sommes au QG du groupe DMG, un retour aux racines.

Je suis heureuse qu'il me fasse partager ça.

Antoine semble reprendre vie au contact de ses acolytes. Il respire profondément comme si l'odeur, les sons lui avaient manqué. C'est un sentiment que je peux comprendre. Un grand blond, Julien, se retourne lorsqu'il nous entend et son visage s'éclaire.

– Eh mec ! Putain, trop content de te voir !

– Comment tu vas, gros ?

– Salut beau gosse.

Chacun accueille Antoine avec une joie et une sincérité évidentes. Je suis un peu estomaquée car ils se sont vus il y a seulement quelques jours. C'est une impression que je ne connais pas, car je n'ai jamais été proche d'amis comme ça.

Antoine se tourne alors vers moi et me présente.

– Je voulais vous présenter Léopoldine, ma collaboratrice… Mais pas que, dit-il avec un clin d'œil coquin.

Tout le monde m'accueille gentiment. Margot vient me faire la bise en premier. Les autres suivent. Ils décident de faire une pause pour nous. Ils servent des bières et on discute un moment. J'observe et j'écoute. J'admire leur complicité. Je ne sais pas dans quelle mesure Antoine est encore proche du groupe. Il a réussi l'exploit de scinder parfaitement ses deux univers. Ses amis parlent des contrats qu'ils ont en cours et des perspectives du groupe. Un label les a approchés et ils vont préparer une maquette. Se donner une chance. Antoine est vraiment heureux qu'ils l'aient, cette chance. Si une pointe d'envie est bien là, il parvient à la dissimuler et à se réjouir réellement pour eux.

L'un des musiciens, Damien, est très calme. Antoine lui demande des nouvelles de Liz et Erwan. Je comprends alors qu'il est marié et papa. J'admire qu'il puisse jongler avec une vie de famille et une vie de rock star. Il explique avec fierté que son fils parle désormais. Il annonce que lui et sa femme essaient de mettre le deuxième en route. Les railleries qui suivent me font rire. J'observe plus particulièrement Margot. Cela doit être un sacré numéro cette nana si elle arrive à survivre au milieu de ces mecs. Elle m'amuse car elle continue à battre la musique avec son pied, avec sa jambe, avec ses doigts, sur n'importe quoi, tout en participant à la discussion. Elle ne peut s'empêcher de jouer des percussions à tel point que je suis sûre qu'elle trouve de la musique aux mots.

Elle est un élément important du groupe. Elle est naturelle et s'adresse à moi simplement. Si l'avenir avec Antoine se concrétise, j'espère pouvoir m'en faire une amie. Margot semble être un pilier. Elle semble être importante pour Antoine.

– Bon, laissons les mecs avec leurs souvenirs. Parle-moi de toi, Léopoldine ! Comment es-tu devenue la collaboratrice de notre Anto ?

Je cherche mon boss des yeux car, même si nous sommes plus intimes désormais, je ne veux pas le mettre mal à l'aise. Je ne sais pas ce que je peux dire. Je ne sais pas s'il avait parlé de notre aventure. Il devait être attentif car il me sauve.

– Je cherchais quelqu'un pour remplacer Mireille, la secrétaire de mon père. Léo s'est présentée. Elle avait toutes les qualifications. Point barre !

Pourtant, je vois que cette explication sommaire ne satisfait pas pleinement Margot. Les autres non plus d'ailleurs. Son amie se retourne vers Antoine.

– Depuis quand tu parles à la place des gens, toi ? C'était à Léopoldine que je demandais. C'est bizarre ça, si tu veux mon avis. Tu as peur qu'elle nous révèle quelque chose ? Et comment cela se fait-il que nous n'avons pas entendu parler d'elle ?

– Peut-être parce que je ne vous tiens pas au courant de ma vie sentimentale !

– Putain, ta vie sentimentale ! Carrément !

– Euh… cela ne vous dérange pas de parler de moi comme si je n'existais pas ? Je vous rappelle que je suis dans la pièce et que j'entends tout ! interviens-je.

Margot me regarde, interloquée, et éclate de rire.

– Putain, tu me plais, Léo ! C'est vrai qu'on n'est pas très respectueux sur ce coup-là, mais cela nous surprend tellement de la part d'Anto. Il n'a jamais…

– Ça suffit, Margot ! tranche Antoine.

Bien évidemment, cela me pose question. Il n'a jamais quoi ? Présenté une fille ? Amené une fille ?

– Waouh ! Mais il prend la mouche en plus ! C'est que ça doit être important. Cela me donne encore plus envie de te connaître, Léo ! fouine Margot.

Je vois le visage des musiciens varier de dépité à résigné ou moqueur.

– Alors, qu'est-ce que tu faisais avant de travailler pour la boîte d'Antoine ?

– J'ai pas mal voyagé. J'ai fait plusieurs boulots en Amérique du Sud, en Inde, en Afrique. Je ne suis rentrée en France que depuis quelques mois.

– Léo est une artiste. Elle dessine. Des portraits, précise Antoine.

C'est Margot qui percute en premier. Je me rends compte qu'il a dû parler de moi. Enfin, de ce qu'il se représentait de moi.

– Tu ne vas pas me dire que… demande Margot.

Anto sourit largement et hoche la tête.

– Oh, putain ! C'est excellent ! hurle-t-elle. Tu l'as retrouvée !

Devant l'incompréhension générale, Margot regarde ses amis et leur explique qui je suis. Tous sont dans le même état de stupeur. Il est vrai que notre histoire est loin d'être commune.

– Enfin, pour être complètement honnête, c'est Léopoldine qui m'a retrouvé, précise Antoine.

L'après-midi s'étire. Le groupe accepte de jouer un peu pour nous. Antoine ne se joint pas à eux. Je sens l'envie qui bouillonne dans ses veines mais cela lui ferait trop mal. Je le devine à sa posture. Je me rends compte que je le déchiffre de mieux en mieux.

Ce n'est plus sa vie. C'est d'ailleurs sur ces mots que

nous quittons ses amis.

Julien demande directement à Antoine :

– Alors, maintenant que Léopoldine travaille avec toi, je suppose qu'il n'y a pas de retour en arrière possible ?

Antoine me regarde. Nous n'avons parlé de rien mais si nous voulons donner une chance à ce qui pourrait être, il paraît effectivement difficile qu'il reprenne ses activités.

– Je ne pense pas, non. La vie de tournée, les concerts, tout cela n'est pas compatible. Je ne pourrais être à cent pour cent sur aucune des deux vies. Il vaut mieux que je fasse enfin mon choix.

Grégory n'a pas dit grand-chose depuis le début de notre conversation. Il est le taciturne du groupe. Il surprend tout le monde en assénant :

– Anto, tu es parti il y a six ans pour reprendre la boîte de ton père. On a gardé ta place sans savoir de quoi demain serait fait alors que tu aies retrouvé ta copine n'y change rien. Il y a Julien et Margot qui font les voix, ça fonctionne. Peut-être qu'un jour, un autre ou une autre viendra nous rejoindre mais ta place est la tienne. Enfin, je dis ça moi, mais je dis rien.

Les regards de ses potes expriment tous la même chose. Cela me bouleverse.

– Putain, mais c'est que tu es carrément intelligent quand tu veux, Greg, plaisante Margot pour détendre l'atmosphère.

Antoine ne peut dire un mot tant l'émotion est forte. Je suis heureuse d'avoir pu vivre cette expérience à ses côtés. Il hoche la tête et me tend la main. Il est temps de partir.

Je les embrasse tous avant de sortir quand Julien interpelle Antoine.

– Au fait, mec, c'est quand la présentation officielle à ta daronne ?

Antoine secoue la tête en riant et nous sortons sur les hurlements moqueurs de ses amis. Il semble perdu dans ses pensées dès que nous nous retrouvons tous les deux. Peut-être que la question anodine de son pote l'a plus perturbé qu'il ne veut bien l'admettre. Il n'est peut-être pas prêt.

Nous rentrons à l'hôtel en silence, chacun perdu dans ses pensées. Il est tôt, beaucoup trop tôt pour envisager ce genre de chose. Je ne suis pas naïve au point de croire que ce que nous nous sommes dit au début du séjour sera facile à respecter. Nous sommes contraints d'emporter notre histoire avec nous. Tout ce qui s'est passé à Paris ne pourra finalement pas y rester.

17

Antoine

Après notre parenthèse parisienne, Léopoldine n'a rien voulu entendre. Elle est retournée chez elle. J'aimerais que tout aille très vite. Plus vite. Ce n'est pas comme si je l'attendais depuis près de dix ans. C'est la première avec laquelle couple n'a pas rimé avec fuite. Mais elle souhaite que nous y allions en douceur.

J'ai bien senti que le fait que je sois son boss la perturbe. Quand elle voit le musicien, comme lors de notre visite au groupe, elle est spontanée, ne dissimulant pas ses ressentis. Elle reprend sa maîtrise lorsque nous sommes en situation professionnelle.

Alors ce matin, je guette son arrivée. Cela fait plus de douze heures que je n'ai pas senti ses lèvres sur les miennes et je suis en manque. Dès le moment où j'entends la porte de son bureau s'ouvrir, j'entre par la porte communicante. Je ne la laisse pas poser son sac ni quitter son manteau et la prends dans mes bras. Je l'enlace et la serre contre mon torse. Elle se raidit un peu mais, finalement, laisse sa tête se lover contre mon épaule, là où doit être sa place.

– Je t'attendais, chuchoté-je à son oreille.

J'embrasse sa tempe, ses cheveux, son cou. Elle frissonne dans mes bras. Je la renverse et mes lèvres trouvent les siennes pour un baiser passionné. Elle tente de me repousser mais je refuse de capituler. J'accentue la pression et la sens qui se laisse de nouveau aller. Ma langue investit sa bouche. J'avais besoin de la goûter encore. Elle répond à mon étreinte et c'est essoufflés que nous nous séparons.

Ses joues sont roses de désir et d'embarras. C'est adorable.

– Maintenant, je peux réellement débuter la journée, mademoiselle Leclair.

– Et si quelqu'un était arrivé, Antoine ! Tu es complètement fou, ne peut-elle s'empêcher de sourire en secouant la tête.

– De toi ? Sans conteste !

– On ne peut pas agir comme ça au bureau. Tu ne peux pas ! Toi, tu ne risques rien, tu es le boss. Mais tu penses à moi ? Que va-t-on penser si on me trouve dans tes bras ?

– Que je suis un mec chanceux !

– Non, on me verra comme une opportuniste et on oubliera mes compétences. Je ne le veux pas.

C'est un peu frustré que je retourne à des occupations bassement professionnelles. Il y a des dizaines de personnes à recontacter. La matinée passe à toute allure. Je n'ai pas revu Léopoldine.

J'entre dans son bureau tandis qu'elle est en ligne avec quelqu'un. Je comprends rapidement qu'elle prévoit de s'éclipser pour le déjeuner. Elle est libre, indépendante et me le fait d'ailleurs souvent savoir. Pourtant, je ne peux retenir mes accès de possessivité avec elle. J'ai besoin qu'elle soit là pour moi. Cela fait peut-être de moi un connard égoïste, mais j'assume.

– Léopoldine, nous devons voir des dossiers pendant la pause déjeuner. Alors, quoi que vous soyez en train de programmer, vous annulez ! dis-je assez fort pour que son interlocuteur ne s'y trompe pas.

Elle me lance un regard assassin mais répond quand même.

– Nathalie, je suis désolée mais nous devrons remettre cela à un autre jour. Le boss veut me voir…

L'hôtesse d'accueil doit commenter assez vertement mon intervention car Léopoldine pouffe et raccroche.

– C'est bon ? Tu as fini de jouer à l'homme de Neandertal ?

– Tu n'as encore rien vu… Appelle les cuisiniers pour qu'ils nous apportent un assortiment. J'ai réellement des dossiers à voir avec toi, dis-je en rejoignant mon bureau.

Elle hoche la tête et vient me rejoindre vingt minutes plus tard avec les plats traiteur. Nous nous installons autour de la table de réunion pour revoir les derniers chiffres que les Rodriguez nous ont communiqués. Ils m'ont alerté de soucis de plus en plus fréquents. Les départs sont de plus en plus différés, ce qui leur crée des soucis car si mes livraisons restent dans leurs entrepôts, cela décale les approvisionnements de leurs autres clients.

Globalement, je me fous des soucis que cela peut engendrer pour leur business. Par contre, je ne suis pas au courant de problèmes au sein de ma propre société et ça, ça m'emmerde.

Tendu par les chiffres que j'ai découverts ce matin, je ne supporte pas la distance avec Léopoldine. Une table nous sépare alors que j'ai besoin de la sentir, de la toucher.

– Viens là, Léo ! Tu es trop loin, dis-je en tapotant la chaise à côté de moi.

Je pense qu'elle va refuser mais ses yeux se font doux et elle se déplace doucement. Trop doucement. Elle s'appuie sur le bord de la table, aguicheuse, sensuelle. Mon regard suit la courbe de sa poitrine qui pigeonne agréablement.

N'y tenant plus, je la tire jusqu'à moi. Elle glousse mais se laisse capturer. Ma main bloque sa nuque et je me rue sur sa bouche gourmande. Elle a encore le goût de son dessert à la pêche. Sucré, comme elle. Mon érection pulse derrière mon pantalon. Léo frotte son bassin contre le mien. Je vais jouir dans mon froc si je ne la prends pas rapidement.

Mais est-ce que je peux prendre Léopoldine sur un coin de mon bureau ? Bien que l'idée soit plus que tentante, j'hésite longtemps. Très longtemps. Trop longtemps puisque c'est lorsque l'on toque à ma porte que je reprends pied dans la réalité.

– Deux secondes ! crié-je pour empêcher l'inopportun d'entrer dans mon bureau.

Je me recoiffe rapidement et remets mon sexe en place. Dur comme du marbre, il me fait souffrir. Je jette un coup d'œil à Léopoldine qui semble aussi perdue que moi. Nous nous sommes laissés emporter par la passion. Elle a peut-être raison, nous devons plus nous maîtriser lorsque nous sommes à BioMag. Elle est magnifique avec ses lèvres gonflées et ses joues rosies de désir. Je lui laisse quelques instants pour reprendre contenance.

Pendant qu'elle ramasse les restes de notre déjeuner et qu'elle remet de l'ordre dans les papiers, j'entrouvre la porte.

– Allez m'attendre en salle de réunion, je termine de voir un ou deux éléments et je vous rejoins.

Quand il n'y a plus personne, je retrouve Léopoldine dans mon bureau.

– Il faut qu'on fasse plus attention, Antoine. Je te l'ai dit, je ne veux pas passer pour celle qui se tape le patron.

– Pourtant c'est un peu cela, non ? lui réponds-je, taquin, et surtout rassuré qu'elle ne soit pas fâchée.

– Oui, dans les faits. Mais tu sais très bien que la plupart des gens insinueront que je n'ai trouvé que ce moyen parce que je ne suis pas compétente. Je ne supporterais pas d'être jugée autrement que sur mes performances professionnelles.

– Je sais, Léo. On fera plus attention. Je ferai plus attention.

J'ai convoqué toute l'équipe logistique. C'est un département qui roulait bien… jusqu'à présent. Je ne suis malheureusement pas au courant de tout mais les discussions que j'ai eues avec les frères Rodriguez ne permettent pas le doute. Il y a de plus en plus de dysfonctionnements et ce n'est pas acceptable.

Les retards accumulés engendrent des pertes non négligeables. C'est surtout sur les produits frais que cela pose de réelles difficultés. Il y a toujours une bonne explication lorsque je demande la raison pour laquelle une partie de la livraison n'a pas pu être commercialisée. C'est, la plupart du temps, un problème de qualité. Les denrées ne sont plus assez fraîches. Problème d'avarie. C'est intolérable.

J'ai tout d'abord dit ma façon de penser aux Rodriguez. Seulement, ils m'ont retourné le problème. Cette situation est souvent, pour ne pas dire à chaque fois, de notre fait. Je dois comprendre ce qui cloche. C'est ce qu'il va falloir déterminer lors de cette réunion.

L'équipe composée de cinq personnes est déjà en salle de réunion lorsque j'arrive avec Léopoldine. Je ne peux qu'espérer que mes employés ne remarquent pas la tension qui nous anime. Nous sommes passablement frustrés mais également, surtout, plus qu'excités. Quelques mèches se sont échappées du chignon souvent parfait de Léopoldine. Quant à moi, ma chemise donne l'impression de ne jamais avoir vu un fer à repasser.

Le responsable, Stéphane Tardy, un homme de 35 ans environ, diplômé d'une grande école de commerce, se lève pour me saluer lorsque j'entre. Il a toujours fait le job depuis trois ans qu'il est en poste. Au départ, il m'a même proposé des adaptations, des tournées différentes qui ont eu un véritable impact sur le budget transport. Ses quatre collègues sont également dans la boîte depuis de nombreuses années, certains depuis l'époque de mon père.

– Mesdames, messieurs, merci de votre présence. Mademoiselle Leclair ? Projection s'il vous plaît.

Léopoldine toussote comme si le fait que je m'adresse directement à elle la mettait mal à l'aise. Je ris intérieurement tout en affichant un visage impassible. Léo est rouge pivoine. C'est un vrai livre ouvert.

Si je m'en tiens à cette attitude professionnelle, c'est par respect pour Léopoldine, parce qu'elle me l'a demandé.

S'il n'y avait que moi, je dirais à tout le monde que nous sommes ensemble.

Car c'est bien cela, nous sommes ensemble.

Elle réussit à afficher sur le tableau blanc un diaporama reprenant les évolutions des charges de transport et de stockage, les pertes engendrées où l'on voit bien qu'elles sont exponentielles, les coûts que cela représente, coûts directs et coûts induits. C'est tellement parlant que quelques diapositives suffisent.

– Alors ? Comment expliquez-vous cela ? Monsieur Tardy ? Mesdames ? Monsieur ?

Les collègues laissent leur responsable prendre la parole.

– Effectivement, Antoine…

– M. Delbarre !

– Désolé. Effectivement, monsieur Delbarre, la situation actuelle est préoccupante…

– C'est le moins que l'on puisse dire ! Ce n'est pas un constat que je veux. Le constat, je l'ai fait puisque pas un ici n'a été capable de m'alerter. J'attends des explications. Et, soyons fous, des solutions ! Alors ?

Seul le silence me répond et cela me rend dingue. Je sais que lorsque j'ai cette tête, celle du patron furieux, peu de personnes ont le courage de me répondre, mais je les paie pour cela il me semble. Pour qu'ils bossent correctement. Je n'aurais jamais dû avoir à intervenir !

– Ce que M. Delbarre essaie de vous expliquer, commence Léopoldine d'une voix apaisante, c'est que maintenant que les chiffres sont là, il faut savoir pourquoi la situation s'est dégradée et surtout, comment y remédier. Il a eu des entretiens avec nos partenaires qui s'étonnent également de la perte en qualité de service. Je suppose que vous, vous vous êtes rendu compte tout seuls de la situation. Chacun travaille depuis bien longtemps pour BioMag et donc vous avez certainement cerné le problème.

Effectivement, expliqué ainsi, c'est peut-être moins… rude ? Je regarde Léopoldine qui craint d'avoir dépassé les bornes. Je ne peux lui montrer à quel point je suis fier d'elle à cet instant. Avec elle pour m'épauler, avec elle pour me décoder, je pourrais décrocher la lune.

Une des employées, Marlène, lève la main. Comme si on était à l'école. N'importe quoi ! Je hoche la tête pour lui signifier que je l'autorise à parler.

– Vous avez raison, monsieur Delbarre. Nous en discutons quelquefois mais, chacun sur nos dossiers, nous n'avions pas pris conscience de l'ampleur des dégâts mis bout à bout. Pour ma part, je m'occupe des denrées d'Asie. Mais le souci est le même. Ce sont les transporteurs. Et je pense que mes collègues sont dans la même situation que moi.

– Développez, Marlène, reprends-je plus doucement.

– Le gazole a tellement augmenté que les transporteurs essaient de faire des semi-remorques complètes pour rentabiliser leurs voyages. Alors, ils nous disent qu'ils passent le mardi par exemple, mais en fait, ils récupèrent la marchandise le lendemain ou le surlendemain. Et les conditions de stockage dans les dépôts sont ce qu'elles sont. On a de plus en plus de problèmes à faire respecter les délais.

– On ne peut pas changer de transporteurs ? Faites jouer la concurrence, bordel ! dis-je en fusillant des yeux le responsable qui soutient mon regard avant de répondre.

– Comme vous l'avez sous-entendu, monsieur Delbarre, nous sommes effectivement payés pour étudier toutes les solutions possibles et nous l'avons fait. Je pourrai, dès mon retour dans mon bureau, vous faire parvenir les réponses. Non seulement il n'y a plus beaucoup de transporteurs, en termes de capacité de flotte, qui puissent répondre à nos besoins, mais ceux qui restent s'entendent entre eux pour se répartir les marchés. Alors, nous aurons soit une augmentation substantielle des tarifs, soit la même situation avec un autre.

Bon, vu son ton, il n'a pas apprécié ce recadrage. Eh bien, tant pis. Il apprendra peut-être à rendre des comptes ainsi. Si j'avais été au courant, je ne serais pas passé pour un con devant les Rodriguez.

– Bien, j'entends. Vous me pondez un rapport comparatif des différentes solutions afin que j'étudie cela. On se revoit en fin de semaine.

Je quitte la réunion, laissant un certain malaise derrière moi. Ce n'est pas grave.

Arrivé à mon bureau, je me sers un café. J'en ai désespérément besoin. J'entends Léopoldine qui est de retour dans son bureau. Elle n'est, a priori, pas seule, puisque j'entends une discussion dont je ne comprends pas les termes. Toutefois, je la connais assez bien désormais pour entendre la tension dans l'intonation de sa voix.

Je me poste vers la porte communicante et écoute mon responsable logistique draguer ma nana et la solliciter pour un rendez-vous. Putain, mais il ne manque pas d'air celui-ci ! Il est con ? Ou bien suicidaire ? Je lui donne du boulot et au lieu de se précipiter dans son bureau pour rédiger son putain de rapport, il vient emmerder Léopoldine.

J'entre dans le bureau de ma collaboratrice sans frapper.

– Tardy ! Il me semblait qu'avec ce que nous venons de voir, vous seriez suffisamment occupé pour ne pas venir perturber mon assistante !

– Mais je… Oui, je m'en allais, capitule-t-il devant mon air féroce.

Il ferme la porte derrière lui. Je remarque le regard craintif de Léopoldine. Mais que craint-elle ? D'avoir outrepassé ses prérogatives en réunion ? Jamais ! Que je sois jaloux ? Indiscutablement !

Je n'en peux plus d'attendre. Je prends Léopoldine dans mes bras. Elle s'accroche comme si sa vie en dépendait, répondant d'instinct à mon besoin de revendication.

Je l'embrasse fougueusement. Elle répond encore, toujours. J'intensifie encore mon baiser lorsque je sens qu'elle lâche prise dans mes bras. Elle semble comprendre mon besoin de possession et surtout elle l'accepte. Mon cœur explose de bonheur quand je m'aperçois de ce que cela signifie.

Elle est parfaite pour moi.

18

Léopoldine

Lorsque j'arrive au bureau, Antoine n'est pas dans son antre. Il est arrivé plus tôt ce matin pour assurer une conférence téléphonique avec l'Inde. Je suis donc étonnée de trouver son bureau vide. Je me dirige alors directement vers le sous-sol. Je commence à le connaître et je sais qu'il a dû aller évacuer les tensions en se donnant à fond sur le tapis de course. Et lorsque j'entre dans la salle de sport, j'ai la vue la plus magnifique du monde.

Mon homme est de dos, en train de faire des étirements. L'eau dégouline sur son torse et une simple serviette blanche ceint ses hanches fines. Je déglutis en voyant ses muscles rouler sous sa peau. Il ne m'a pas encore vue, n'a pas encore senti ma présence, alors je l'observe. Je me délecte. J'ai l'impression que son squelette tatoué prend vie. Antoine se hisse en levant son bras puis se courbe comme pour toucher le sol. Il recommence l'opération de l'autre côté.

– Tu t'approches ou tu restes statufiée dans l'entrée ? me dit-il de sa voix chaude, sans se retourner.

– Tu m'as entendue arriver ?

– Non, même pas. Mais à l'instant où tu as été dans les parages, mon radar a détecté ta présence.

– Ton radar ? Hein ? Ne serait-ce pas plutôt cette antenne-ci ?

Je m'approche et me plaque contre son dos et mes mains sont irrémédiablement attirées vers son sexe. Je sais que c'est complètement irresponsable, que quelqu'un peut arriver, mais cet homme est juste un aimant irrésistible.

D'un geste leste, il se retourne et prend mes lèvres. Il se sert et je suis plus qu'heureuse de le contenter. Nos mains se fraient un passage, habiles, mutines, insatiables.

Des palpitations pulsent dans mon bas-ventre. Je ne suis pas sûre d'être un jour rassasiée de cet homme.

En ai-je envie ? Non, définitivement non.

Je veux pour toujours ressentir ce que je ressens actuellement. Il est le seul, à jamais, à me provoquer de telles réactions.

Mes tétons se dressent sous mon soutien-gorge en dentelle, tellement sensibles qu'ils en deviennent douloureux. Et dire qu'il y a encore quelques heures, nous étions dans les bras l'un de l'autre ! Si cela continue, nous allons avoir des problèmes de logistique. Et je ne parle pas de transport, je parle de pouvoir simplement se mouvoir l'un sans l'autre.

Je veux être contre lui pour toujours. Je veux continuer à avoir mal tellement j'ai besoin qu'il me touche. Je veux, par un simple regard, par un simple baiser – même si un simple baiser n'existe pas avec Antoine – m'embraser, avoir mal à cause de l'attente, me consumer.

Sa main remonte ma jupe et ses doigts se glissent sous mon string qu'il écarte avec dextérité. Je pose ma jambe sur sa cuisse car sa stature ne me permet pas de me hisser plus haut. Mais cela ne semble pas déranger Antoine qui intensifie son baiser, en même temps que ses doigts fouillent mon intimité. Son pouce judicieusement placé sur mon clitoris me déclenche des décharges de plaisir. Je gémis contre lui et Antoine aspire les sons que je ne peux retenir.

Cet homme est un diable ! Je ne me reconnais plus. Mon orgasme explose quelques secondes plus tard. Je vibre contre son torse musclé. La chaleur de sa peau m'électrise. Je pose le front contre sa poitrine pour me reprendre quelques instants lorsque j'entends des bruits de discussion qui se rapprochent. J'avais complètement occulté le lieu où nous nous trouvions ! Putain, il m'a fait jouir au boulot ! Je me dégage rapidement mais Antoine me retient contre lui.

– Ne t'inquiète pas. Nous avons encore trente secondes, au moins. Ça va mieux ?

– Oui, couiné-je. Mais, et toi ? Je voulais…

– Tssst, tssst, tssst. Ce n'est pas du un contre un.

Il me recule un peu pour plonger dans mon regard. Sans ciller, il se lèche le doigt qui était dans un endroit beaucoup plus intime il y a peu et me dit, avec un sourire dans le regard :

– On se rattrapera ce soir !

Il sait pertinemment que ces quelques mots vont me mettre au supplice pour le restant de la journée.

Mais quand est-ce que je suis devenue aussi accro ?

Je retourne dans mon bureau. Je croise quelques employés qui me saluent en passant mais je réponds à peine. Je dois avoir l'air complètement négligée avec les cheveux en bataille et mon chemisier chiffonné. Je sens également mes joues qui chauffent. J'ai l'impression que tout le monde sait ce qui vient de se passer au sous-sol de l'entreprise. Je suis complètement dépassée. Je ne me reconnais plus. Moi, la fille bien sous tous rapports, avec une éducation stricte. Une femme émancipée mais avec une vraie conscience des valeurs, de ce qui se fait ou pas, et qui vient de se faire doigter par un homme magnifique dans son entreprise à sept heures trente du matin ! Et cela rentre sans conteste dans la catégorie de ce qui ne se fait pas sur son lieu de travail. Surtout quand le propriétaire du doigt en question est son patron !

Je marche sur la tête !

Mais, force est de constater qu'un orgasme matinal est un stimulant naturel plus qu'efficace. La matinée passe rapidement. Je ne revois pas Antoine, occupé par des réunions qui, heureusement, ne nécessitaient pas ma présence. C'est Nathalie, l'hôtesse d'accueil devenue une amie, qui me sort de ma transe vers douze heures quinze en passant la tête par la porte de mon bureau.

– Coucou Léo ! Tu viens manger à la cafétéria avec moi ?

Je regarde mon amie et je me rends compte de l'heure.

– Merde, il est déjà si tard ! Je n'ai pas vu le temps passer et j'ai bien avancé, réponds-je.

– Tu n'as pas eu de réunions avec le boss ?

– Non, ma présence n'était pas nécessaire.

J'espère continuer à donner le change et ne pas me trahir sur mes sentiments vis-à-vis d'Antoine. Pour tous, il reste le patron et une rumeur de relation, même si nous sommes célibataires tous les deux, mettrait en défaut mes compétences professionnelles. Je mets mon ordinateur en veille et j'accompagne Nathalie au réfectoire. Lorsque nous entrons dans la grande salle, les conversations cessent. Un silence perturbant emplit la cantine puis petit à petit, les gens s'intéressent à nouveau à leurs vis-à-vis.

– Qu'est-ce qui se passe ? chuchoté-je à Nathalie.

Mon amie est un peu gênée et hausse les épaules. Nous nous servons dans la file et j'ai comme l'impression que plusieurs collègues s'écartent sur mon passage. Deux femmes de la comptabilité avec lesquelles je n'ai pas spécialement de contact passent devant moi et me fusillent du regard.

Je ne comprends absolument pas ce qui arrive. Nathalie fait mine de ne rien voir mais je ne suis absolument pas dupe.

– Nathalie, lui dis-je doucement lorsque nous nous asseyons un peu à l'écart, tu peux m'éclairer ?

Elle soupire et je vois une vague de tendresse envahir son regard.

– Je suis désolée d'être celle qui te l'apprend mais cela fait quelques jours qu'il y a une certaine rumeur concernant le boss et son assistante, si tu vois ce que je veux dire, me répond-elle sur le même mode.

Je me sens rougir et j'hésite à quitter la salle. Tout ce que je craignais depuis le début de cette histoire est en train d'arriver. Personne ne peut comprendre que nous nous aimons depuis près de dix ans, sans nous connaître, sans nous voir. Même moi, quand j'y pense, cela me paraît complètement dingue ce qui nous arrive.

Je savais que lorsque cela commencerait, ce serait moi qui serais pointée du doigt. Je ne suis pas femme à reculer devant un défi mais j'ai peur. Dans ce cas-là, j'ai vraiment peur. Peur parce que c'est de mon avenir professionnel dont il est question. Peur de la réaction d'Antoine face aux rumeurs de ses employés. Peur que je ne sois plus considérée pour ce que je vaux.

Je suis stressée de savoir ce qu'en pense Nathalie jusqu'à ce que j'aperçoive son sourire franc et sincère. Un sourire qui me rassure. Son avis est important pour moi.

– Honnêtement, rumeur fondée ou non, tu t'en fous ! Tu fais du bon boulot, c'est tout ce qui compte.

– Ce n'est pas toi qui es au centre des conversations, ça se voit ! Cela pourrait être gênant pour la suite de ma carrière !

– Non, parce que tu es pro et que tu le prouves. Ce sont les jaloux et les frustrés qui bavent sur les autres…

J'apprécie son soutien indéfectible. J'apprécie qu'elle ne me demande rien. Quelques nanas me toisent un peu en passant. J'en déduis qu'elles conservaient un certain espoir de mettre la main sur le patron.

Désolée, mesdemoiselles. Mais vous ne pouvez pas lutter. Cet homme est à moi depuis bien longtemps. C'est ce que j'aimerais leur hurler au visage mais ce n'est pas une option.

– Puisque je suis ton amie, les gens vont vouloir me questionner. Je pourrais faire celle qui sait quelque chose mais qui ne veut rien dire pour ensuite infirmer ou confirmer… Selon ce que tu veux que je fasse.

– C'est adorable, Nath', mais je ne veux pas t'impliquer dans tout cela…

– Qu'est-ce que ça peut faire ! Je suis ton amie !

– Merci infiniment. Je vais réfléchir à la meilleure façon de réagir.

Et surtout il faut que j'en discute avec Antoine. Nathalie semble comprendre et n'insiste pas. Nous terminons de déjeuner en parlant d'autre chose. Il y a encore quelques regards curieux mais rien ne vient déranger notre déjeuner.

Quand nous avons fini, je m'assois à ses côtés à l'accueil. Je vais peut-être faire la plus belle connerie de ma vie. Mais ce ne sera qu'une de plus !

– Je vais tout te dire, Nath', commencé-je. Mais avant tout, il faut que tu me promettes que tu garderas cela pour toi.

– Tu sais que je ne te demande rien.

– Je sais.

Je raconte à Nathalie la version édulcorée de notre histoire. Comment nous nous sommes rencontrés il y a neuf ans. Comment nous n'avons jamais cessé de penser l'un à l'autre. Et comment, ces dernières semaines, nous avons découvert qui nous étions. Nos souvenirs. Nos espérances. Notre présent.

Nathalie est émue par notre histoire et, quelques larmes plus tard, elle m'avoue être trop heureuse pour nous. Je sais que, le moment venu, elle racontera notre parcours aux autres employés. Puisque ces derniers sont au courant, autant qu'ils connaissent le fin mot de l'histoire. Je passerai ainsi moins pour une opportuniste.

En quittant Nathalie, celle-ci me retient et me fait un câlin.

– Laisse-les dire, ma belle. J'ai tout de suite su qu'il y avait un truc avec le boss et j'en suis ravie pour vous deux. Sous ses airs d'ours, c'est un homme bon. Et toi… tu es toi. Une jeune femme courageuse et exceptionnelle. Alors vis ta vie, pleinement. Tu empêcheras plus facilement le Rhône de couler que les gens de parler. Il faudra t'y faire.

Cette fille est définitivement géniale. Je l'adore ! L'émotion me submerge. Je hoche la tête et rejoins mon bureau.

Je retourne à mes occupations professionnelles, parasitée par mes préoccupations personnelles.

Il y a tellement de choses dans ma tête que je m'y perds moi-même. Il va falloir que l'on résolve cette histoire de rumeur. La meilleure solution serait de s'afficher pleinement et d'assumer notre relation. C'est tout ce que souhaite Antoine. Je me suis souvent aperçue qu'il traitait mes angoisses avec légèreté même s'il respecte mon choix. Il espère que je me range à son avis. Je sais donc qu'il va insister lorsque je vais lui expliquer. Mais je ne suis pas prête à franchir ce cap.

Je connais la façon dont tout cela va se passer. Si on découvre notre relation, les gens voudront mieux me connaître. Ils iront fouiner et risqueront de déterrer des photos ou des coupures de presse me concernant. Et là, tout s'effondrera. Je perdrai ma réputation, mon boulot, même si lui est remplaçable. Je perdrai surtout l'homme de mon cœur.

Il faut tout d'abord que j'entame avec Antoine la discussion sur mes parents. Il doit absolument savoir qui je suis, et qui j'étais. Surtout d'où je viens. Je sais que c'est un passage obligé mais c'est une étape dans notre couple qui me terrifie.

Et s'il n'acceptait pas ? Et s'il ne me croyait pas ?

Comment puis-je annoncer à tous que je suis la petite amie du boss alors qu'il ne me connaît pas réellement ?

Au fait, mon amour, tu sais quand tu m'as rencontrée la première fois, je fuyais mon espèce de connard de père. Celui-là même qui ne supporte pas la concurrence et qui achète tout, qui pollue tout. Mais si, tu le connais, voyons. Louis de Saint Balmont Leclair ! Oui, oui, je sais que BioMag est une épine dans son pied ! Une épine ? Un pieu plutôt... Pourquoi je ne te l'ai pas dit ? Euh... laisse-moi réfléchir ? Peut-être parce que j'avais la trouille que tu réagisses mal ? Et il me semble que j'avais raison car là, tu hurles...

J'imagine toutes les situations possibles lors desquelles je pourrais tout avouer à Antoine. Tous les scénarios se terminent de la même façon. Tous, sans exception. Et plus j'attends, plus ce sera difficile.

Mais je crois ne pas avoir le recul nécessaire pour admettre cet état de fait. Je n'ai rien dissimulé de grave. Je suis qui je suis, en dehors de mon ascendance. Mes parents n'y sont pour rien concernant la femme que je suis aujourd'hui.

Alors Léopoldine Leclair me va très bien. J'ai amputé mon nom de De Saint Balmont ! Et alors ? Héloïse s'appelle bien Balmont depuis des années.

Oui, mais elle, elle a fait la demande officiellement et c'est son état civil qui a changé.

Qu'importe ! Je pense que ce n'est pas tant une histoire d'état civil que d'identité.

D'ailleurs, c'est peut-être également la raison pour laquelle je repousse le fait de présenter Antoine à Héloïse. Oh, je suis sûre que ces deux-là s'entendront comme larrons en foire mais… et si Héloïse me trahissait en bavassant ? Si Antoine faisait le rapprochement ? C'est vrai que c'est épuisant de vivre avec un secret. Plus qu'un secret, une épée de Damoclès au-dessus de la tête.

Je suis perdue dans mes pensées moroses lorsque Antoine me surprend dans mon bureau. Je sursaute, surprise. Je ne l'ai pas entendu arriver, je n'ai pas son capteur sensoriel et il est trop tard pour dissimuler ce que je suis en train de faire.

– Léo ? Qu'est-ce qui t'arrive ? Tu es bien pensive…

– Je suis allée déjeuner avec Nathalie ce midi, soupiré-je. Et il semblerait qu'il y ait des rumeurs sur nous.

– Des rumeurs ! rit-il. Ce ne sont pas des rumeurs puisque c'est la vérité.

– Antoine ! Ce n'est pas drôle.

Comment pourrait-il comprendre tout ce que cela implique ?

19

Antoine

Je sens poindre la dispute dès que Léopoldine ouvre la bouche. Bien entendu, je comprends ce qui la met dans cet état. Mes employés parlent ? Je sais, c'est même leur sport favori. Alors que nous soyons le sujet brûlant du moment ne me surprend pas.

Jusqu'à la prochaine fois. Jusqu'au prochain évènement important.

– Léo, je comprends ton point de vue, je te promets ! Par contre, je ne comprends pas l'état dans lequel tu te mets pour ça. Je ne comprends pas que tu stresses pour ça. Je ne comprends pas que tu te prennes la tête avec ça. Tu sais comment sont les gens. Les collègues ne font pas exception. Et toi ? Tu crois qu'on ne mérite pas de vivre notre histoire ?

– Ce n'est pas le sujet ! J'hésitais à t'en parler. J'étais persuadée que tu réagirais ainsi !

– Mais c'est le cœur du sujet ! Notre histoire ! Ce n'est pas simplement une relation de cul. Ce n'est pas simplement une relation patron assistante. Tu ne vois pas que c'est beaucoup plus que ça !

– Mais ce n'est pas toi qui as tout à perdre !

– Putain, mais qu'est-ce que tu as à perdre ? Je t'aime, bordel !

Je remarque immédiatement ses yeux qui s'écarquillent. Je ne lui ai pas encore dit et je lui annonce mes sentiments au milieu d'une dispute. Pour qu'elle me pense sincère, ce n'est pas le meilleur moment. Mais elle m'a énervé aussi. Je ne comprends pas ce qui la retient.

– Mais tu ne me connais pas, Antoine, reprend-elle plus calmement. Tu aimes mon souvenir. Tu aimes ce que je représente. Mais dans quelques semaines, dans quelques mois, tu n'aimeras peut-être pas la nana que tu vas découvrir. Et alors, que me restera-t-il ? Il sera déjà difficile de continuer à travailler pour toi, mais si toute la boîte est au courant, ce sera juste impossible.

– Donc tu n'y crois pas avant d'avoir commencé ?

– Bien sûr que si, je crois en nous. Mais c'est justement parce que je crois en nous que je veux nous préserver un maximum. Je veux me préserver, je l'avoue, mais je pense à toi aussi.

– Qu'est-ce que tu proposes ?

Je la vois réfléchir, peser le pour et le contre. Elle a manifestement déjà les solutions mais elle hésite à me les proposer. Nous ne sommes définitivement pas sur la même longueur d'onde concernant notre couple. J'aimerais montrer à tout le monde qu'elle m'appartient. Qu'elle est celle que j'attends depuis des lustres.

Elle veut prouver qu'elle peut exister par elle-même. Je pense à cet instant à tout ce que je ne sais pas sur elle. Elle ne parle jamais de sa famille. Elle ne parle jamais de son enfance. Est-ce de là que vient son besoin de reconnaissance ? Je devrais me poser les vraies questions et envisager les solutions de son propre point de vue.

Mais c'est tellement difficile !

– On pourrait faire une espèce de pacte…

– Qu'est-ce que tu entends par là ?

– On pourrait fixer des règles, envisager les situations et déterminer à l'avance comment se comporter. Cela éviterait les moments gênants comme avec les Rodriguez ou comme avec Tardy l'autre jour. Il est primordial que nous ayons une ligne de conduite, surtout ici. Nous devons être extrêmement vigilants.

– Tu es consciente que jamais je n'accepterai ce genre de connerie !

– Je vois bien que tu es braqué, Antoine. Mais essaie de voir les choses comme moi. Je risque tout…

– Tout ?

– Oui tout, bordel ! Si tout le monde sait que je couche avec toi, j'apparaîtrai comme une opportuniste. Je ne serai pas considérée professionnellement. On pensera que j'ai accédé au poste d'assistante avec mon cul. Le fait que je sois compétente et que je parle couramment quatre langues, tout le monde s'en foutra. Les gens ne me parleront plus en tant qu'assistante mais en tant que nana du patron. Il n'y aura plus de relations véritables et je serai toujours en train de me demander si les gens sont sincères. Je suis désolée, mais je ne peux pas vivre avec ces incertitudes.

– Tu n'es pas en train de me dire que tu veux rompre !

Je pose la question parce que je dois la poser mais j'ai peur de la réponse. Je suis rassuré lorsqu'elle semble atterrée que je lui demande ça.

– Non ! s'écrie-t-elle. Bien sûr que non. Je te demande juste que l'on établisse des règles, une sorte de contrat tacite pour régir nos comportements au travail… Le temps de voir venir. Juste de voir comment cela évolue entre nous.

Elle s'approche de moi et se pend à mon cou. Elle se hisse pour que ses lèvres touchent les miennes.

– Ce genre de chose sera autorisé ensuite ? susurré-je.

– Certainement pas, répond-elle en souriant.

Je ne pense pas que nous soyons capables de nous empêcher de nous toucher, mais si c'est pour la rassurer, pour elle, je veux bien accepter ses conditions pour les semaines qui arrivent. Au moins le temps que tout cela se calme.

– On en parle maintenant ? demande Léopoldine en s'éloignant de moi.

– Puisqu'il le faut !

Nous passons ensuite une heure à discuter de ce qu'il faut faire et pas faire lorsque nous sommes ensemble chez BioMag ou à proximité immédiate de la boîte ou dans un environnement où quelqu'un est susceptible de nous voir. Si j'écoute Léopoldine, nous ne pourrons plus nous toucher, nous embrasser qu'à l'abri des regards, c'est-à-dire chez elle ou chez moi.

Je ne lui dis rien car elle me semble vraiment affectée par ce qu'elle a vécu ce midi. Mais je peux jurer que jamais je n'arriverai à respecter les clauses de notre accord. Du jour où je l'ai retrouvée, je ne peux dissocier la femme de la collaboratrice, l'amie de l'amante.

C'est au moment où je remarque le rouge qui teinte ses pommettes sous mon regard intense, où je remarque la brillance de ses lèvres qu'elle lèche régulièrement, que je me dis que ce serait amusant de la pousser face à ses contradictions et de l'amener à craquer.

Ce sera mon défi !

20

Léopoldine

La discussion sur la négociation de notre nouvel accord a été assez efficace et Antoine a semblé comprendre facilement mon point de vue. Nous nous sommes croisés ce matin dans le hall et nous nous sommes salués poliment. J'avais juste envie de l'embrasser mais je ne peux pas enfreindre mes propres règles.

Antoine l'a vu car son petit sourire en coin ne m'a pas échappé, mais il a tout de même respecté mon point de vue.

Je suis en train de relire un rapport sur les fameuses solutions de transport. Je m'arrache les cheveux en prenant conscience des difficultés rencontrées. Ayant presque le monopole du marché, les différentes sociétés ne veulent pas entendre nos arguments. Les prix proposés pour assurer les transports avec des camions non pleins sont carrément prohibitifs. Je vais proposer à Antoine de lancer une étude pour faire appel au ferroviaire avec des camions plus petits pour dispatcher. En plus, ce serait meilleur pour l'environnement.

Antoine me confie de plus en plus de dossiers sensibles et j'adore quand nous échangeons nos points de vue. Pour la première fois de ma vie, quelqu'un prend en compte ce que je pense, ce que j'avance. Je me sens utile. Écoutée. Je crois que j'ai pris la bonne décision. Je n'aurais jamais su s'il respectait sa petite amie ou sa collaboratrice. Pour moi, les choses sont plus claires.

Je n'ai qu'une seule frustration. Entre mon mec et mon boulot, je n'ai absolument plus le temps de dessiner et cela me manque réellement. Je sais que je devrais me ménager des moments à moi, des moments où je pourrais me replonger dans mon art. Mais, a contrario, pendant des années, j'ai tracé le même modèle, encore et toujours, et ce modèle, je l'ai désormais à disposition, en chair et en os, alors… cela perd un peu de son intérêt.

Mon esprit s'échappe des courbes de rentabilité pour penser à cet homme merveilleux qui fait désormais partie de ma vie. J'aime le savoir à mes côtés. Je l'entends décider, argumenter, trancher. D'avoir cet homme de pouvoir dans mon lit, ça m'excite. J'ai posé mes propres règles mais il est de plus en plus compliqué de séparer l'amant du boss. Mais c'est le mieux à faire. Tant qu'il ne saura pas réellement qui je suis, je serai incapable de m'investir pleinement, inconditionnellement.

La sonnerie du téléphone me ramène à la réalité.

– Oui, Nathalie ?

– Salut, toi. Je ne t'ai pas vue ce matin ! Tu boudes ?

– Bien sûr que non ! Je dois lire un rapport pour Antoine et lui donner mes conclusions avant dix heures car il rencontre l'équipe logistique. Alors je n'ai pas eu le temps mais si tu veux, quand il entre en réunion, je descends boire un café. Ça te dit ?

– Avec plaisir, je ne sais pas ce qu'ils ont tous ce matin mais c'est l'enfer. Je n'ai pas le temps de poser le téléphone qu'il sonne de nouveau.

– Ah bon ? À quels sujets ?

– Oh, mais tout, ma belle. Entre les demandes de stage pour l'été, les directeurs des agences qui s'excitent pour les congés, les problèmes divers et variés, je n'arrête pas. Et puis il y a aussi la nouvelle campagne de publicité sur le service traiteur… Pourtant, il y a quoi de difficile à comprendre dans « Allez sur le site BioMag.fr pour connaître les points de vente qui proposeront ce service à la rentrée » ?

– Ha, ha ! Peut-être qu'ils ne connaissent pas Internet ? plaisanté-je. Bon, on se dit à tout à l'heure ?

– Oh, merde, j'ai failli oublier, je ne t'appelais pas pour ça à la base. J'ai quelqu'un pour toi. Il ne va peut-être pas apprécier d'avoir attendu. Je suis désolée.

– T'inquiète. Je ne lui dirai pas que nous avons papoté. C'est qui ?

– Je ne sais pas. Il m'a dit que c'était personnel. Une voix grave, assez assurée.

– Bon, OK, passe-le-moi.

J'entends la tonalité du transfert et m'annonce.

– Léopoldine Leclair, BioMag, bonjour.

– Je ne voulais pas croire ta mère lorsqu'elle m'a dit que tu avais renié ton nom. Tu nous auras vraiment fait tous les affronts, ma fille !

Je suis tellement abasourdie d'entendre la voix de mon père au téléphone que je suis dans l'incapacité de répondre. Neuf ans que je n'ai pas entendu cette intonation inflexible mais pourtant, non seulement je ne l'ai pas oubliée, mais un tas de souvenirs me reviennent en tête. Son mépris. Sa dureté. Ses ordres. Ce sont les seules choses qui remontent à la surface.

Pas un mot gentil. Pas un encouragement. Pas une once de tendresse. Jamais. Car la tendresse ne serait qu'une forme de faiblesse. Je déglutis et réussis à parler d'une voix que je trouve relativement calme par rapport à la tempête qui fait rage en moi.

– Que veux-tu, Louis ?

– Oh, quel accueil ! Je n'ai même plus le droit à papa ?

– Je pense que tu as perdu ce droit il y a des années. Qu'est-ce que tu veux ?

– Je vois que tu as pris du caractère. C'est bien. Ça change de la chiffe molle que tu étais. Maintenant que tu es revenue, tu vas pouvoir reprendre ton rôle au sein de notre entreprise familiale et arrêter de perdre ton temps chez les bouseux. Tu nous le dois, Léopoldine ! Je n'ai pas pour habitude d'investir à perte.

– Le discours n'a pas changé hein, Louis ? Je ne suis rien d'autre qu'un investissement ! Un pari sur l'avenir. Mais tu as perdu. Je ne suis plus la petite fille apeurée. J'ai fait mon chemin et je me suis affranchie.

– Bon, je vois que tu n'as finalement pas tant changé que cela. Tu ne me laisses pas le choix. Ta place est dans le groupe de la famille et pas chez ces… amateurs.

Il crache littéralement le dernier mot et raccroche. J'ai tenu bon tant que je l'avais au téléphone mais je me mets à trembler comme une feuille après avoir raccroché. Un sanglot s'échappe, puis un autre. Je craque sous la pression. Putain, mais pourquoi mon père me fait encore cet effet ?

Parce que je sais de quoi il est capable ?

S'il a décidé de me rendre la vie impossible, il va y arriver.

Antoine surgit dans mon bureau.

– Qu'est-ce qui t'arrive ?

– Rien. Juste un fantôme du passé.

Il me scrute, attendant que je continue, que je lui explique. Je tente de moduler ma respiration pour ne rien laisser paraître. Je ne peux pas lui dire qui me met dans cet état car je devrais alors lui avouer cette omission qui me ronge de plus en plus. Je devrais lui dire qui est mon père et cela changerait tout entre nous. Je ne suis pas prête à renoncer à Antoine.

– C’est rien. C’est un mauvais souvenir, un peu comme un cauchemar ; on garde au réveil une sensation de malaise pendant un moment et puis ça passe.

– Tu veux prendre ton après-midi ?

– Certainement pas ! On va plutôt parler des conclusions du rapport sur les transports.

– Comme tu veux mais je te couvre si tu veux faire l’école buissonnière, dit-il avec un clin d’œil.

– L’école buissonnière n’est intéressante que si tu la fais avec moi.

Antoine rit face à mon air mutin. Je discerne encore un voile d’inquiétude sur son visage, mais il me fait confiance et n’insiste pas.

J’accepte avec plaisir lorsqu’Antoine me propose de me rejoindre chez moi à l’issue de sa dernière réunion.

***

J’ai beaucoup réfléchi à ce qui s’est passé cet après-midi et je me dois d’être honnête avec Antoine. Je sais ce que je risque et ce que les choses peuvent paraître, mais je dois lui avouer la vérité maintenant.

J’ai confiance. Il sera certainement un peu contrarié, voire fâché, mais il comprendra. Il doit comprendre.

Dès que j'ouvre la porte à mon amant, il se précipite sur ma bouche. Je n'ai pas le temps de parler qu'il m'embrasse.

– Putain, je n'ai pas cessé de penser à faire ça toute la journée.

Toutes mes bonnes résolutions s'envolent dès qu'il me touche. Je ne pense ni à mes aveux, ni à la situation explosive que j'ai moi-même créée. Il n'y a plus que les caresses d'Antoine. Ses caresses et mes réactions. Les merveilleuses mains d'Antoine prennent possession de mon corps qui se cambre vers lui. J'aime me soumettre à ses caresses. De manière complètement consentante. Délibérée. Offerte.

Il a dû sentir ma reddition puisqu'il m'agrippe la taille pour me plaquer encore plus contre son torse. Il défait le chignon que j'avais conservé de ma journée de boulot et emmêle ses doigts dans les mèches. Il me tire la tête en arrière et prend ma bouche, sans contrainte. Il explore et conquiert.

Je gémis dans sa bouche, ne pouvant m'empêcher de caresser les courbes de ses muscles emprisonnés sous sa chemise cintrée. Celle qui lui va si bien. Celle que je m'imagine lui enlever dès qu'il la porte.

Nos yeux s'accrochent. Tant de choses passent dans nos regards. Tous les non-dits qui s'accumulent durant la journée. Nos envies. Nos frustrations. Notre désir qui monte et explose.

D'un mouvement puissant, il me porte et m'entraîne à sa suite. Il me hisse sur son torse où, comme d'habitude, mes jambes s'enroulent autour de sa taille. Je ne suis plus consciente que de mes sensations. Je suis déconnectée de la réalité. Seule la langue d'Antoine est importante. Seules ses lèvres sur les miennes m'importent.

– Déshabille-toi, tout de suite !

Son ton est sans appel et j'aime son accès d'autorité. C'est cet homme conquérant qui me fait vibrer. Mais hors de question que je sois la seule, haletante, en attente.

J'obéis et défais doucement les boutons de mon chemisier. Je refuse de céder à l'urgence de son ton. Je veux le déstabiliser encore plus qu'il ne l'est. J'ouvre langoureusement les pans de l'étoffe qui me caresse. Les yeux d'Antoine brûlent d'impatience et je me sens belle dans son regard, désirable. Ma jupe suit le chemin de mon haut. Je me mets à nu. Il me fixe intensément et me dévore du regard. Je frémis d'anticipation. Son expression affamée me promet des délices.

– Allonge-toi, Léopoldine !

Je m'exécute, soumise, volontaire. Je me place au milieu du matelas. Incertaine, je guette l'approbation dans son regard. Je ne suis qu'excitation. Je frémis. Je frissonne alors qu'il ne m'a pas encore touchée.

En quelques mouvements, il se retrouve également nu, splendide sous mon œil avide.

Antoine s'allonge sur moi et m'empêche de le toucher. Il capture mes poignets et tire mes bras au-dessus de ma tête. Il n'a jamais été aussi fort et intense. Mes tétons se dressent, fiers. Sa langue les lape. Ses lèvres les capturent. Son souffle chaud m'électrise. Je suis prisonnière de notre désir mais je n'en éprouve aucune crainte. Je sais qu'Antoine ne fera jamais rien que je ne peux encaisser.

Nous n'avons plus que quelques heures à dormir mais Antoine prend tout son temps. Il se délecte. Il me goûte. Il me déguste.

Immobilisée, je suis frustrée de ne pas pouvoir participer à nos jeux sensuels mais en même temps incroyablement excitée.

Mon corps se couvre de frissons qu'Antoine déclenche au fur et à mesure de son avancée. Il est en terrain conquis. Ma féminité pulse et j'ai mal de l'attente qu'il provoque. Ses baisers tracent un chemin sensuel. Une montée de désir.

Mon clitoris est gonflé et n'attend plus que la bouche chaude d'Antoine. Lorsqu'enfin il l'atteint, il contourne, titille pour soudain fondre sur lui.

J'étouffe un hurlement de soulagement. Je me refuse de le supplier de me donner ce que j'attends. Moi aussi, je peux jouer. Mais la tension est trop forte.

Il s'agenouille entre mes jambes qu'il cale sur ses épaules. Son regard sombre s'embrase en me parcourant, lentement, comme pour figer chaque détail de mon corps qui lui appartient.

Je me lèche les lèvres en découvrant son sexe tendu à l'extrême. J'aimerais le goûter à mon tour mais Antoine ne me donne pas le choix ce soir. C'est lui qui mène la danse. Il gaine sa queue de latex. Je ne l'ai même pas vu prendre le préservatif. Mais je sais qu'il nous protège, toujours.

Il caresse mon intimité de son doigt pour vérifier si je suis prête pour lui. Son sourire coquin me contente. D'un coup sec, il s'enfonce dans mon corps qui le reçoit, soulagé.

Je ne peux plus rien retenir. La sensation de plénitude, d'être remplie de lui me fait perdre la tête. Je suis déconnectée pendant quelques secondes tellement c'est bon. Nous ne sommes pas dans la performance. Nous sommes à l'unisson dans la passion.

Il se penche sur moi. J'en profite pour caresser ses épaules mais Antoine ne l'entend pas ainsi. Il s'immobilise, me frustrant au passage.

– Laisse tes bras où ils sont ou je te les attache !

– Antoine, je veux te caresser.

– Pas ce soir, Léo.

Je relève doucement et à contrecœur mes bras et agrippe ma tête de lit. Antoine m'embrasse passionnément et j'ai du mal à ne pas céder à la tentation. Il me prend et s'offre. Il recommence à aller et venir en moi. J'accepte ses coups de boutoir avec plaisir. Il sait m'amener au-delà de la jouissance. Il sait m'amener vers la satisfaction ultime, cet instant où l'on se dit que désormais, tout peut arriver.

Je ne peux retenir un cri de jouissance. Je m'agrippe aux épaules d'Antoine, oubliant son injonction. J'ai besoin de me fondre en lui. J'ai besoin de le sentir. De le toucher.

Il me rejoint quelques secondes plus tard dans un râle profond et rauque. Il se laisse aller sur le matelas et me couche sur lui afin que nous restions enlacés un moment. Repus. Languides.

Tendrement, il me caresse le dos et m'embrasse les cheveux. Je m'endors ainsi. Apaisée.

Antoine a senti que j'avais besoin de lâcher prise ce soir. Il m'a offert cette opportunité. Et même s'il n'en connaît pas la raison, il me connaît moi, et cela suffit amplement à mon bonheur.

21

Antoine

Neuf semaines. Une semaine par année de séparation. Cela fait neuf semaines que nous nous sommes redécouverts. Neuf semaines de bonheur intense. Neuf semaines de communion. Neuf semaines où nous sommes émerveillés par la force de notre souvenir et récompensés de notre patience.

Pourtant, je suis au bureau et je regarde par la fenêtre. La porte fermée de son bureau me rappelle que je suis seul cette semaine. Mais réellement seul puisque même le soir, je ne peux pas rejoindre Léopoldine. Elle a embarqué lundi matin avec Alexandre pour une semaine au Venezuela. Il est important qu'elle puisse rencontrer de temps à autre nos partenaires sur le terrain. En revanche, on est mercredi midi et j'ai la sensation d'un vide colossal. Ses prochains déplacements coïncideront avec les miens. Et puis merde, je l'ai embauchée pour qu'elle soit le relais d'Alexandre, pas sa doublure.

Non mais tu débloques complètement, mec !

Je sais. C'est du grand n'importe quoi. Elle me manque tellement. C'en est affolant, inquiétant mais tellement beau. J'aime éprouver cette absence dans mes tripes car cela signifie que je vis de nouveau. Je pensais que mon kif ultime serait de reprendre la route avec mes potes, de retrouver le groupe lorsque Gabin serait prêt à prendre les rênes de la boîte mais il n'en est rien. Mon kif ultime est Léopoldine. C'est elle, mon avenir. Elle, mon bonheur. Elle, mon tout.

Mais j'ai toujours cette angoisse sourde qui pollue un peu la vision de mon avenir. Nous nous entendons parfaitement, c'est indéniable. Intimement, nous avons des moments d'extase intense. Et pourtant, bien que je lui aie déjà déclaré mon amour, certes durant un moment d'agacement, elle ne m'a jamais répondu. Et si elle ne voyait pas les choses comme moi je les vois ? Elle ne veut d'ailleurs toujours pas que nous officialisions notre relation. J'ai pourtant envie de crier qu'elle est à moi, que je l'ai retrouvée et qu'elle m'appartient.

L'alarme de mon téléphone sonne. Je saute sur mon portable pour l'appeler. Il est onze heures trente et je sais qu'elle se lève à six heures trente.

– Allô, me dit sa voix ensommeillée.

– Tu as bien dormi ?

– Comme un loir ! On est sortis avec Alex hier et je crois avoir un peu abusé de la tequila. Elle est mortelle. Je dois avoir une tête de déterrée ce matin.

Une bouffée de jalousie me submerge mais je dois la contrôler. Comme un mantra, je me répète : « Alexandre est comme un oncle pour elle, elle est avec lui pour le boulot. Alexandre est comme un oncle pour elle, elle est avec lui pour le boulot. Alexandre est comme un oncle pour elle, elle est avec lui pour le boulot. Alexandre est… »

– On passe en Facetime ?

– Certainement pas, rit-elle. Je veux que tu gardes un minimum tes illusions.

– Tu sais, après la semaine dernière…

– Salaud ! Ça compte pas, j'étais malade !

J'éclate de rire. Elle peut être une bombe intergalactique avec une classe folle où tout le monde, homme comme femme, se retourne sur son passage, mais elle s'en moque ou n'en a pas conscience.

– Qu'est-ce que vous avez prévu aujourd'hui ?

– Normalement, on doit aller en Jeep sur les hauts plateaux, à la frontière colombienne. Enfin, avant, on va remonter l'Orénoque puis le producteur viendra nous chercher pour aller nous faire visiter sa ferme de caféiculture. On devrait dormir là-bas ce soir. Puis on reviendra jeudi après-midi à Caracas.

– Votre avion est à quelle heure vendredi ?

– On doit être à l'aéroport à dix heures. Le décollage est prévu pour treize heures. Tu as envie de quelque chose ? J'ai trouvé une magnifique couverture en poils de lama pour mon canapé, dit-elle.

– Moi, je n'ai besoin de rien. Juste de toi.

– Tu me manques aussi mais tu sais que c'est important pour les relations futures avec les partenaires que ces derniers puissent me voir.

– Oui, je sais. On dirait que c'est toi, la boss.

– Non, ce n'est pas ce que j'ai voulu dire. Antoine, je te jure…

C'est adorable. Elle est gênée. Même à plusieurs milliers de kilomètres, je réussis à la mettre mal à l'aise. J'espère qu'un jour elle me racontera pourquoi elle est ainsi.

– Je sais, ne t'inquiète pas. Je trouve même cela plutôt cool que tu t'investisses autant.

– C'est pas sympa de faire ça surtout que je ne peux pas voir ta tête et je ne sais pas si tu plaisantes ou pas !

– C'est ça qui est drôle… Attends deux minutes.

Je cache le micro avec ma main et intime à celui qui frappe avec insistance à ma porte d'entrer. Je vois Gabin passer la tête et me faire un signe pour avoir l'autorisation de pénétrer dans mon bureau.

C'est nouveau ça !

Pour une fois que mon frère respecte un tantinet les règles de bienséance, je ne vais pas m'en plaindre. Je fais signe à mon frère que je suis en ligne et qu'il attende deux minutes. Il vient s'asseoir devant moi. Bon, il était manifestement trop demandé qu'il respecte tous les codes d'un coup. J'aurais aimé terminer ma conversation avec Léopoldine, seul.

– C'est Léopoldine ? me demande-t-il.

– Léopoldine ? Je vais te laisser car Gabin vient d'arriver et…

– Ne te gêne pas pour moi, intervient mon frère.

Léopoldine comprend à demi-mot car elle éclate de rire.

– De toute façon, il faut que je me prépare et que je fasse un sac pour une nuit. Je ne sais pas si l'on pourra se parler quand je serai dans la cordillère des Andes. Je t'enverrai un e-mail si le réseau ne passe pas. Je t'embrasse fort. Je rentre très bientôt.

– Pas de problème. Je guetterai ton e-mail. Fais gaffe à toi.

Je raccroche, heureux, simplement. Je me tourne vers mon frère et j'ai une image qui me peine. Une lueur dérangeante traverse son regard, mais elle est tellement éphémère que j'ai la sensation de l'avoir imaginée.

– Qu'est-ce qui t'amène, Gab' ?

– Je n'ai pas le droit de venir voir mon frère ? Tu es si occupé en ce moment ?

– Oui, je suis occupé en ce moment ! Occupé et heureux si tu veux savoir ! Alors je ne veux pas m'engueuler avec toi, quel que soit le sujet ! Donc, viens-en au fait ! m'agacé-je.

Gabin hausse les épaules et me jette un dossier sur le bureau.

– Tu me fais quoi, là ?

– Eh ! C'est toi qui m'as demandé d'être direct. Maintenant, regarde ce que j'ai trouvé et on en reparle.

Son air suffisant m'agace et quoi que ce dossier contienne, je sais que ça ne va pas me plaire. Je reste un moment silencieux à le fixer. Gabin, mon petit frère devenu si dur, soutient mon regard. Je tends la main et attrape son dossier. Je l'ouvre et baisse les yeux. Et c'est le choc.

– Qu'est-ce que c'est que cette merde ?

– Ça ? Je te présente Léopoldine Éléanore de Saint Balmont Leclair, alias riche héritière et digne fille de sieur Louis du même nom, gros connard de son état, plus vieux concurrent de papa et propriétaire d'une enseigne qui, je te rappelle, a voulu engloutir BioMag. Et…

– Je sais qui c'est ! Où as-tu trouvé tout ça ?

– Oh, en farfouillant de-ci, de-là.

– Dégage.

– Pardon ? Mais je ne comprends pas. Je t'apporte sur un plateau la preuve que cette nana, *ta* nana, te ment depuis le départ et c'est moi que tu vires. C'est quand même gros comme coïncidence que la seule gonzesse avec qui tu as une relation soit l'héritière de notre plus vieil ennemi. Elle a bien joué, je dois le reconnaître. Elle…

– Gabin. Dégage.

– Putain j'y crois pas ! Je trouve des preuves sur ton espèce de salope et c'est comme cela que tu me remercies !

– Dégage, Gab'… S'il te plaît.

J'attends que Gabin ait claqué la porte, violemment, pour m'effondrer. Je consulte, hagard, les clichés qui, je dois bien l'avouer, sont plus qu'explicites. Je reconnais les traits de Léopoldine en cette jeune adolescente en compagnie de son père lors d'un vernissage. Je la vois entourée de ses parents lors de sa remise du baccalauréat, dans les locaux de l'hôtel de ville. Elle ressemble alors à la nana que j'ai rencontrée au Trocadéro. Puis je découvre des photos récentes où elle est dans la rue. Sur certaines, je ne dois pas être loin car je me souviens des vêtements qu'elle porte, des lieux où nous étions. Le travail de surveillance a duré des jours, des semaines.

Je la regarde évoluer dans différents moments de sa vie, à différentes époques et je la trouve magnifiquement belle. La jeune fille de bonne famille est devenue une femme splendide. Je comprends mieux ses secrets. Ses omissions. Ses fuites. Ses silences. Elle ne voulait pas me dévoiler qui elle était. C'est la dernière image qui me bouleverse le plus. Je regarde sa silhouette avec son tailleur-pantalon kaki qu'elle portait le jour de son départ. Il y a seulement trois petits jours. Sur l'image, elle se trouve manifestement au milieu du hall principal de l'aéroport. Et, en vis-à-vis, sa mère. Sa mère dont elle n'avait normalement aucune nouvelle depuis des années. Neuf ans pour être précis.

Une rage folle s'empare de moi. Je sais que je fais le jeu de Gabin mais, de nouveau, tout s'effondre autour de moi. J'ai mal. Putain que la trahison fait mal.

Désemparé et plus réellement maître de moi, je me rue à l'extérieur, faisant fi des éventuels rendez-vous programmés. Je prends ma voiture sous l'œil affolé de Nathalie qui m'appelle. Mais je ne veux voir personne. Je rentre chez moi pour me terrer. Je suis à cet instant un loup blessé.

Je ne réponds pas à mon téléphone, ni fixe, ni mobile. Je ne réponds pas à l'Interphone. Je ne réponds à personne. Je reste sur mon canapé à digérer ma douleur. Je sais que demain, ou après-demain, je serai de nouveau en piste. Mais là, je m'octroie le droit de souffrir. Seul. Je ne veux plus la voir. Je vais appeler le service des ressources humaines afin qu'il fasse le nécessaire. Je ne veux pas la voir de peur de la croire. Elle me racontera une histoire abracadabrante et cela m'arrangera de gober ses justifications. Je ne veux plus de ça. J'ai vécu sur un rêve, un espoir. J'ai voulu y croire. Depuis le début, elle sait qui je suis. Depuis le tout début ? Mais quel est son but ? Ce qui me paraît le plus difficile à croire, c'est son mensonge. Si tout de suite, elle m'avait dit qui elle était, m'avait expliqué ses liens de parenté, j'aurais pris les décisions en conséquence. Au regard de son CV, je l'aurais même certainement embauchée. Mais elle n'a rien dit. Elle a volontairement dissimulé sa filiation. C'est cela qui rend la situation suspecte.

Qu'a-t-elle pu dévoiler à ses parents ? Nos projets ? Nos contacts ? Nos chiffres ? Comment prouver l'espionnage industriel ? Tout est possible parce que je lui ai tout donné sur un plateau. Je lui ai ouvert mon cœur, mon âme et le reste.

***

Je ne sais plus combien j'ai bu de verres quand j'appelle Julien en webcam. Je n'ai envie de parler qu'à lui… Et à Léopoldine, ce qui me met en rogne.

– Eh ! Salut mec !

– Saaaalut Ju ? Ça baigne ?

– Anto ? Qu'est-ce que tu as ?

– Rien… Pourquoi ? Je… J'ai…

– Putain, mais t'es bourré ! T'es complètement bourré et il est tout juste dix-huit heures ! Qu'est-ce qui t'arrive ?

Je vois mon pote un peu flou sur l'écran de mon portable. Il faudra que je règle la densité… plus tard.

– Rien. C'est cette salope d'Élo.

– De quoi tu parles ? Enfin de qui tu parles ? C'est qui Élo ?

– Non, laisse tomber. Je suis qu'un con de toute façon. J'me fais toujours baiser… Mais là, c'est pas agréable.

– Putain, Anto ! Va te chercher un café et reviens devant ce putain d'écran.

– Qu'est-ce qui se passe, chéri ? dit une voix féminine.

– C'est Margot ? Ouais, bien sûr, c'est Margot. Elle est là avec toi, elle. Tu sais la chance que t'as, connard ?

Je crois que ce sont leurs hurlements combinés à l'angoisse dans leur voix qui m'ont un peu dessoûlé. En tout cas, assez pour prendre la mesure de ma cuite. Après avoir rassuré mes amis, j'ai suivi leur conseil, me suis fait un café et me suis écroulé avec une bouteille d'eau sur mon canapé. Encore. Je ne pouvais pas rejoindre mon lit qui allait avoir son odeur.

C'est l'image de mon pote qui s'affiche sur mon écran à plus de vingt-trois heures qui me sort de ma torpeur.

– Anto ?

– Ouais, ouais !

– Ça va mieux ?

– Putain, désolé pour tout à l'heure. Je ne sais pas ce qui m'a pris.

– Je ne peux pas te répondre tant que tu ne m'as pas raconté ce qui t'a mis dans cet état.

Je prends un cachet de paracétamol pour éteindre le brasier sous mon crâne et lui raconte la scène de cet après-midi. Je consulte mon portable et me rends compte que j'ai raté cinq appels de mon frère. Et j'ai dix appels de Léopoldine. Ce qui me met en colère, encore plus. Julien me regarde me triturer l'esprit et tente de m'apaiser, en vain.

– Mais tu ne crois pas qu'elle mérite que tu lui parles ?

– Tu plaisantes ? Toi aussi, elle t'a envoûté ?

– Arrête, mec. C'est pas ça. Elle ne m'a juste pas fait cette impression. Et que, comme pour le dessin que tu as trouvé dans son sac, les apparences ne sont peut-être pas ce qu'elles semblent être.

– Il n'y a pas d'apparences malheureusement. Il n'y a que des faits. J'espère juste qu'elle ne savait pas qui j'étais il y a neuf ans. Que notre rencontre était bien fortuite.

– Tu crois pas que tu exagères un peu ? J'admets que c'est bizarre qu'elle ne t'ait pas dit qui elle est, mais quand même. C'est un peu gros non ? Ce serait quoi ? Une vengeance ? Mais à l'époque, il n'y avait pas de passif. Si ?

– Oui. Non. Putain, Ju, je n'en sais rien. C'est tellement douloureux. Cette trahison. J'étais tellement content de ce que nous construisions… Tu vois… Non, c'est con. Mais depuis que Gabin m'a balancé ça à la gueule, je ne peux m'empêcher de réfléchir aux diverses circonstances. On s'est rencontrés pile-poil au moment où BioMag prenait de l'essor. Mon père avait eu des contacts avec le vieux De Saint Balmont qui voulait racheter la boîte. Mais mon père n'a rien lâché car il connaissait le bonhomme. Il savait que ce type n'a ni foi ni loi, aucune éthique. L'autre était en rage. Et puis à la mort de mon père, le vieux m'a recontacté. Je trouve ça vraiment troublant, tu vois.

– Il y a peut-être une part de coïncidence… Moi, je pense que tu devrais avoir une discussion avec elle dès son retour.

– Ça n'arrivera pas ! Je ne veux pas la voir me mentir encore une fois. Je ne peux pas, Ju.

– Je sais comment tu fonctionnes, Anto. Penses-y sinon tu le regretteras un jour. Digère le truc. Évade-toi un moment. Tu peux venir à la maison si tu veux. Mais il faut que tu crèves l'abcès à un moment ou à un autre.

– Je vais y réfléchir. Merci, mec.

– Tiens bon. Je sais que tu prendras la bonne décision. Mais ne ferme pas la porte !

22

Léopoldine

Enfin à la maison. Je suis impatiente de rentrer. Alexandre se moque de me voir si excitée. J'ai été subjuguée par le Venezuela, ce pays aux couleurs chatoyantes qui reflètent le cœur des habitants. Les paysages sont à couper le souffle. La vie peut être difficile mais il règne une telle ambiance d'amour, de partage. Nous, pauvres Occidentaux, nous sentons humbles face à la façon qu'ont les Vénézuéliens d'appréhender la vie. Sur un plan professionnel, j'ai appris énormément durant cette petite semaine. Les négociations sont longues, toujours. C'est culturel. Il est impératif de gagner la confiance des gens. Surtout pour une femme. La proposition d'Alexandre de m'emmener avait carrément du sens. Au départ, je ne voyais pas pourquoi il était nécessaire que nos partenaires puissent me rencontrer, sachent qui j'étais et à quoi je ressemblais. Après tout, j'allais être derrière un bureau, être le relais entre l'opérationnel et l'administratif.

Mais j'ai compris dès le premier jour sur place que c'était bien plus que ça.

J'ai hâte de raconter tout ce que j'ai vécu à Antoine que je n'ai pas pu joindre ces deux derniers jours. J'étais tout de suite dirigée sur sa boîte vocale. Il n'a pas répondu à mes e-mails non plus. Mais plus que quelques minutes et nous pourrons nous serrer dans les bras.

– Tu as l'air anxieuse ? me demande Alexandre alors que l'appareil est au ralenti pour rejoindre la piste de débarquement.

– Non, pas spécialement. En fait, j'ai hâte de rentrer.

– Antoine te manque ?

– Plus que tu ne peux l'envisager… C'est… Enfin, c'est difficile à expliquer.

– Je crois que cela s'appelle l'amour, jeune fille.

– Oui, ça doit être ça, confirmé-je dans un éclat de rire.

– Bien, je préfère entendre ce rire que tes soupirs.

Je le regarde. Il est hilare. Alexandre a l'art et la manière d'alléger toutes les situations.

Il est presque dix-sept heures lorsque j'arrive enfin à mon appartement. Je suis un peu déçue qu'Antoine ne soit pas venu à l'aéroport et encore plus lorsque je ne réussis pas à le joindre. Je ne sais pas trop si je dois être déçue, en colère ou inquiète. Après toutes les semaines passées ensemble, j'espérais que je lui manquerais autant qu'il m'a manqué et qu'il serait heureux de nos retrouvailles.

Je commence à ranger mes affaires, mais je n'y tiens plus. J'ai besoin de le voir, de le toucher. Je laisse ma valise en vrac sur mon lit et, sur un coup de tête, prends un taxi qui me dépose moins d'une demi-heure après devant chez BioMag.

– Eh ! Tu es rentrée, m'accueille Nathalie.

– Il y a deux heures, oui. Antoine est là ?

Je regarde mon amie qui semble embarrassée, chose qui ne lui arrive jamais.

– Oui, il est dans son bureau.

– Génial, je monte ! Je te vois plus tard, m'empressé-je d'ajouter quand elle fait mine de m'arrêter.

Je suis euphorique. Je vais enfin revoir Antoine ! Cette semaine de séparation m'a fait le plus grand bien. Je me suis rendu compte à quel point je tenais à lui. J'entre par mon bureau, je ne veux pas le déranger mais, surtout, je veux lui faire une surprise.

Je toque à la porte de séparation puis l'ouvre. Antoine a l'air étonné, mais alors que je m'apprête à me jeter à son cou, l'expression glaciale de son visage m'en empêche.

– Ah, tu es rentrée. Qu'est-ce que tu fous là ?

Il regarde ostensiblement sa montre.

– Ton avion a atterri il y a à peine deux heures. Tu n'as rien à faire au bureau. Il y a des plages horaires à respecter. Tu ne devrais pas reprendre le travail avant huit heures demain matin. À demain.

Sans me laisser le temps ni de comprendre, ni de répondre, il ferme la porte. Je me retrouve sonnée devant le panneau blanc. Quand je tente de l'ouvrir, la porte me résiste. Putain, mais qu'est-ce qui se passe ? Antoine a fermé le verrou.

Agacée, blessée mais surtout vexée par son attitude, je contourne le problème. Il ne veut pas m'ouvrir cette porte, je passerai par l'entrée principale de son bureau. J'entre sans frapper.

– Tu peux m'expliquer ? C'est quoi, ce plan ? lui demandé-je.

– Sors d'ici, Léopoldine. Je n'ai pas la tête à te parler maintenant. Je ne veux pas risquer un manquement aux règles du Code du travail. Tu ne dois pas être là.

Je fixe Antoine, complètement interdite. Son attitude est à l'opposé de celle, aimante, d'avant mon départ. Ou même encore de nos discussions au téléphone. Je lui demande un éclairage et il me répond texte de loi. Je ne sais pas ce qui s'est passé mais je refuse d'abdiquer. C'est trop important.

– Quoi ! Mais qu'est-ce qui t'arrive, Antoine ? Je ne vais pas te traîner aux prud'hommes parce que je n'ai pas respecté les plages horaires. Tu me connais mieux que ça. Je ne ferais jamais ça… Et puis c'est n'importe quoi ! Ce n'est pas la question. On s'en fout; des horaires. C'est à mon initiative que je suis là. Vas-tu me dire ce qu'il y a ?

J'essaie de ne pas m'énerver mais c'est difficile. Je n'ai qu'une envie, c'est de me blottir contre lui. De sentir son odeur qui m'enflamme. De passer mes mains sur son torse que j'aime tant caresser. Je fais un pas dans sa direction mais son regard me fige.

– Te connaître ? Laisse-moi rire ! Ne t'avance pas ! Je ne veux plus avoir affaire à toi !

Je ne peux pas croire qu'il tienne ce genre de propos. Il m'avouait presque son amour il y a quelques jours. Je suis dans la quatrième dimension.

– Putain, mais tu vas m'expliquer ce qui se passe ?

Je le regarde plus attentivement et je prends peur. Oh, je sais qu'il ne me fera pas de mal, physiquement j'entends. En revanche, je ne l'ai jamais vu aussi furieux. Il semble habité. Ses yeux me fusillent. Il n'y a plus aucune once de gentillesse dans ses prunelles. Je n'y décèle que du mépris… et de la haine.

– Que veux-tu que je te dise, Léopoldine ? Ou plutôt devrais-je dire Mlle de Saint Balmont Leclair, alias Léopoldine Leclair ? Oh, tu es surprise ! Mais qu'est-ce que tu croyais ? Que tu pourrais me mentir encore longtemps ?

– Antoine… tenté-je de l'interrompre.

Je suis dévastée. Il a fallu qu'il apprenne la vérité pendant mon absence. Cela n'aurait pas pu se passer alors que j'étais là pour lui expliquer ! Je comprends alors la tentative de Nathalie pour m'empêcher de monter le voir. Ce qui signifie que cela a dû avoir lieu ici et que tout le monde doit être au courant de ma véritable identité.

– Tu ne penses tout de même pas que je vais t'écouter me servir l'histoire d'une petite fille riche qui avait des soucis avec papa et maman ?

– Ce n'est pas ce que tu crois, Anto !

– Stop ! Nous allons reprendre les civilités. Ce sera donc M. Delbarre pour toi.

– Tu te fous de moi ? Je n'ai pas le droit de…

– Non, je ne crois pas. Tu n'as aucun droit. Le pire, c'est que tu ne nies pas. Tu ne te cherches même pas d'excuses. Remarque, il n'y en a pas. Maintes fois tu aurais eu l'occasion de tout me dire. Maintes fois tu aurais pu m'avouer qui tu étais réellement. Mais non. C'était trop bon. Pauvre con que je suis. Vous avez bien ri avec papa Louis ? Qu'aviez-vous décidé ?

Il me balance un dossier. Je n'ai pas le temps de le rattraper qu'il s'éparpille au sol. Je jette un coup d'œil et vois des photos de moi. Je ne les regarde pas en détail car je les connais toutes. Ce sont des photos de famille. Des photos que j'ai maintes fois vues affichées chez mes parents.

– Mais espèce de… Déjà, si tu me laissais en placer une, je pourrais t'expliquer…

Même si je suis fautive, Antoine ne connaît rien de ma vie et me condamne sans m'écouter. Je sais que je ne devrais pas mais il est hors de question que je me laisse humilier ainsi. Plus jamais !

– Mais il n'y a rien à expliquer. Il n'y a qu'une vérité, mademoiselle de Saint Balmont Leclair… Vous m'avez menti !

– Tu ne veux pas savoir pourquoi ? Bien évidemment, M. Delbarre sait. M. Delbarre tranche. M. Delbarre se contente de ce qu'on lui rapporte !

– Cela ne m'intéresse pas. Plus, en fait. Je vois juste que tu m'as menti. Délibérément. Tu allais continuer jusqu'où ainsi ? On va s'arrêter là, Léopoldine. Tu as joué, tu as perdu sur ce coup-là.

Je dois bien reconnaître que ma colère est retombée. Je refuse de m'attarder sur l'air dévasté d'Antoine. Je le regarde me jauger, me juger.

Je crois que je pourrais éclater en sanglots tant l'injustice est criante, mais je ne me donnerai pas en spectacle. Pas alors que je n'ai pas le droit de me justifier. C'est d'une voix forte et fière que je termine cette conversation pour lui cacher à quel point je suis brisée.

– Tu vois, Antoine, l'ironie de la situation, c'est justement que j'ai caché ma véritable identité pour ne pas être comparée à mon connard de père. Tu ne peux pas être plus près de la vérité lorsque tu parles de « pauvre petite fille riche ». Et le mot important de la phrase est « pauvre ». Mais tu ne veux rien entendre. Je le respecte. Moi, je te respecte et prends en considération ton avis, ton jugement même si celui-ci sonne plus comme une condamnation, sans plaidoirie possible. Tu auras ma lettre de démission demain.

Je sors de son bureau et il n'essaie même pas de me retenir.

23

Antoine
Quelques minutes plus tôt

Deux putains de journées sans lui parler, c'est ce qu'il me fallait pour réfléchir.

Réfléchir ? Tu es sûr que tu ne rumines pas plutôt ?

Elle rentre du Venezuela ce soir, mais je ne la verrai au bureau que demain. Je ne réfléchis pas, je ne rumine pas. Je deviens dingue. Dingue de douleur et de rage. En fait, je n'arrive à rien. Je n'arrive pas à faire la part des choses. La seule chose dont je sois persuadé, c'est que je l'aime. La trahison n'en est que plus douloureuse.

Alors penser à cette situation comme un plan qu'elle aurait conçu avec son père me bouffe et m'empêche de prendre les bonnes décisions. En parallèle, je me repasse inlassablement la discussion que j'ai eue avec mon frère. Puis-je réellement me fier à lui ? Cela fait plusieurs années maintenant que nos relations ne sont pas au beau fixe.

Bel euphémisme ! Quelle connerie cette expression !

Mon cœur, ce traître, me souffle de faire confiance à Léopoldine. De laisser parler mes émotions, mon instinct.

J'ai besoin de faire le point et j'expédie quelques affaires courantes quand j'entends frapper à la porte qui me relie au bureau de Léopoldine.

Lorsque j'ouvre, *elle* est devant moi. Je pensais avoir encore cette nuit pour ordonner mes pensées. Là, c'est trop tôt et toute ma rancœur me submerge.

Elle est là, sublime. Elle joue la timide, elle feint celle qui est heureuse de me retrouver, mais maintenant que je sais que tout cela n'est qu'un leurre, toute ma colère remonte à la surface. Je ne veux pas la voir.

Pas maintenant.

– Ah, tu es rentrée. Qu'est-ce que tu fous là ?

Je regarde ma montre de manière à ce qu'elle se rende compte qu'elle n'est pas la bienvenue.

– Ton avion a atterri il y a à peine deux heures. Tu n'as rien à faire au bureau. Il y a des plages horaires à respecter. Tu ne devrais pas reprendre le travail avant huit heures demain matin. À demain.

Puis je lui ferme la porte au nez. Je verrouille car je la connais assez sur certains plans et elle ne lâchera pas l'affaire. Je l'entends hoqueter de douleur devant mon attitude. Elle voit au moins ce que cela fait de souffrir.

Quelques secondes plus tard, elle entre dans mon bureau par la porte principale. Putain, j'aurais dû la fermer aussi.

Et puis finalement, ce n'est peut-être pas plus mal. Elle saura tout de suite qu'on ne me trahit pas sans en payer les conséquences. Elle saura à qui elle a affaire.

Notre échange est houleux. Je refuse de lui laisser la possibilité de m'endormir en me racontant une version forcément édulcorée de l'histoire. Elle m'a menti, c'est tout ce que je retiens.

Je ne conçois pas d'envisager de construire un couple solide sans être d'une honnêteté sans faille.

Mais ce qui me fait vraiment mal, c'est que j'ai retrouvé le bonheur lorsqu'*elle* est, de nouveau, entrée dans ma vie. Si je la laisse partir maintenant, je sais que c'est fini et, au moment où elle me tourne le dos, je réalise brutalement que je ne peux pas le supporter.

Quand elle sort de mon bureau, je cours à sa suite. Je ne peux pas pardonner son mensonge mais je peux encore moins envisager de ne plus la voir.

Au moment où je sors dans le couloir pour m'élancer à sa suite, Gabin m'interpelle.

24

Léopoldine

Après quelques kilomètres durant lesquels une tristesse indicible me submerge, je me pose les vraies questions. Et, à l'écoute de ces questions, un flot de sentiments contradictoires se télescopent. Je ne sais pas vraiment comment je vais faire pour gérer cela. Petite, on m'a interdit de montrer mes sentiments car cela faisait mauvais genre. J'ai grandi en étant une handicapée des émotions et c'est la raison pour laquelle je dessinais. Je couchais sur le papier ce que je ne pouvais pas exprimer. C'est ça, je pense, qui m'a induite en erreur quant à mon choix de carrière. J'ai pris pour une sensibilité artistique ma lutte contre une certaine apathie sentimentale. Ensuite, je me suis largement améliorée dans des pays où l'affection est culturelle.

Et maintenant tu es dans la merde !

Je dois faire face à ma colère tout d'abord, qui n'est pas une bonne conseillère. Mais merde, je mérite qu'Antoine m'écoute ! Après tout ce que nous avons vécu, il est inconcevable que cela se termine ainsi. Je suis dégoûtée par tout ce qui se passe et par son attitude à lui. Meurtrie. Ravagée. Il m'a traitée comme si j'avais tout manigancé, comme si tout cela était un coup monté.

Il n'a pas voulu entendre que je n'avais rien anticipé, que je suis également victime de la situation. Mais, en fait, il n'a rien voulu écouter du tout. Face aux « preuves », face aux allégations, mes pauvres explications n'ont eu que peu de chance de faire changer les choses.

Depuis que j'ai revu Antoine, depuis que nous sommes ensemble, je ne peux pas envisager ma vie sans lui. Je sais que je suis en colère maintenant et que cela me fait tenir, mais viendra forcément le temps où je vais m'effondrer. Je me sens anéantie par son dédain. Je me sens trahie par son manque de confiance.

Tout cela tourne en boucle dans ma tête jusqu'à mon retour chez moi. Près d'une heure de route dans les embouteillages durant laquelle mon désespoir a enflé.

J'ai deux coups de fil à passer. Ensuite, je réfléchirai.

– Héloïse ? C'est moi.

– Oh, ma puce. Comment vas-tu ? Je pensais justement à…

– Marraine !

Héloïse s'arrête immédiatement de parler. Je ne l'appelle jamais comme ça. Elle le sait. Nous avions convenu de ce code lorsque je suis partie faire mon tour du monde. Elle m'avait fait jurer que je devais l'appeler si j'étais dans le pétrin, et que si ma vie en dépendait, en cas d'extrême urgence, il serait plus facile de faire passer ce titre comme commun. Alors l'une et l'autre saurions que c'était grave.

– Qu'est-ce qui se passe ?

– Je vais venir passer quelques jours chez toi. Je veux que personne ne sache où je suis. J'ai besoin de temps.

– Je prépare ta chambre. Tu seras là dans combien de temps ?

– Une demi-heure. Une heure maximum.

– D'accord. Tu es en danger immédiat ?

– Non. Pas dans l'immédiat et pas physiquement.

– C'est le principal. C'est important mais pas dangereux, donc on pourra gérer.

Elle raccroche sans autre forme de cérémonie. Je monte à mon appartement en passant le deuxième coup de téléphone.

– Nathalie ? Désolée de te déranger.

– Oh, Léopoldine ! Est-ce que tout va bien ?

– Oui, Nath'. Ça va. Je vais être absente pendant quelque temps de BioMag.

– Je m'en doutais…

– Il se peut même que je ne revienne pas.

– Oui, je sais. C'est moi qui ai fait partir la lettre. Je suis tellement désolée !

– De quelle lettre tu parles, Nath' ?

– Oh, merde. Quand tu m'as dit que… Antoine ne t'a pas avertie qu'il a lancé une procédure de licenciement pour faute grave ?

– Quoi ! m'étranglé-je.

Je retiens les sanglots qui menacent. Ma fureur reprend de plus belle. Même cela, Antoine va m'en déposséder ? Je voulais lui remettre ma démission même si l'idée de ne plus franchir les portes de cette société que j'ai appris à aimer me bouleverse.

Je reprends mes esprits. Plus déterminée que jamais.

– Je te remercie, Nathalie, de cette information. Cela va m'aider à conserver un tour d'avance. Je refuse de perdre cette bataille et de laisser penser que je suis une traîtresse.

– Pas de soucis. Je te connais et je n'imagine pas que tout ce qui se raconte est vrai.

– Pourtant, je suis réellement la fille de mes parents. Je…

– Non, je ne veux rien savoir. On a tous notre histoire. Ne te sens pas obligée de me raconter la tienne. Je connais Léopoldine Leclair et cela me suffit.

– Je me rends compte que tu viens de me donner ce dont j'avais réellement besoin. Ta confiance. Merci, Nath', pour ça. Je ne vais pas te demander de te mettre en porte à faux vis-à-vis de la direction et de risquer ta place. Mais ce que tu me dis me rassure un peu.

Je ne sais pas pourquoi j'ai cette espèce d'urgence à partir. Je me dois de quitter mon appartement ce soir. Maintenant. Peut-être qu'au fond de moi, j'espère toujours qu'Antoine reviendra à de meilleurs sentiments et qu'il tentera de me retrouver. Quoique, avec ce que je viens d'apprendre, c'est peu probable.

Vœu pieux ?

Je rassemble donc le strict nécessaire pour quelques jours, une semaine tout au plus.

Il est presque vingt et une heures lorsque je quitte mon appartement en prenant soin de mettre les clés de la voiture de BioMag dans une enveloppe avec l'adresse du parking où elle est garée. Je vais laisser ça à l'attention de Nathalie au petit bar où nous allons assez souvent prendre un apéritif. Elle pourra ainsi remettre la voiture à sa place. Il ne faudrait pas qu'en plus, on m'accuse de vol.

Je peux enfin respirer correctement lorsque je pousse la porte de chez Héloïse. Elle m'accueille avec chaleur et, dans la sécurité de ce foyer, le seul que je reconnais comme tel, je m'aperçois que je meurs de faim.

Je retrouve avec bonheur un bol de céréales, avec du lait tiédi. C'est ma madeleine à moi. Héloïse attend patiemment que je me décide à me confier. Je sais que je peux tout lui dire. Ce n'est pas franchement le problème. Le souci est que si je verbalise les choses, elles vont devenir réelles et je ne suis pas prête à affronter cela. Mais alors pas du tout.

Comment le pourrais-je, d'ailleurs ?

Ce serait renier dix années de souvenirs, dix années de rêve, puis quelques semaines de bonheur intense pour un petit arrangement avec la vérité. J'ai le droit, enfin j'avais le droit, de composer avec mes identités. Je ne suis pas une criminelle non plus. J'ai finalement juste écourté mon nom.

Et puis tu as dissimulé ta filiation !

En même temps, ça aurait été bizarre de dire : « Bonjour, je suis Léopoldine de Saint Balmont Leclair. Mon père est le connard arrogant qui possède une des plus grosses enseignes concurrentes de la vôtre. Et qui, en l'occurrence, a tenté de vous absorber à plusieurs reprises. Mais je vous assure que ce n'est pas grave, je peux travailler pour vous puisque je ne vois plus mes parents depuis des années. Ah bon ? Cela vous dérange ? Pourtant, je vous assure que je serais un véritable atout pour votre société. »

Quelle connerie ! Qui croirait cela ?

Un peu calmée, j'explique à Héloïse ce qu'il s'est passé et pourquoi. Je sens qu'elle est un peu déçue par mon comportement mais que d'un autre côté, elle comprend ma position. Elle s'agace du manque de confiance d'Antoine, et m'assure qu'elle reste de mon côté. Irrémédiablement.

– Tu sais, Héloïse, je peux comprendre. C'est difficile pour lui. Et puis il a appris ça alors que j'étais à des kilomètres. Je suis persuadée que si j'avais été en France au moment où il l'a su, cela ne se serait pas déroulé comme ça. J'aurais pu lui expliquer. Il aurait compris.

– Alors pourquoi n'a-t-il pas compris quand tu lui as donné tes explications ?

– Parce qu'il ne m'a pas donné l'occasion de le faire ! Il est encore trop en colère. Il se sent trahi.

Je sais que je lui cherche des excuses inutilement mais j'ai besoin d'y croire encore.

25

Antoine

Cela fait trois putains de semaines que j'ai foutu ma vie en l'air. Trois semaines que je fais face à ma solitude, mon ennui et ma détresse. Et deux semaines que je me suis rendu compte de la connerie que j'ai faite. Je n'ai pas donné à Léopoldine la moindre chance. Je ne lui ai pas permis de s'expliquer.

Maintenant, elle a coupé son téléphone. Je suis directement dirigé sur une boîte vocale. Elle a dû blacklister mon numéro.

Tous les jours, j'interroge Nathalie qui ne me répond jamais. Je suis sûr qu'elle sait quelque chose, mais elle est trop loyale pour trahir Léopoldine. J'ai également tenté de trouver Héloïse, sa marraine, dont elle m'a parlé plusieurs fois. Je suis persuadé que Léopoldine est chez elle. Mais je ne la trouve pas. Retrouver quelqu'un dans une ville comme Lyon, c'est purement illusoire. Elle n'apparaît pas sur les pages blanches et n'est pas, non plus, sur les réseaux sociaux.

Je rentre seul chez moi en ce vendredi soir. Gabin est venu me voir juste avant de partir du bureau. Il m'a invité à boire un coup mais j'ai décliné. Je ne suis pas prêt à lui pardonner. Peut-être qu'il aurait mieux valu que je reste ignorant de tout ça. Mon frangin m'a expliqué ne pas regretter le fond mais il reconnaît qu'il aurait pu y mettre les formes.

Vu comme je dépéris, vu comme je m'isole, tout le monde est aux petits soins pour moi mais ce n'est pas ce que je veux. Je veux juste effacer ces dernières semaines. Mais ce n'est pas possible. On ne rattrape pas le temps perdu. Seule Nathalie me rentre dedans et me fait la gueule. La première fois que j'ai tenté de lui parler, elle m'a toisé et m'a dit vertement qu'elle restait par respect pour mon père et parce qu'elle avait besoin de fric, mais que je l'avais profondément déçue.

Je ne peux pas franchement lui en vouloir car je me suis moi-même déçu. Je suis sûr qu'elle sait où se terre Léopoldine mais jamais elle ne me le dira. Et j'ai déjà trop merdé pour faire pression sur elle et avoir ces informations.

Quand j'arrive chez moi, je trouve Julien et Margot devant ma porte.

– Eh ! salut ! Qu'est-ce que vous foutez là ? Je vais bientôt croire que vous êtes plus souvent à Lyon qu'à Paris !

– On a un concert demain. On s'est dit que ce serait sympa si on venait te voir. Il y a les autres qui arrivent. Tu n'avais pas un truc prévu ce soir ?

Je regarde Julien comme s'il était demeuré. Il connaît la situation. Comment veut-il que j'aie un truc prévu ? Le seul imprévu qui pourrait me faire bouger, et dans ce cas-là, rien ne m'arrêterait, c'est si Léopoldine refaisait surface.

– Qui arrive ?

– Greg et Damien.

– OK. Vous entrez ?

– On a amené les bières, me dit Margot en me tendant un pack de six.

Je vérifie qu'il n'y a pas de message sur mon répondeur et laisse mes potes entrer chez moi. Je ramasse rapidement les vêtements qui traînent un peu partout. Il faut dire que le rangement et le ménage n'ont pas été ma préoccupation première ces derniers temps.

J'ai juste le temps de tout jeter en vrac dans ma chambre pendant que Margot et Julien mettent un peu d'ordre dans la cuisine, que les deux derniers comparses arrivent. On commande des pizzas qui seront livrées plus tard. On se cale dans mon salon, du bon vieux blues en guise de fond sonore, et on se retrouve comme au bon vieux temps.

Je regarde Margot et Julien, complices. Grégory nous explique ses projets pour les vacances pendant lesquelles, si les engagements le permettent, il aimerait s'envoler pour l'Australie afin de tâter les vagues de l'océan Indien. Il paraît que les spots de surf sont meilleurs dans le Sud. N'ayant jamais foutu les pieds sur une planche, je le crois sur parole. Quant à Damien, il me montre les photos de son fils Erwan qui affiche des belles boucles rousses, comme son père. Il nous regarde avec un sourire en coin. Il nous apprend, sereinement, que Liz, sa femme, voulait venir mais que les premières semaines la rendent malade. Nous mettons quelques minutes à comprendre le sens de ses paroles. Nous lui sautons dessus comme des gamins, dans la joie et les cris. Une deuxième mascotte pour le groupe !

Je me rends compte que je suis vraiment super content qu'ils soient tous là. Cela m'avait manqué et cela me permet de me vider un peu la tête.

– Bon, mec, c'est bien beau tout ça, mais on t'embarque pour le week-end. Fais un sac d'affaires, me dit Julien.

– Ça va pas ! Il est hors de question que je vous suive. Tu crois vraiment que j'ai la tête à ça en ce moment ?

Le silence se fait dans mon salon et chacun de mes amis concentre son attention sur moi. J'ai vraiment l'air con de leur dire ça maintenant alors qu'ils ont tout fait pour venir passer une soirée avec moi. Je ne suis pas dupe, s'ils sont là ce soir, c'est qu'ils se sont ralliés autour de ma tristesse.

– Peut-être pas mais c'est le rôle des potes d'être là quand il le faut et, à l'unanimité du groupe, nous avons décidé qu'il le fallait. Donc on t'embarque, répond calmement Damien.

– C'est pas cool, ce qui t'arrive. Tu vas venir faire la fête avec nous, s'excite Greg qui a peut-être bu une ou deux bières de trop.

C'est Margot qui me convainc. Pourtant, elle ne dit rien de plus ni rien de moins que les autres mais c'est sa sensibilité féminine qui a joué un rôle. J'espère tellement que Léopoldine a des gens aussi exceptionnels près d'elle. Finalement, pourquoi je dirais non ? Je n'ai rien à gagner. Rien à perdre. Je vais faire quoi ce week-end ? Rester en caleçon devant la télé à regarder des séries sur Netflix ? Tu parles d'un kif !

– Et si elle vient ? ne puis-je m'empêcher de leur demander, comme s'ils avaient la réponse.

Margot trouve encore les bons mots.

– Eh bien elle verra que tu es un mec qui tente de faire face et elle aura du respect pour ta force. Par contre, crois-tu qu'elle sera épatée si elle te trouve à zoner, hirsute, dans ton salon ?

Je regarde mes amis de toujours et me décide à la seconde.

– Oh, et puis merde ! Vous avez raison. J'arrive !

La salve de cris et d'applaudissements m'indique qu'ils sont heureux de ma décision. Je mets effectivement très peu de temps à jeter quelques fringues dans un sac et lorsque nous partons ensemble, il est à peine vingt-trois heures.

– Au fait, pourquoi on ne dort pas à la maison ?

– Parce qu'il faut qu'on soit sur le pied de guerre assez tôt demain et qu'il vaut mieux qu'on soit sur place.

On s'entasse dans le neuf places que le groupe a acheté, il y a quelques années. Malgré les kilomètres au compteur, presque trois cent mille, il reste en très bon état.

Margot prend le volant. Elle s'engage dans les petites rues étroites de mon quartier pour regagner les quais. Elle prend le périphérique quand je demande :

– Mais au fait, c'est où votre concert ?

– On a un passage d'une heure sur une des scènes des Eurockéennes, me dit Julien en se marrant.

– Hein ? Tu déconnes. Mais tu m'as dit que vous aviez un concert. Tu…

– Je t'ai effectivement dit que nous avions un concert mais je ne t'ai jamais dit que c'était à Lyon, mec ! C'est toi qui as pensé ça.

– Bande de cons…

Je ne peux que clore cette discussion avec un grand sourire aux lèvres. Je n'ai pas souri comme cela depuis des lustres.

Il est près de quatre heures du matin lorsque je me glisse enfin dans les draps froids d'un hôtel proche du lieu du concert. Demain, je replonge. Sans filet, si ce n'est les quelques bœufs que l'on a faits depuis que j'ai décroché. J'espère ne pas avoir trop perdu la main.

Dès mon réveil, je retrouve vite le rythme des journées de concert. Un petit déjeuner gargantuesque car il est tard, qu'il sera impossible de déjeuner et qu'il faut tenir une bonne partie de l'après-midi. La préparation avec les potes. Le chahut. Je réussis même à ne pas penser à Léopoldine. Enfin, pas trop. En tout cas, pas plus d'une fois par heure. Pendant quoi ? Quarante minutes ! Bonne moyenne.

On rencontre d'autres groupes de styles musicaux divers et variés. Je m'immerge dans cette ambiance qui m'avait plus manqué que je ne le pensais. J'aime les balances, quand les espaces sont déserts et qu'il faut jauger les sons, les voix, les silences. J'aime l'agitation quand les techniciens sont encore en train de faire les branchements, placer les instruments, caler les décors. J'en profite pour approcher Julien.

– Mec, tu ne crois pas qu'il faudrait que je m'échauffe un peu ? Je ne serai jamais en solo, mais cela m'emmerderait de gâcher le son.

– Tu seras toujours avec Margot ou moi mais… oui, ce serait pas mal de se caler sur ta voix aussi, répond-il, conscient de mon angoisse. Eh, les mecs, on peut tester ? Vous êtes OK ?

– Pas de problème, entends-je une voix répondre de nulle part.

Chacun vient prendre sa place comme s'ils s'attendaient à mon caprice. Ils me connaissent tellement que ça me fait flipper par moments.

– On commence à trois… Un… Deux… Trois ! lance Julien.

Margot débute une ballade rythmée et je me joins à elle dès le début du refrain. Nos voix s'accordent parfaitement. Je regarde autour de moi. Les mecs sont concentrés sur leurs accords. Je ressens la même émotion, la même adrénaline. Toujours et à jamais.

Quand on a terminé de régler les dernières balances, on se retrouve pour manger un en-cas. Nous sommes le troisième groupe à passer ce soir. J'ai la trouille, pourtant cela n'a pas l'air d'inquiéter le groupe. Il n'y a que moi qui me mets la pression.

– C'est à vous dans dix minutes, les gars ! Oh, pardon… les gars et la fille, dit un régisseur en venant nous chercher dans la loge mise à notre disposition.

Comme avant, on se regroupe, main dans la main, front contre front.

– Ensemble ? demande Julien.

– Ensemble, répondons-nous d'une seule voix.

Je reste en coulisses pour la première chanson. Je ne pense pas avoir la légitimité à tenir le devant de la scène comme je le faisais autrefois. Julien présente le groupe. J'hésite un peu. C'est déjà géant d'être en *backstage*. Pourtant, c'est magnétique. Lorsque Margot me tend la main à la deuxième chanson, j'entre sur scène.

– Maintenant, je laisse la place à Anto pour qu'il vous interprète notre tout premier succès, « Reviens-moi » !

Je ne suis pas plus étonné que ça. J'aurais dû me douter qu'il me mettrait devant le fait accompli. Je reprends les automatismes, les regards, les positionnements. C'est pour ça que je suis fait !

L'heure passe trop vite ! Au deuxième rappel, je prends le micro, comme avant.

– Merci pour votre accueil et votre enthousiasme ! On doit laisser la place au groupe suivant mais DMG passe demain à quatorze heures sur la scène 2. On vous attend nombreux !

Nous quittons la scène en saluant, riant et chahutant. Un grand silence s'installe dans la loge. Chacun est perdu dans ses pensées, certainement encore sur le nuage du succès. Moi ? Je pense encore plus à mon avenir. Un avenir que je voudrais partager avec Léo. Tant pis pour tout ce que j'ai construit, quand Gabin sera prêt, je reviendrai.

– Alors, mec, c'est comme le vélo, tu as vu ?

– Carrément, j'ai kiffé comme jamais, réponds-je à Damien. Merci de m'avoir poussé un peu. C'est géant de vous avoir.

***

Je suis couché sur mon lit et repense à cette soirée hallucinante. Qui aurait cru vendredi soir, alors que je rentrais fou de douleur chez moi, que je passerais un week-end pareil ? Demain, je vais rester un moment avec les gars pour le deuxième passage et je prendrai un TGV vers dix-sept heures trente. J'arriverai à Lyon vers vingt heures. Ce sont les meilleurs jours que j'ai passés depuis une éternité. Depuis qu'une certaine blonde est sortie de ma vie… Mais je refuse d'y penser.

Le public était présent. Généreux. Porteur. Je ne m'étais pas rendu compte à quel point le groupe avait fait son chemin, coincé dans ma tour d'ivoire. Toutes les chansons étaient connues, plus ou moins, mais les gens chantaient. Putain, le public chantait. En chœur. Avec nous. Avec moi. Notre premier succès, « Reviens-moi », a eu une certaine résonance pour moi, car j'avais écrit ce texte juste après le départ de ma dessinatrice inconnue, alors que je ne savais pas où la trouver. Je me retrouve dix ans plus tard dans la même situation. Sauf que désormais, je sais ce que c'est que d'être dans ses bras, d'être avec elle, d'être en elle, chaque jour.

Les mecs sont vraiment géniaux. Exceptionnels. Ils savaient ce dont j'avais besoin avant même que je ne le sache. Ils m'ont insufflé un petit souffle de vie. Et une claque. Je me suis endormi. Carrément. Oui, je me dois pour ma famille de faire tourner la boîte, mais est-ce que je ne peux pas concilier les deux ? Avec un peu d'organisation, cela devrait être possible. Léopoldine le pensait en tout cas.

Peut-être qu'il est temps que j'organise mon futur.

J'entends une vibration sur mon téléphone. Je me précipite, comme quoi l'espoir me tient encore. C'est Margot.

[Suis devant ta porte,
tu dors ?]

J'enfile un tee-shirt vite fait et me précipite pour lui ouvrir. J'espère qu'elle ne s'est pas pris la tête avec Julien.

Je suis rassuré dès que je la découvre, radieuse, dans le couloir.

– Tu as cinq minutes, Anto ?

– Bien sûr mais… Enfin, qu'est-ce que tu fous là ? T'as pas un mec pour te tenir chaud ?

– T'es con ! Bien sûr que si, j'ai un mec, et qui assure en plus si tu vois ce que je veux dire, me répond-elle avec un clin d'œil.

– Oh non, Marg', tu fais chier de dire des trucs pareils, j'ai des images maintenant !

– Et le pire, c'est que je suis sûre que tu es bien en deçà de la vérité, me dit-elle en éclatant de rire. Non, plus sérieusement, je voulais discuter avec toi. Mais, sur le palier, c'est pas trop pratique.

– Oh oui, désolé, entre.

Je regarde ma pote qui entre, sereine, assumée. Elle est fine comme une liane et doit bien mesurer un mètre soixante-quinze. Elle s'installe sur mon lit, les jambes en tailleur, le dos droit. Elle me fixe gentiment et tapote la place à côté d'elle.

– On se fait une soirée pyjama ? lui demandé-je pour détendre l'atmosphère car j'ai un mauvais pressentiment concernant cette discussion.

– Pas trop mon kif, désolée.

Je me glisse à ses côtés et attends. Avec Margot, il n'y a pas d'entre-deux. Donc j'attends de voir sur quel mode elle fonctionne cette nuit. Va-t-elle être dans la compréhension et me dire des mots gentils et compatissants ou vais-je en prendre pour mon grade ?

– Anto, je sais que tu es blessé et cela nous atteint tous de te voir ainsi. Alors que tu as attendu cette fille pendant tant d'années, que tu n'as donné aucune chance à personne depuis, c'est vraiment un beau gâchis. Mais tu as vraiment agi comme un con avec elle. Surtout que tu m'avais moi, comme exemple ! Tu sais très bien que l'on peut effectivement couper les ponts avec les siens. Personne n'est responsable de sa filiation et il y en a même qui passent leur vie à l'effacer, la nier !

Au temps pour moi ; elle peut être compatissante ET virulente.

– Quand j'ai rencontré Julien, tu étais aux premières loges. Tu as vécu avec nous la pression de ma famille. Et tu as vu aussi que je n'ai pas hésité un seul instant lorsque mes parents m'ont demandé de choisir entre Julien et eux. Crois-tu vraiment que cela a été facile de balayer un pan de mon histoire, mes souvenirs, mes repères, pour suivre Julien, pour faire de la musique ? Non. Ce n'est jamais facile. Je pleurais le soir sur l'épaule de Julien. Tu t'es demandé si Léopoldine avait une épaule sur laquelle pleurer ? Ne penses-tu pas qu'elle aurait adoré que ce soit la tienne ? Tu me déçois car tu as jugé sans savoir. Tu as condamné sans procès.

– Putain, mais bien sûr que je culpabilise de ne pas lui avoir tendu la main et de ne pas lui avoir donné l'occasion de s'expliquer. Tu crois quoi, Margot ? J'ai été blessé, j'ai cru qu'elle m'avait trahi et jusqu'à preuve du contraire, je ne sais pas si c'est le cas ou non ! Je ne la crois pas capable de faire ça, mais si je me trompais ? J'ai eu la trouille et il était plus simple de croire Gabin. En plus, Léopoldine n'était même pas là ! Je ne suis pas un saint ! Je me suis fait des films et quand elle est rentrée, j'étais en rage.

– Il n'est jamais trop tard. Je vous ai vus ensemble. C'est une évidence.

– Non, Margot. Il n'y a pas forcément toujours un happy end. Enfin, pas pour moi. Léopoldine ne me pardonnera jamais et, finalement, c'est peut-être mieux ainsi.

Nous discutons encore un moment mais Margot comprend vite que j'ai besoin de réfléchir à ce qu'elle m'a dit. Une fois de nouveau seul, je ne trouve pas le sommeil tout de suite. J'espère bien évidemment que Léo ait une épaule sur laquelle s'épancher. Et, bien que je ne veuille pas l'avouer, je ne jetterai jamais l'éponge et je continuerai à la chercher.

26

Léopoldine

Trois semaines que je me planque chez Héloïse. Même si je suis choyée et que j'apprécie ces moments privilégiés, je sens qu'il faut que je bouge.

Peut-être qu'il est temps que je tourne la page mais trois semaines c'est court pour quelqu'un que tu attends depuis presque une décennie.

Depuis le départ, je jouais avec le feu et je savais que cela risquait de me péter à la figure. Mais je me suis entêtée. Peut-être qu'au fond de moi, je voyais ça comme un test. Un truc du genre : « On a vaincu cela ensemble. On a été plus forts. » Sauf que nous n'avons rien vaincu et que je me retrouve à la case départ. Guère plus avancée qu'il y a quelques mois.

– Héloïse ? Je pars faire un tour.

– Tu veux que je t'accompagne ? me demande-t-elle depuis son bureau.

Je regarde ma tante, attendrie. Elle est en tenue d'intérieur, les cheveux en bataille et elle parcourt des dossiers, certainement relatifs à ses affaires et ses investissements.

– Je suis désolée, mais je préférerais être seule si cela ne te dérange pas.

– Pas de problème, ma puce. Tu m'appelles si tu ne rentres pas, pour ne pas que je m'inquiète.

Je pars la boule au ventre. J'ai besoin de ce moment car j'ai besoin de réfléchir. Sans parasite. Sans influence.

Je me décide à faire un tour en ville, allant au gré du vent, juste là où mes pas me portent. J'aurais pu opter pour un bar avec son bruit, son effervescence mais j'ai besoin d'errer. Je pense à tout ce que j'ai vécu et comment je vais avancer désormais. J'ai compris qu'Antoine ne tergiverserait pas et rien de ce que je pourrais dire ou faire ne lui prouvera que je ne suis pour rien dans les agissements de mon père.

En plus, je suis encore en colère à cause de son attitude. Il a été odieux. Il m'a dit des choses blessantes. Des choses que je sais qu'il ne pensait pas. Mais ses paroles nourrissent ma rancœur, et je me complais dans cet état d'esprit. Sans ce feu, sans cette hargne, je pense que je m'effondrerais.

Il me manque. C'est insupportable mais je refuse de ramper et d'implorer son pardon. Je lui ai donné la possibilité de m'écouter, j'ai laissé la porte de ma loyauté ouverte, il me l'a claquée au visage.

C'est terminé !

Sans m'en rendre compte, je me retrouve au pied de l'étude de Maître Grataloup. C'est indiscutablement un signe. Je dois prendre certaines décisions.

Deux heures plus tard, je quitte l'étude, rassurée. Comme à son habitude, il m'a aidée à poser les choses, m'a conseillée. Il respecte mes choix et mes décisions.

J'envoie un texto à Héloïse pour lui demander si elle souhaite que je prenne quelque chose en rentrant.

[Non, besoin de rien.
Juste que tu rentres
le plus vite possible !]

Je m'inquiète instantanément à la lecture de ces mots et presse le pas. Ce n'est pas dans les habitudes d'Héloïse d'être aussi directive. Je mets moins d'un quart d'heure à arriver à son appartement.

– Héloïse ? C'est moi. Qu'est-ce qui t'arrive ?

Je la vois se précipiter vers moi dans le hall d'entrée. Elle lève les yeux au ciel en me regardant et en désignant le salon d'un hochement de tête. Elle s'approche en chuchotant.

– J'ai essayé de les mettre dehors et de nier que tu vivais chez moi, mais ils n'ont rien voulu entendre. Je suis désolée, ma puce, mais je n'ai absolument rien pu faire. Ils t'attendent depuis près d'une heure. Un véritable calvaire !

– Mais de qui parles-tu ? lui réponds-je sur le même ton.

– Il faut toujours que tu te fasses remarquer ! Je me demande ce que nous avons fait pour mériter cela !

Je ferme les yeux, soupire et me retourne tout doucement pour faire face à ma mère. Elle est aussi sèche que le mois dernier. Elle porte une veste bleu pétrole en lainage avec une broche clinquante en or et perles. Une espèce de grosse rosace immonde sur laquelle je bloque. Du plus loin que je me souvienne, je ne l'ai jamais vue non apprêtée. Même ses pantalons de sport sont griffés.

Je la fixe et déploie un effort surhumain pour ne pas paraître choquée lorsque je remarque mon père qui apparaît dans mon champ de vision. Lui aussi a fait le déplacement.

– Mère ! Père ! Que nous vaut votre visite ?

– C'est un peu fort, ma fille, tonne mon père. Cela fait des mois que tu es à Lyon et tu n'es pas passée voir tes propres parents. C'est simplement intolérable. Crois-tu que nous n'ayons que cela à faire ? Venir chez cette… Chez la sœur de ta mère.

– Et tu n'en tires pas les conclusions adéquates ? demandé-je calmement.

– Comment oses-tu ? Cela fait dix ans que tu as fait ta crise pour devenir artiste ! lance-t-il avec dédain. Je pense que nous avons été assez patients. Bien assez. Il est temps que tu t'investisses pour ta famille comme nous nous sommes investis pour toi. C'est la tradition et, crois-moi, cela ne me fait pas plus plaisir que ça. Mais tu dois me succéder. C'est ton devoir !

Je regarde mon père, estomaquée par son impudence. Il ne doute de rien. Mes parents ne doutent de rien puisque ma mère, lèvres pincées, hoche la tête mécaniquement pour approuver les paroles de son mari. Elle me fait penser au chien des plages arrière dans les années soixante-dix avec leur tête mobile. Sauf que ces quadrupèdes servaient au moins à quelque chose ; ils divertissaient. La boucle est bouclée car mes parents, malgré leurs millions, malgré leur filiation, malgré leur éducation, sont juste la lie de la société. Des gens arrogants, fiers, déshumanisés ; tout juste à passer aux toilettes et à tirer la chasse.

Ce parallèle me fait rire et je retiens, de peu, un fou rire. Je jette un coup d'œil à Héloïse qui, si elle ne s'interpose pas, reste pour intervenir le cas échéant, au cas où les choses iraient trop loin. Mon père souffle devant mon sourire amusé que j'ai pourtant essayé de dissimuler. Il est écarlate mais reprend sa tirade. Il a tout du père et du patron despote dont je me rappelais les envolées incontrôlables.

– Si encore tu avais du talent ! Nous aurions pu être fiers de toi si tu étais devenue un peintre célèbre mais tu n'as réussi qu'à prouver ta médiocrité en t'obstinant à suivre cette voie de garage. Ce n'est pas digne d'une De Saint Balmont Leclair ! Et puisque, de surcroît, tu ne travailles plus pour ces amateurs, je t'attends dès la semaine prochaine au siège du groupe. Tu vas enfin prendre ton avenir en main, grâce à moi. Je ne permettrai pas un tel échec de la part de ma seule fille. C'est ton héritage ! Ta mission.

– Ton père a raison, Léopoldine ! Tu ne peux pas continuer à gâcher ton talent, confirme ma génitrice.

– J'ai cru que justement, je n'en avais pas de talent ? ne puis-je m'empêcher de répondre, ironique.

– Le talent pour les affaires que les De Saint Balmont Leclair possèdent, espèce de petite sotte ! me rembarre-t-elle.

Alors que la diatribe de mon père ne m'a pas atteinte, la seule petite intervention de ma mère me fait lâcher les vannes. J'en ai marre. Je refuse d'être associée à ces gens-là. Nous n'aurons jamais rien en commun.

Je les regarde sans aucune émotion. Ils ne savent rien de ma vie et jugent sans connaître. Un peu comme Antoine. Tout le monde, autour de moi, me condamne sans donner la parole à la défense. L'ironie de la situation étant quand même que l'homme que j'aime me rejette à cause de ce que je suis ; et ce que je suis réellement ne satisfait pas ceux qui devraient me soutenir de façon inconditionnelle.

Héloïse semble choquée de ce qu'elle a entendu. Elle s'avance et se place silencieusement à mes côtés. C'est son soutien infaillible qui manque le plus de m'émouvoir.

Car personne avant elle ne m'a défendue contre ce genre de propos qui ont bercé mes soirées. J'avais mal agi. J'avais mal répondu. Je m'étais mal habillée. J'avais mal mangé. J'étais mal… J'avais mal… Chaque phrase commençait ainsi pour énumérer un de mes nombreux défauts.

Il n'y avait que lorsqu'ils étaient en représentation que j'avais le droit à leur attention. Pour la galerie. Pour les apparences.

Sauf que j'ai presque 28 ans. Qu'il y a longtemps que je n'ai plus besoin de leurs conseils. Qu'il y a longtemps que je me suis affranchie de leur pouvoir, de leur autorité.

C'est encore plus vrai désormais. Je ne pensais pas arriver à ces extrémités. Mais la discussion que j'ai eue avec Maître Grataloup m'a éclairée. Ma décision est prise.

– Sortez ! Je ne veux plus vous voir. Jamais ! Sortez de chez Héloïse.

– Mais, tu n'oserais pas mettre tes propres parents dehors !

Le terme « parents » me révolte car ils n'en ont jamais eu l'attitude.

– Non seulement j'ose mais si vous ne partez pas, c'est moi qui me tire. Je n'ai rien à voir avec vous. Je n'ai plus rien à voir avec vous. Pourtant, Dieu sait que j'ai espéré votre attention, toute ma vie. J'ai même espéré obtenir un peu d'amour de votre part, comme les autres enfants. Mais avec vous, ce n'étaient que règles et protocoles.

– Tu as reçu la meilleure éducation ! s'insurge Louis.

– Oui, et je t'en remercie, mais à quel prix ? Au prix de notre relation, au prix d'un amour qui aurait pu être. Je sais que je n'ai pas été à la hauteur de vos espoirs mais, bien que cela m'ait affectée longtemps, je vis bien avec ça maintenant. Il m'en aura fallu du temps, mais maintenant... ça va. Je m'en fous. Je me suis construit une vie sans votre aide.

– Tu pérores. Tu fais la fière mais c'est plus facile de choisir sa vie quand on a un compte en banque bien rempli par papa et maman, m'assène mon père.

À ce moment-là, je ne peux m'empêcher d'éclater de rire. Un rire hystérique. Je sais que je dois paraître complètement cinglée à cet instant mais ils sont tellement prévisibles que c'en est risible.

– C'est génial ! Vous êtes toujours là où on vous attend tous les deux. Tellement... vous. Alors laisse-moi t'expliquer, mon cher papa, un petit truc que j'ai fait cet après-midi. Tu le sauras de toute façon demain. J'ai signé une donation de la totalité des dividendes que tu m'as versés depuis toutes ces années sans que jamais je ne les touche à diverses associations caritatives. Essentiellement celles avec lesquelles j'ai travaillé en Amérique du Sud. Tu vois, cela ne profitera même pas à des petits Français. Crime ultime pour une descendante de fachos ! Tu ne trouves pas ?

Mon père me regarde, catatonique. J'ai peur qu'il fasse un malaise. Pour la première fois de ma vie, je remarque également une émotion sur le visage de ma mère. De figé, il est passé à crispé. Elle sera certainement contrainte de solliciter rapidement son chirurgien esthétique car le souci que je lui cause va lui déclencher une ride d'expression. Je poursuis tout de même, bien décidée à mettre un terme définitif à cette mascarade.

– Alors, je souhaite que vous sortiez définitivement de ma vie. L'acte notarié de cet après-midi est la première étape de mon affranchissement. Je vais entamer les démarches pour modifier mon patronyme. Même le fait d'être associée à vous deux me révulse. Réellement ! Physiquement ! Je sais par Maître Grataloup que tu ne peux pas désigner un autre successeur que moi à la tête du groupe. C'est mon karma. J'assumerai à ce moment-là. Le jour où tu ne seras plus à la tête de ton entreprise, j'envisagerai certainement les choses autrement mais jamais, tu m'entends, jamais je ne viendrai travailler avec toi. Jamais je ne viendrai travailler pour toi, j'aurais l'impression de me vendre.

– Tu n'es qu'une ingrate ! Si tu fais ce que tu as décidé, je te renie ! Tu n'auras plus rien de nous. Je te coupe les vivres.

– Mais tu crois quoi ? Jamais je ne touche à ton pognon. Il pue, ton fric, papa. Il pue la sueur des gens que tu exploites. Il pue ta condescendance. Il pue ton arrogance. Sortez immédiatement. Vous n'avez rien compris et ne comprendrez, malheureusement pour vous, jamais rien. C'est ainsi. C'est dommage mais chacun a son vécu, chacun a ses casseroles. Avec vous comme parents, j'en ai une véritable batterie. Mais j'ai décidé de m'alléger et de continuer ma route, sans vous.

Je vois dans le fond de leurs yeux que ce que je viens de dire les ébranle. Pas assez pour qu'ils aient un sursaut d'humanité. Je sais qu'ils ne changeront pas, parce qu'ils en sont incapables. Ils ne comprennent tout simplement pas.

Ils se drapent tous les deux dans leur fierté et quittent l'appartement d'Héloïse, sans, comble de l'impolitesse, la saluer.

Je ressens une drôle de sensation lorsque la porte d'entrée se ferme sur mon enfance. Une impression que tous les démons du passé sont retournés à leurs enfers. Un poids immense s'est retiré de mes épaules et je me sens plus libre que je ne l'ai jamais été. Mais, en parallèle, je ressens un vide abyssal. La perte de tous mes repères.

Héloïse me prend dans ses bras pour me soutenir et je m'effondre contre elle. Je n'ai même plus la force de pleurer. Je n'en ai même pas envie. J'ai juste ce sentiment que ma vie est un énorme gâchis depuis que je suis rentrée.

J'ai touché les étoiles avec Antoine mais je suis tombée,

de nouveau. Contrairement à il y a dix ans, je n'ai par contre plus d'espoir. Il va falloir du temps pour me reconstruire puisque cette fois, je sais ce que je perds.

– Je vais partir, Héloïse, chuchoté-je, lovée contre son épaule.

– Je sais. Je ne suis pas d'accord, comme la première fois, mais je comprends.

– C'est juste nécessaire.

– Quand ?

– Demain… Après-demain au maximum.

– Tu penses partir longtemps ?

– Le temps de guérir, lui réponds-je avec un sourire triste.

La soirée est morose. Je fais mes bagages. Juste une valise et un sac à dos. Je ne sais pas trop où je vais, mais je pars au sud. L'automne sera bientôt là et j'ai besoin de lumière et de soleil.

27

Antoine

Les jours passent et se ressemblent. Moroses. Tristes. Vides. Je pense souvent à ce que mon prof d'histoire disait quelquefois à propos de dissertations qu'il avait lues. Qu'elles étaient telle l'épée du prince de Machiavel, longues, plates et mortelles. C'est exactement mon sentiment en ce moment concernant mes journées.

Hormis les quelques heures de détente que j'ai prises avec les potes, je m'abrutis avec le boulot. C'est une échappatoire, un exutoire.

J'en ai franchement plein le cul. Il est temps que je me bouge. C'est exactement pour cela que je suis en route pour rencontrer ma mère et mon frère. J'ai également convié Alexandre. Je vais avoir besoin d'eux.

Quand j'arrive chez ma mère, mon frère est déjà là. Ma mère est tout heureuse de me voir lorsque je passe la porte mais un air grave chasse son sourire quand elle voit la tête de déterré que je me traîne depuis quelques jours. Les nuits blanches, l'inquiétude, la culpabilité ont eu raison de ma belle gueule.

– Mon Dieu ! Antoine ! Mais tu as une mine épouvantable ! s'écrie-t-elle.

– Merci, maman. Bonjour à toi également. Je te remercie, cela me met en joie d'être accueilli ainsi.

– Pas de sarcasmes, jeune homme ! Nous sommes juste entre nous et une mère peut quand même dire à son fils ce qu'elle pense. Et, à cet instant, je pense que tu as une sale gueule. Désolée, mais c'est ainsi.

Elle me tourne le dos après m'avoir embrassé et rentre dans la cuisine sans même regarder si je la suis. Je ne prends pas la peine de répondre car je sais qu'elle a raison. Si la forme n'y est pas, le fond est le même. Ah, ma mère et son tact légendaire !

Mon frère est à la cuisine et m'accueille de la même manière que notre mère.

– Pour le coup, je suis d'accord avec maman, tu as une sale gueule.

– Merci également à toi, Gabin. Cela fait plaisir d'être soutenu par les siens.

Je suis ému lorsque je vois ce que ma mère a préparé spécialement pour ce soir : un apéro avec tout ce que j'aime. Elle suit mon regard et hausse les épaules.

– J'ai pensé que l'on pourrait se faire un petit apéritif dînatoire. Ce sera plus convivial. Alexandre arrive vers quelle heure ?

– Tu as eu une super idée ! Je meurs de faim. En ce qui concerne Alex, il ne devrait plus tarder.

J'ai à peine terminé ma phrase que l'on sonne.

– Ça doit être lui, je vais ouvrir, me surprend Gabin.

– Merci, je vais aller choisir du vin. Maman, tu as une préférence ?

– Oh, va chercher dans la cave un Lubéron. J'ai reçu dans ma box un rouge que je gardais pour une occasion spéciale.

– Ta quoi ?

– Ma œnobox ! Je me suis inscrite à une box surprise en ligne avec chaque mois une sélection de vins dont toujours un grand cépage.

Je pars en direction de la cave en riant. Ma mère m'étonnera toujours. Et ce sentiment s'amplifie quand j'entre dans l'espace qui était le domaine de mon père durant de nombreuses années. Tout est classé et répertorié par année et couleur. Ma mère a dû y passer des heures !

– J'ai trouvé, a priori. Tu parlais de ce vin-là ? lui demandé-je en montrant à ma mère l'étiquette.

– Exactement, il a une bonne cote sur mon appli.

– Ta quoi ?

– Ah, mais enfin, Antoine, j'ai la cinquantaine. Je ne suis pas croulante et je vis avec mon temps. J'ai une appli sur mon téléphone pour gérer ma cave et voir la cotation des vins. C'est très intéressant car il y a le point de vue des consommateurs et celui des experts.

– OK, maman. Loin de moi l'idée de sous-entendre que tu ne vivais pas avec ton temps, ris-je.

C'est le moment que choisit mon frère pour arriver avec Alexandre. Ce dernier a apporté des fleurs pour ma mère. Elle est gênée, ce qui m'amuse. Je la vois rosir.

Nous nous installons de nouveau, la bouteille ouverte entre nous. Après quelques banalités d'usage, je sens les trois regards se tourner vers moi. Tous se demandent pourquoi je les ai réunis. Je leur dois des explications mais j'ai la trouille. Je sais qu'ils vont me comprendre. Je n'ai pas peur de ce qu'ils pensent. J'ai peur de ma propre décision. J'inspire profondément avant de prendre la parole.

– Je vous ai demandé de me retrouver ici ce soir parce que j'ai beaucoup réfléchi ces dernières semaines. La situation avec Léopoldine m'a fait cogiter. Il est temps pour moi de revoir mes priorités.

Alexandre me paraît inquiet soudainement. Il est dévoué à BioMag depuis tellement d'années que cela me semble normal. Cela va être difficile pour tout le monde. Moi y compris !

Gabin se redresse un peu, attentif. Quant à ma mère, elle a compris. Je le vois à ses yeux. Je pensais y trouver de la déception mais ce n'est pas le cas. J'y vois plutôt du soulagement. C'est elle qui parle la première.

– On sait tous combien cette affaire avec Léopoldine t'a meurtri. C'est normal. Tu t'es senti trahi. Même si, selon moi, nous n'avons pas toutes les informations en ce qui la concerne.

– Ouais, je suis désolé, mec. Je me suis fié aux apparences. Elle est la fille de ses parents, c'est sûr. Mais dans son deuxième rapport, le privé que j'ai embauché m'a confirmé qu'elle a perdu le contact avec eux.

Je ressens un soulagement intense lorsque Gabin prononce ces mots. J'en pleurerais de joie, même si cela ne change rien au problème. Elle a disparu et je ne peux rien y faire. Par contre, je m'en veux encore plus de ne pas lui avoir fait confiance, de ne pas l'avoir écoutée.

– J'aurais aimé savoir cela avant. Maintenant, il est trop tard, conclus-je.

– Peut-être pas, intervient ma mère. Et si tu…

– J'ai déjà tout tenté, maman. Laisse tomber. Et puis même si je la retrouvais, je ne suis pas persuadé qu'elle puisse me pardonner les horreurs que je lui ai dites.

Un silence accueille ma déclaration. Un silence gêné. Il faut un moment à chacun pour comprendre la portée de mes paroles. Je n'ai plus d'espoir.

– C'est la raison pour laquelle j'ai besoin de prendre du recul, reprends-je. J'ai envie… Non, j'ai besoin de retrouver ce pour quoi je suis fait.

– La musique, précise doucement ma mère.

– La musique, confirmé-je.

– Et tu comptes faire comment ? me demande mon frère.

– C’est pour cela que vous êtes là ce soir. Gabin, j’ai vu à quel point tu as évolué ces derniers mois. Vraiment ! Je sais que ça n’a pas toujours été facile mais tu as écouté, même si tu rechignais à le faire. Ta dernière campagne est juste impeccable. Et puis, tu as su prouver que tu étais capable de prendre des initiatives. Tu as voulu me protéger, j’ai compris.

Je leur explique ensuite que, dans un premier temps, j’assurerai le pilotage de l’activité de BioMag mais que j’associerai Gabin afin de lui transmettre les rênes en douceur. Il faudra aussi qu’il trouve un bras droit à la hauteur de Mireille et Léo, mais ce sera à lui de gérer ce recrutement car ce sera à lui de travailler avec cette personne. Je le fais taire quand il fait mine de protester. Maintenant que le temps est arrivé, il semble avoir peur. Je trouve la situation cocasse. Lui qui voulait des responsabilités, qui me tanne depuis deux ans, veut à présent reculer.

– C’est pour cette raison, Gab’, que j’ai sollicité Alex. Il sera un pilier pour toi, enfin si tu acceptes, lui demandé-je en me tournant vers lui.

Alexandre est resté silencieux tout le temps de mon explication. Il hoche la tête et me surprend en prenant la parole.

– Anto, nous en avons souvent parlé tous les deux et tu sais à quel point je pense que tu es taillé pour ce job.

Tu es comme ton père. Loyal. Honnête et bon. Mais, au fil du temps, j'ai vu aussi à quel point tu détestais ce que tu faisais. Tu t'emmerdes et je trouve cela dommage. Ces dernières semaines ont été pires que tout. Je comprends que tu jettes l'éponge. Tu as fait ton taf. Et tu l'as bien fait. Ce que je veux te dire, c'est que je te respecte. Tu as été là quand ta famille a eu besoin de toi. Il est normal désormais que tu penses à toi. Il est normal que tu fasses ce qu'il faut, pour toi. Si je te dis tout ça, c'est pour t'expliquer que je serai là. Quoi que tu décides, tu peux compter sur moi.

Je hoche la tête. Je suis ému par ses mots. Ma mère renifle, ce qui a pour effet de nous faire éclater de rire.

Nous passons encore quelques heures à discuter des arrangements que nous allons devoir prendre. Une fois le choc de la nouvelle passé, Gabin s'implique un peu plus même si je le vois tout de même réservé. Je n'ai absolument pas menti. Ces derniers mois ont été salutaires pour lui. Je ne sais pas si c'est le choc de m'avoir vu si difficilement encaisser la nouvelle sur Léo, s'il s'est senti responsable de ça ou s'il y a autre chose, mais le fait est qu'il s'est posé. Sans s'en rendre compte, il a pris une posture de manager. Lentement. Sûrement. Je sais que j'ai été dur avec lui. Je n'ai pas de regret puisque cela l'a conduit à s'affirmer. Maintenant, il doit avoir confiance en ses capacités. C'est important.

Gabin et Alexandre partent quand nous nous sommes mis d'accord. Dès demain, je vais devoir mettre mon frère au courant des affaires. J'ai dit que nous allions faire les choses en douceur. Que je resterai le temps qu'il faudra même si, au fond de mon cœur, j'espère que je pourrai m'échapper rapidement.

Ma mère est restée silencieuse tout le long de nos échanges. Elle s'approche de moi quand nous sommes tous les deux et me surprend.

– Merci, mon fils. Je suis heureuse que tu m'aies permis d'assister à cette réunion.

– Tu as toujours été aux côtés de papa. Il me semblait normal de t'associer à cette étape. Tu n'es pas fâchée ? Déçue ?

– Mais non. J'ai toujours su que c'était temporaire. Même si tu t'en es brillamment sorti, tu n'es pas fait pour ça. Ton cœur ne vibre que pour la musique.

Nous restons un moment sans parler. C'est confortable.

Je rentre chez moi avec le sentiment d'avoir un poids en moins. Sensation que je n'ai pas éprouvée depuis une éternité. Et même si le souvenir de Léopoldine me titille, je réussis à m'endormir rapidement.

28

Léopoldine

Je passe chez moi pour relever le courrier et arroser mes pauvres plantes. J'hésite à remettre mon appartement en location. Cela me ferait un petit revenu mais, en même temps, je n'aurais plus de pied-à-terre dans le cas où je reviendrais sur une courte durée. Je vais attendre, voir comment ça se passe. Maître Grataloup s'occupera de tout, comme d'habitude. Je traîne un peu pour m'imprégner de ces lieux qui contiennent les souvenirs des quelques mois qui ont transformé ma vie.

Je monte sur mon toit-terrasse afin d'apprécier une ultime fois la vue splendide que j'ai d'ici. La luminosité du soir est magique. Avec le temps clair qu'il y a eu aujourd'hui, je réussis à apercevoir la chaîne des Alpes. J'ai presque la même vue que depuis l'esplanade de la basilique Notre-Dame de Fourvière. Ce point de vue est une des raisons pour lesquelles j'ai investi dans cet appartement juste avant mon premier départ. Je savais que, quoi qu'il arrive dans ma vie, je ne pourrai jamais me lasser d'un panorama pareil.

J'ai Lyon à mes pieds. C'est comme une carte postale mais en mieux car j'ai les bruits, les odeurs, le vent dans mes cheveux. Je laisse mon regard dériver au gré des images, sans me fixer réellement sur un détail. Je survole la cathédrale Saint-Jean ou ce que j'en aperçois. Je me perds sur les toits rouges qui contrastent avec la blancheur des immeubles du centre-ville. Je divague vers Bellecour où je peux imaginer l'affluence de la foule. Puis mes yeux se posent vers la tour du Crayon qui symbolise pour les Lyonnais la fameuse Part-Dieu, centre commercial gigantesque, et sur la tour Incity dans le même quartier d'affaires dont je n'ai pas vu la construction. J'admire ce paysage familier mais en même temps tellement surprenant.

Quand la lumière baisse et que les lampadaires de rue s'allument, je redescends chez moi. Je ferme tout. Vérifie le gaz. Coupe l'électricité. Jette un dernier coup d'œil à mon environnement. Je sonne chez la voisine que j'ai rencontrée quelquefois.

– Léopoldine ! Comment vas-tu ? Cela fait un moment que l'on ne t'a pas vue !

– Bonjour, Michèle. Désolée de te déranger pendant le repas, mais je voulais juste te dire que je repars pour quelques mois. Enfin, pour un temps indéterminé.

– Tu vas louer de nouveau ton appartement ?

– Je n'en sais rien encore. Si c'est le cas, je demanderai à mon conseiller de te prévenir.

– Bien, bien… Enfin, il me semble. C'est volontaire ton départ ?

– On va dire ça… C'est compliqué.

– Je te souhaite le meilleur en tout cas Léo. Reviens-nous vite.

Elle m'enlace et me serre contre son cœur. Elle a l'âge de ma mère, à quelques années près, mais c'est une femme bien plus aimante que ma génitrice.

La soirée chez Héloïse est à la fête. Elle refuse que nous soyons tristes et a voulu célébrer mon départ pour me faire oublier la raison de ma fuite.

***

Le lendemain, ma marraine a insisté pour m'emmener à l'aéroport. Je déteste les adieux mais je ne veux pas être égoïste. Je peux supporter encore un moment cette émotion qui m'oppresse.

– Tu as le temps de boire un café ?

– Oui, je vais enregistrer ma valise et on ira au bar.

Une fois que nous sommes installées, je vois qu'Héloïse est peinée.

– Je m'inquiète pour toi, Léo. Tu es sûre de faire ce qu'il faut ? Tu aurais pu chercher un autre travail. Il y a peu de risque que tu tombes sur Antoine.

– Je sais, mais j'ai besoin de m'échapper pour quelques

mois. Je reviendrai, je te le promets. Je me donne deux ans, maximum. J'aimerais vraiment me poser professionnellement avant mes 30 ans. J'ai ma vie, ici. Je t'ai toi. Mais j'ai mal et j'ai peur de craquer et de retourner le voir. Je refuse de me faire humilier de nouveau, mais je ne suis pas assez aguerrie pour ne pas le faire tout de même. Tu comprends ?

– Bien sûr ! Je te comprends. Je te soutiens. Cela ne m'empêche pas de détester cette situation.

Après des embrassades interminables, je me retrouve dans l'avion en direction de Florence. J'ai besoin de prendre le large mais pas dans les mêmes conditions ni le même état d'esprit que la première fois. Il y a dix ans, je partais pour me trouver, pour contrer la vie que mes parents avaient décidée pour moi. Aujourd'hui, je pars pour panser mes plaies, guérir mon cœur et, pourquoi pas, réapprendre à respirer.

J'étouffe depuis notre séparation car Antoine était devenu mon souffle de vie.

Pour commencer, j'ai décidé de rester quelques semaines à Florence. J'ai toujours souhaité découvrir la Toscane. J'espère également trouver le feu sacré et pourquoi pas me retrouver en tant qu'artiste. On m'a souvent vanté les couleurs des paysages toscans. Retranscrire leur beauté sur papier sera l'occasion de savoir si le dessin n'est qu'un moyen d'expression de mes émotions ou ma véritable passion. Au gré de mes envies, je descendrai un peu plus au sud ensuite. J'ai envie de températures clémentes durant l'automne.

Je récupère la voiture que j'ai réservée, une petite Fiat 500X. Je suis attendue en fin d'après-midi dans une location chez l'habitant. Je ne voulais pas loger dans un hôtel, dans une chambre semblable à toutes les autres chambres.

Je programme sur le GPS le petit village à une quarantaine de kilomètres de Florence. Je n'ai pas l'excitation habituelle de mes voyages. Je ne ressens pas le besoin de la découverte. Je ne programme pas mes visites. Je suis triste et n'ai pas envie de grand-chose. Je me laisse simplement porter par les évènements, sans les provoquer, sans les vouloir.

Je ne peux cependant pas rester complètement insensible aux paysages que je traverse. Je ne connaissais pas l'Italie mais je suis subjuguée par les vastes étendues verdoyantes de la campagne vallonnée. De champs en vignes, les points de vue changent à chaque virage. J'aperçois une petite esplanade où je décide de m'arrêter. Je m'appuie sur le capot de la voiture, fatiguée par le voyage et par les semaines qui viennent de passer.

Je ne sais pas si je vais trouver la paix, ici, mais mes premières impressions sont bonnes. Comme je le faisais avant, je sors de mon sac à dos mon carnet de croquis.

Il y a longtemps que je n'ai plus fait courir mon crayon sur le vélin, mais j'ai une subite envie de dessiner.

Je peine au départ, appuyant un peu trop sur la mine. Puis mon poignet reprend son inclinaison, sa légèreté, sa vitesse. Ma main trace, ombre, suggère. Les lignes principales esquissées me conviennent car elles sont fidèles au paysage qui s'étend devant moi.

Après cette pause, je reprends la voiture et j'arrive dans un village à flanc de colline. Les ruelles typiques sont étroites, comme on l'imagine en Italie. Les enfants jouent à l'extérieur pendant que les pères sont attablés à la terrasse du café. Les femmes discutent sur le pas des portes. J'ai l'impression que tous les habitants sont dehors. Quand je gare la voiture sur la place du village, tous les regards se tournent vers moi. Je suis l'étrangère.

Après quelques minutes de gêne, une femme d'une petite cinquantaine d'années se précipite vers moi.

– Madame Leclare ? demande-t-elle avec un accent adorable.

– Oui, c'est moi. J'ai loué pour cinq nuits.

Elle me regarde en riant car j'articule comme si je m'adressais à une personne ayant des problèmes d'apprentissage. Je m'en rends compte et nous éclatons d'un rire commun.

– *Va tutto bene. È la signora del noleggio*[10].

10. Tout va bien. C'est la dame de la location.

Une clameur s'élève de la terrasse et les conversations reprennent.

– Viens *bellissima*. Je vais t'emporter dans l'appartement.

Je la suis dans les ruelles encore chaudes. Je sens la sueur qui imprègne mon haut. Il n'y a pas d'air. Je suffoque. Pourtant, j'apprécie d'être là. Une bonne nuit de sommeil et il n'y paraîtra plus.

Les deux jours suivants, je découvre la région. Alessandra, car c'est ainsi que s'appelle mon hôtesse, me guide vers des sites typiques. Je visite des productions du célèbre chianti, me perds dans les tours médiévales de la ville fortifiée de San Gimignano et profite du calme environnant. Il n'y a que le soir, de retour au village, que je vis au rythme de ses habitants. Je suis invitée par tous pour partager un café, un apéritif, une part d'antipasti. Pour les remercier de leur hospitalité, je dessine les visages, les expressions, les lieux.

Alessandra vient me voir un soir alors que je regarde les enfants jouer sur la place centrale, riant et se poussant.

– *Bellissima*, je vais à Florence demain. Tu veux venir avec moi ?

– Avec plaisir. Il paraît que c'est une ville magnifique.

– Ça va, *bellissima* ? Tu es *bianca* !

– Je crois que je décompresse, Alessandra. Mais ça va aller. J'ai juste besoin de repos.

Je ne pense pas qu'elle comprenne tout ce que je

lui raconte mais son regard bienveillant en dit plus que des mots.

Le lendemain, nous partons en milieu de matinée. Je me laisse conduire jusqu'à la ville culturelle par excellence. L'architecture est sublime. Alessandra me dépose à la cathédrale Santa Maria del Fiore, réputée pour son dôme du XIIIe siècle. Elle me demande de l'attendre. Elle doit aller voir un médecin à quelques rues de là. Elle me promet de me retrouver pour me faire visiter la ville.

Il n'est que dix heures du matin mais j'ai chaud. J'entre dans le lieu saint pour retrouver un peu de fraîcheur. Je suis incapable de bouger. Je suis terrassée par une fatigue inexpliquée. J'ai des nausées. Des sueurs froides. Je sais que le plus sage serait de rester tranquillement à attendre le retour d'Alessandra, mais si je faisais des choses sages et intelligentes, cela se saurait.

Je tente de me lever du banc où j'ai trouvé refuge. Je fais un pas, j'essaie d'en faire deux. Je vois la statue de la Vierge qui s'approche. J'ai un vertige. Je me sens m'effondrer. Je ne peux pas me rattraper tellement je suis faible. Puis je ne ressens plus rien.

C'est ça, mourir ? Est-ce que je meurs ? Qu'est-ce qui m'arrive ?

Je n'ai pas le temps de répondre à cette question que c'est le trou noir.

***

Un bip lancinant me sort de ma torpeur. J'ai une douleur derrière les paupières. J'essaie d'ouvrir les yeux mais la lumière est aveuglante. Je reconnais l'odeur caractéristique d'un hôpital. Je me demande ce que je fais là.

À force d'efforts, je parviens à regarder ce qui m'entoure. Je suis dans une petite chambre aux murs bleu délavé. La fenêtre ouverte laisse entrer la pleine lumière. Je ne sais pas comment je suis arrivée là. Je cherche la sonnette pour appeler quelqu'un lorsque la porte de ma chambre s'ouvre.

– Oh, ma puce ! Tu es enfin réveillée ! s'écrie Héloïse en se précipitant vers moi.

– Héloïse ! Mais qu'est-ce que tu fais là ? Qu'est-ce qui m'est arrivé ?

– Oh, ma puce, cela fait deux jours que tu es dans les vapes. Tu as fait un malaise en visitant la cathédrale Santa Maria del Fiore. Ta logeuse a trouvé mon numéro dans ton sac. Elle m'a avertie et j'ai pris le premier vol. Tu m'as fait une de ces peurs.

– Qu'est-ce que j'ai eu ?

– Une baisse de tension alarmante certainement due à une fatigue extrême et un début de déshydratation. Je vais appeler le docteur. Il t'en dira plus.

– Je suis tellement désolée. Tu as dû avoir peur.

– Pour toi, j'irai jusqu'au bout du monde.

Elle se lève et sort appeler le personnel soignant. Peu de temps après, elle revient en compagnie d'un homme magnétique. Il a une bonne cinquantaine d'années et le physique de l'Italien comme on se l'imagine. Grand, fier, les épaules larges, les hanches étroites, il a les tempes qui commencent à grisonner sur une chevelure noir ébène. Il me fait penser instantanément à Antoine.

Putain, voici que cela me reprend ! Cela faisait quelques jours que je pensais moins à lui mais il suffit qu'un homme séduisant croise ma route pour que je le compare à celui qui a volé mon cœur.

Une toute jeune femme l'accompagne. Elle doit avoir mon âge. Lui s'adresse à moi dans un français parfait.

– Alors, mademoiselle Leclair, comment vous sentez-vous ?

– Fébrile. Faible mais plutôt bien au regard de la situation.

– Bien. Avez-vous eu des signes annonciateurs de ce malaise ? Vous êtes-vous sentie épuisée quelques jours avant ? Quelques heures ?

– Oui, effectivement. Mais, avant de faire mon voyage, j'ai vécu des semaines un peu intenses. Je n'ai pas fait plus attention que cela. Je pensais que c'était la conséquence de la vie décousue que j'avais eue.

– D'accord. Nous venons de recevoir les résultats de vos analyses.

J'angoisse un peu lorsque je vois la gêne dans le regard du médecin.

– Qu'est-ce que j'ai, docteur ? Je vous en prie, dites-moi la vérité ! Si c'est grave…

Il lève la main pour me faire taire.

– Ma collègue est interne à l'hôpital et va vous examiner. En ce qui concerne le traitement, nous allons vous prescrire des vitamines mais je pense que tout rentrera dans l'ordre dans sept mois. Vous êtes enceinte.

J'entends mais je ne comprends pas les mots qu'il prononce. C'est tout simplement impossible. Nous avons toujours pris nos précautions avec Antoine.

Tout le monde sort de la chambre. L'interne approche l'appareil à échographie que je n'avais pas remarqué. Je suis encore sous le choc et j'obéis à ce qu'elle me dit de faire. Je soulève la chemise d'hôpital que je porte encore. Je frémis lorsqu'elle enduit mon ventre du gel conducteur. Elle appuie un peu pour trouver le bon angle avec la sonde et soudain, c'est magique. Sur l'écran gris, j'aperçois un point plus clair, gros comme une noix, qui bouge. Mais ce qui me bouleverse le plus, c'est le son.

C'est la première fois que j'entends battre le cœur de mon bébé.

Tout cela est bien réel.

Je vais être maman.

Une fois l'examen terminé, Héloïse me rejoint.

– J'espère que tu me pardonnes de ne rien t'avoir dit. J'ai pensé que ce serait préférable si c'étaient les médecins qui t'annonçaient la nouvelle.

– Je n'en reviens pas, Héloïse. J'ai du mal à y croire. Regarde, elle m'a donné ça.

Je tends le cliché de mon bébé. Elle est la première avec qui je partage cette nouvelle. Et certainement la seule. Je n'aurais jamais imaginé être mère célibataire. Je pensais me marier, fonder une famille. Ce n'était donc pas mon destin et, après avoir vécu ce merveilleux moment qu'est la découverte de mon bébé, ce n'est pas si mal. J'ai l'intime conviction que tout va bien se passer.

– Tu vas le dire à Antoine ?

– Je ne pense pas ! Ce bébé est le plus beau cadeau que j'aurais pu recevoir. Il est une partie de nous. Il me rappellera chaque jour combien je l'ai aimé. Un joli souvenir.

– D'accord. En même temps, tu as le temps d'y réfléchir.

Héloïse me prend la main. Du plus loin que je me souvienne, elle est toujours là. Elle a toujours été présente et me prouve encore à quel point elle me soutient.

– Pour le moment, tu vas sortir de cet endroit et nous allons passer quelque temps ensemble. Enfin, si cela ne te dérange pas. Tu as prévu de rester seule mais…

– Non, j'ai besoin de toi. Tout est différent maintenant et dans quelques mois, je ne serai plus jamais seule, ris-je.

29

Antoine

Je ferme le coffre de ma voiture et remonte embrasser ma mère qui masque sa peine sur le perron de la maison de famille. Gabin est là également, ainsi qu'Alexandre, pour mon grand départ. Cela fait maintenant six mois que je leur ai expliqué mon désir de reprendre la musique.

– Tu seras prudent sur la route ? Tu m'appelles bien quand tu arrives ? me presse ma mère.

– Je te promets, maman. Mais tu sais, on part en tournée et je ne suis pas sûr de pouvoir t'appeler souvent. La seule chose que je peux t'assurer, c'est que, dès que je le pourrai, je te ferai signe. Non, ne pleure pas, lui dis-je en la prenant dans mes bras.

– C'est bête mais je suis si contente pour toi. Tu vas enfin réaliser ton rêve, mon grand !

Elle me lâche et je remarque qu'elle se tourne vers Alexandre. Nous nous regardons avec mon frangin, enfin de nouveau complices. Nous nous sommes beaucoup rapprochés pendant sa formation. Il ne se sent pas encore prêt à diriger la boîte en totale autonomie. Il a convenu qu'il était encore beaucoup trop jeune.

À partir de là, il n'a plus été dans la rancœur et moi, moins dans le jugement. Nous avons retrouvé une connivence fraternelle.

– Allez, mec, montre-leur qui est le boss, me dit-il en me donnant une accolade appuyée.

Je pose mon front sur celui de Gabin et lui enserre la nuque. Une poigne virile pour ne pas montrer notre émotion.

– Tu as toutes les cartes en main, Gab'. Tu as Alex à tes côtés. Mais tu sais que je suis là pour toi, toujours. Si tu as un souci, tu m'appelles. Tu promets ?

– Je sais. Ça va aller. Éclate-toi et fais ce pour quoi tu es fait.

Je salue Alex en le chargeant de veiller sur les miens. Je monte dans ma voiture et, sur un dernier signe, je prends la route. Je serai ce soir à Paris. Nous allons répéter pendant quelques jours avec le groupe sur les nouvelles chansons, puis en fin de semaine, nous débuterons par quelques dates en Europe puis une tournée en France.

Je longe les quais de Saône pour récupérer l'autoroute A6. Je ne peux m'empêcher de tourner la tête vers le vieux Lyon, quartier de prédilection de Léopoldine.

C'était devenu un rituel pendant des semaines. Tous les soirs et tous les matins, je traversais la presqu'île pour descendre de ma colline de la Croix-Rousse et gravir la colline de Fourvière pour passer chez elle. Léopoldine. Léopoldine qui me manque au-delà de l'inimaginable. Léopoldine ma muse. Léopoldine…

Jusqu'à ce que sa voisine me croise plusieurs fois. Elle a eu pitié de moi et m'a avoué que Léo avait déménagé. Elle ne savait pas pour combien de temps elle avait prévu de partir. Mais, ce jour, j'ai su que je l'avais perdue pour toujours.

Je pensais savoir ce qu'était le manque. Ma famille m'a manqué lorsque je suis parti assez jeune de chez moi pour tenter ma chance à Paris. Puis elle, déjà, quand elle m'a planté après une nuit torride. Mais rien ne m'avait préparé à ce que j'ai vécu ces derniers mois. Un vide abyssal. Une douleur constante dans le cœur. Un goût à rien ou plutôt un dégoût de tout.

Au départ de Léopoldine, le ciel est devenu moins bleu, la lumière du matin qu'elle aime tant est devenue moins brillante, la chaleur moins douce. Plus rien n'avait de saveur.

Mais cela a nourri ma créativité. Une fois ma décision prise, grâce au coup de pouce de mes potes lorsqu'ils m'ont kidnappé, je me suis mis à écrire et à composer. J'ai bouclé plusieurs maquettes dans mon coin en six semaines. Je ne faisais plus que ça. J'avais une routine bien huilée. J'allais à BioMag le matin pour transmettre les rênes de la boîte à mon frère puis l'après-midi, et souvent une partie de la nuit, je créais.

Lorsque j'ai été satisfait du rendu, j'ai envoyé les fichiers à Julien sans commenter. Juste un e-mail avec un lien de téléchargement. Je ne leur avais pas dit que je pensais revenir car, en six ans, il y a plein de choses qui peuvent se passer. Et si je ne savais plus ? Et si je ne pouvais plus ?

Alors, par loyauté pour le groupe et pour notre amitié, je ne leur ai pas vendu du rêve. Si je revenais, je voulais leur offrir quelque chose de concret.

Julien m'a appelé cette nuit-là. Il était trois heures du matin.

– Putain, gros ! Je crois que tu viens de nous faire tes meilleures compos !

– Tu aimes ? lui ai-je demandé, un peu indécis.

– Si j'aime ? Mais tu es malade ! C'est une tuerie. Toutes tes chansons ! Elles percutent. Les harmonies restent en tête. Les textes sont puissants. Merci de nous offrir ça !

– Je suis content que ça te plaise. Et si je te proposais de venir les chanter ?

Un silence a suivi mon annonce. Je ne savais pas comment interpréter la réaction de mon pote. Et si je m'étais complètement planté ? Il a repris la parole après ce qui m'a paru une éternité. Il a tenté de me cacher son émotion mais le tremblement dans sa voix l'a trahi.

– Est-ce que ça signifie que tu reviens ?

– Oui. Dans quelques mois, je pourrai revenir à plein temps.

– Je te rappelle.

Julien a raccroché. Il a tenu parole et m'a recontacté le lendemain, en présence de tout le groupe. Il pensait avoir rêvé et a voulu que je confirme de nouveau mon retour.

À partir de ce moment, nous avons travaillé à distance. Ils ont amélioré l'orchestration de base en ajoutant les parties de leur instrument. Un soutien de la basse. Des riffs de guitare. Du gros son avec la batterie. Plusieurs arrangements ont été réalisés. Nous nous sommes alors réunis pour les essayer en live.

En quelques semaines, nous avons enregistré notre album, contre toute attente. Un album fort qui contient des ballades douces et nostalgiques avec des musiques pop rock plus agressives.

La maison de disques qui s'intéressait déjà au groupe avant mon retour nous a signés avec empressement lorsque nous lui avons fait entendre la maquette. Elle était emballée et a lancé la machine médiatique. Nous ne comprenons absolument pas ce qui nous arrive. Du jour au lendemain, on nous entend à la radio. Les sites de téléchargement ont eu des records de vente à la sortie du single, « Disparue ».

Après « Reviens-moi », notre premier succès, il semblait normal de faire la suite. Cette chanson a été ma thérapie, enfin, mon mea-culpa. Je reviens sur mon histoire avec Léopoldine et parle de mes erreurs, de mes non-dits, de ma colère.

J'arrive en début de soirée comme prévu. Je vais dormir chez Julien et Margot en attendant notre départ. On avisera ensuite, après la tournée. Je ne fais plus de prévisions. La vie est courte et tout peut changer. Si on m'avait dit, il y a huit mois, que je reprendrais la route avec mon groupe, j'aurais bien ri. Et pourtant…

– Tu as fait bonne route, Anto ? Ça fait du bien de te revoir ! m'accueille Margot.

– Carrément ! J'ai l'impression de rêver, renchérit Julien.

– On s'était dit « à la vie, à la mort », j'ai juste fait une pause de six ans !

Je voyage léger. Un petit sac contenant le nécessaire en fringues, mon chargeur de téléphone, un carnet où je peux noter des idées, ma guitare… Et c'est tout ! Pour le reste, la tournée, les concerts, la maison de disques a tout prévu. Nous allons recevoir une dotation de vêtements pour soigner notre image et tenir notre rôle.

– On s'est dit que tu voudrais rester tranquille ce soir. Mais demain, on commence le marathon. On a rendez-vous avec des journalistes radio à onze heures. On déjeune ensuite avec nos agents. À quatorze heures, on rentre en studio pour répéter avec une équipe de presse berlinoise qui souhaite faire une double page dans le prochain magazine pour promouvoir notre concert.

– Putain ! On ne rigole plus !

– Et ce n'est pas tout. Après-demain, on recommence sauf qu'on se consacre à répéter, toujours en présence des Allemands. On a bossé à distance la plupart du temps. Maintenant que tu es là, il est important qu'on se cale. Il faut qu'on travaille les placements, les enchaînements… Enfin, faut qu'on prépare la tournée.

Je regarde Margot avec étonnement. Julien capte également mon amusement.

– Ma chérie s'est un peu autoproclamée notre porte-parole, manager, coordonnateur… Depuis qu'on a des agents, elle nous mène à la baguette. C'est un enfer, se marre Julien.

– Je vois ça !

– Eh ! c'est pas vrai ! peste-t-elle. C'est juste que vous êtes complètement immatures et que si on veut être pris au sérieux, il faut qu'on fasse voir qu'on est des bosseurs et pas des dilettantes.

– Je plaisante, ma puce. On sait tous à quel point tu te défonces pour le groupe. Et on t'en est tous reconnaissants.

– Ça me va à moi aussi. Merci Margot.

Nous buvons quelques bières mais la fatigue et l'excitation ont raison de moi.

***

Le lendemain, le marathon annoncé par Margot débute. Nous allons dans un bar sélect de la capitale où un salon privé a été réservé. Nos agents, Emma et Charles, sont là pour veiller à ce que tout se déroule pour le mieux. Je suis plus que surpris quand un service d'ordre nous cueille à la sortie du taxi pour nous isoler d'une horde de fans qui scandent notre nom. Chaque musicien y passe.

Je leur fais un signe de la main avec un sourire et entre dans le café avec Julien et Margot.

– C'est hallucinant ! Par qui ont-ils été avertis ? demandé-je à Emma.

– Personne ! Merci les réseaux sociaux, me répond-elle. Quelqu'un a certainement reconnu Greg, qui est arrivé en premier. Damien a suivi. La personne poste une photo sur Instagram ou Snapchat et c'est parti. En quelques minutes, ils sont plusieurs centaines. Il va falloir t'y habituer.

– Je ne sais pas… C'est vertigineux.

– C'est sûr que ça a pas mal changé par rapport à vos débuts. Mais maintenant vous êtes connus. On a une cellule d'accompagnement pour aider à gérer la célébrité. Chacun d'entre vous peut être accompagné s'il le souhaite. Tu me dis si jamais cela te tente.

Emma est une jeune femme très séduisante. Pas autant que celle qui me manque, mais quand même. Assez longiligne, elle a des cheveux en pétard et un look impeccable. Malgré mon mètre quatre-vingt-quinze, elle m'arrive à l'épaule. Elle doit avoir deux ou trois ans de plus que moi mais affiche des rides assez marquées. Probablement dues à des abus en tout genre dans un milieu chronophage.

– Elle te kiffe ! Fais gaffe à toi, c'est pas une bonne idée de se taper son agent, me dit doucement Margot en venant me chercher.

– N'importe quoi ! Elle est gentille, c'est tout.

De toute façon, c'est peine perdue. Je ne veux plus être proche d'aucune femme. Je ne pense encore qu'à Léopoldine et ne peux envisager de toucher intimement un autre corps que le sien.

– Ouais, gentille et intéressée.

Je ris de sa repartie et nous rejoignons les autres membres de DMG.

Plusieurs journalistes sont rassemblés dans la pièce. Plutôt que de faire une conférence de presse formelle, la maison de disques a préféré organiser une sorte d'apéritif où les discussions vont se faire à bâtons rompus.

Un mec d'une bonne cinquantaine d'années se présente à moi comme le correspondant d'une radio allemande. Il m'interroge sur mon retour et me confie avoir suivi de loin mon histoire. Je suis touché lorsqu'il m'avoue qu'il respecte la décision que j'ai prise il y a six ans pour reprendre BioMag. Il ajoute être heureux de mon retour. Il me considère comme l'âme du groupe, chose que je réfute mais il n'en démord pas. Ça me flatte, même si je suis conscient de ce que je dois aux autres membres du groupe, qui n'ont rien lâché pendant six ans.

Nous occupons le déjeuner à parler marketing, *goodies* et logistique de la tournée. Mais j'attends l'après-midi avec impatience car tout ce que je veux, c'est faire de la musique.

Nous entrons en studio vers quatorze heures trente. Les journalistes allemands sont déjà là. Ils ont disposé leur matériel.

– Salut, nous accueillent-ils. Le but de cette journée est de vous observer, simplement. Nous organiserons peut-être une photo posée du groupe mais ce qu'aiment nos lecteurs, ce sont les clichés spontanés, ceux où ils peuvent vous voir travailler. Ils se sentent alors un peu comme des potes qui assisteraient à votre quotidien.

Nous acceptons leur présence et les deux jours suivants se passent plutôt bien. Ils sont tellement sympas qu'on leur demande même leur avis sur la place de chaque musicien sur les chansons. Qui mieux qu'eux qui connaissent leurs lecteurs et donc notre public peut nous aiguiller ?

Les jours se suivent et nous nous arrachons afin d'être prêts pour notre premier concert.

C'est bientôt le grand jour. Nous arrivons la veille afin de faire les balances et prendre possession des lieux. Ce n'est pas encore la scène mythique Waldbühne près du stade olympique mais la salle qui nous accueille me semble gigantesque.

– Tu es sûr qu'on va remplir cet endroit ? demandé-je à Julien, encore halluciné par la démesure de notre succès.

– Les billets ont tous été vendus en quelques heures.

– Putain, Ju, tu te rends compte, nous avons réussi !

– Ce qui me rend encore plus heureux, Anto, c'est que tout ça se concrétise alors que tu es revenu. Ça a du sens car c'est grâce à toi que nous avons nos plus beaux morceaux.

Nous nous regardons, émus, alors que les autres membres du groupe nous rejoignent.

– Bon, vous avez terminé la séquence émotion ? demande Grégory, toujours à faire le con.

La veille du concert est calme. Chacun supporte la pression comme il le peut. Margot et Julien se prennent la tête toute la soirée tellement ils sont stressés. Ils décident de rejoindre leur chambre assez tôt. Ils ne s'attardent pas sur nos sous-entendus de réconciliation sur l'oreiller.

Damien s'isole également pour discuter avec Liz, qui est extrêmement fatiguée en ce moment. Elle est à quelques semaines du terme et les dates de la tournée ne pouvaient pas tomber plus mal. Pourtant, elle accepte que Damien vive son rêve. Le bassiste d'un autre groupe viendra le remplacer quand le bébé arrivera. Mais pour l'instant, il est avec nous.

Grégory veut m'entraîner en boîte pour profiter des nuits berlinoises mais je refuse. J'ai bien l'intention de ne pas rater mon retour. Il ne faudrait pas que ma voix soit défoncée demain par manque de sommeil ou que je ne sois pas au meilleur de ma forme.

– Anto ! La meilleure façon de faire tomber le stress une veille de concert, c'est de tirer un bon coup. Crois-moi, c'est imparable !

Qu'est-ce qu'ils ont tous avec ça ? Cela ne fait que six mois ! Comment puis-je oublier la femme de ma vie en six mois ?

Pourrai-je même un jour tourner la page ?

Je décline son offre et me retrouve seul quand il part à la découverte des nuits allemandes. J'envoie un texto à ma mère avant d'aller me coucher.

Ce n'est que le soir, quand je me retrouve seul, que je pense à *elle*, encore et toujours.

***

C'est le grand jour.

Un chauffeur passe nous prendre dans un van aménagé. Nous avons encore trois heures avant le début du concert. Alors que nous sommes presque arrivés, je demande au chauffeur de passer devant l'entrée. Il ne pose pas de question et m'obéit.

– Qu'est-ce que tu veux voir ? demande Margot.

– Eux, fais-je en lui montrant la foule qui attend l'ouverture des portes. C'est l'adrénaline. L'anticipation.

Nous restons silencieux à observer notre public.

Puis c'est depuis les coulisses que je regarde la masse humaine qui s'agglutine dans la fosse. Les gradins se noircissent également. Plus que quelques minutes et ce sera à nous. Nous n'avons jamais eu à faire une prestation d'une telle ampleur.

C'est vertigineux. C'est exaltant. C'est flippant.

L'heure du concert arrive.

Nous avons décidé que Grégory entrerait en premier, qu'il commencerait à donner du rythme. Puis que Margot et Julien le rejoindraient pour faire des chœurs et jouer de la guitare. Enfin, Damien entrerait au son de la basse. Pour plus de poids, le clip que nous avons tourné serait diffusé sur un écran géant. J'entonnerais le couplet depuis les coulisses.

Une clameur d'hystérie s'élève de la fosse. Les gens hurlent mon nom. C'est moi qu'ils appellent. Je suis enfin chez moi. J'entre enfin sur scène, en courant. Avec un immense sourire, je hurle :

– Bonsoir Berlin !

Je reprends le single de notre album. « Disparue ». Au refrain, le public chante avec moi. Je retiens de justesse des larmes d'émotion. Un rockeur, ça ne pleure pas !

Nous enchaînons les titres. La complicité du groupe transpire dans notre jeu. Nous sommes une bande de potes qui sont payés pour faire ce qu'ils aiment. Nous sommes exactement là où nous devons être. Au deuxième rappel, les organisateurs nous conduisent dans les loges. Un véritable cordon de sécurité nous entoure.

D'ici une heure, nous sommes contraints, par le contrat, de rencontrer des influenceurs autour d'un cocktail ainsi qu'une vingtaine de personnes qui ont gagné une place VIP lors d'un concours sur les ondes de notre partenaire. J'aurais vraiment préféré que nous puissions fêter ce succès juste entre nous. Mais ce n'est que partie remise.

Alors que j'attends à l'entrée du couloir qui mène à ma loge, j'entends mon prénom. Cela fait plusieurs fois qu'on me hèle, mais cette fois-ci l'intonation me fait réagir. Je me retourne vers la voix qui m'interpelle. C'est Margot.

– Anto ! me redit-elle, un peu comme une supplique.

C'est là que je la vois.

À côté de Margot.

Léopoldine.

30

Léopoldine

Cela fait six mois que je parcours la vieille Europe. Après mon malaise en Italie, je me suis reposée jusqu'à ce que le premier trimestre de ma grossesse soit révolu. Héloïse est restée quelques jours avec moi, mais elle a dû rentrer à Lyon. Je suis descendue un peu plus au sud puis en Croatie.

J'ai ensuite rejoint l'Autriche où j'ai pu visiter des trésors architecturaux. Je n'avais jamais eu l'occasion de flâner au bord du Danube, d'apprécier les monuments gothiques qui côtoient des projets avant-gardistes.

Je passe ensuite en Allemagne, où j'apprécie la région de la Forêt-Noire. J'hésite sur la conduite à tenir car ma grossesse avance et il est de plus en plus difficile pour moi de me déplacer. Je profite de moins en moins car je fatigue de plus en plus. Mais je n'ai pas envie de rentrer. Je ne suis pas prête.

Ne connaissant pas Berlin, je décide de faire un dernier bout de chemin. Je rallie la ville en quelques jours. Je repartirai en train quand j'aurai terminé de découvrir cette ville chargée d'histoire. Je visite la porte de Brandebourg. Je me balade dans Friedrichshain, le quartier branché de Berlin-Est. Je suis les vestiges du mur, tombé deux ans avant ma naissance. Je m'arrête à Checkpoint Charlie, imaginant la vie dévastée des protagonistes de l'époque.

Malgré tout l'intérêt que je porte à cette ville, j'éprouve à ce moment le besoin de rentrer. Je téléphone à Héloïse pour m'assurer qu'elle pourra bien venir me chercher.

– Allô, Léo ? Comment vas-tu, ma fleur ?

– Salut Héloïse. Je ne vais pas te mentir mais je me sens lourde, ris-je. Je rentre à la maison ! On pourra se voir ?

– Bien sûr ! J'ai trop hâte. Tu arrives à quelle heure ?

– Je ne sais pas. Je voulais connaître la faisabilité du truc avant d'aller prendre un billet. Je te tiendrai au courant.

Je ferme la petite chambre de l'auberge de jeunesse que j'avais louée et remets les clés au concierge. Je suis déçue lorsque je vois que le seul train direct est à vingt heures. Encore cinq heures à attendre ! Je prends mon mal en patience et fais les boutiques de la galerie commerçante du lieu. Je craque devant des petits bodys où est écrit « I Love Berlin ». Ce sont les premiers achats pour le bébé. Dès mon retour à Lyon, il faudra que je mette les bouchées doubles. Je vais devoir me trouver une sage-femme en urgence. Même si je me suis fait régulièrement suivre dans les pays que j'ai traversés, j'ai besoin d'être rassurée.

Héloïse a été inquiète très souvent mais je me suis sentie en forme. J'ai été prudente et puis je visitais des pays occidentaux où j'ai pu trouver tous les soins nécessaires. Les centres de soins que j'ai fréquentés ces derniers mois n'étaient pas comme les dispensaires des ONG aux confins d'Amérique du Sud ou encore en Inde.

L'énorme avantage de mon état est que j'ai pu me reposer sentimentalement. Ce qui est paradoxal puisque les hormones me rendent plus sensible. Mais aucun spécimen masculin n'est venu me tourner autour. Je n'ai pas eu à repousser les avances de certains… Un bonheur !

Je m'arrête dans une maison de la presse afin de trouver de quoi m'occuper durant l'attente et le voyage. Je regarde les livres mais cela me demandera trop d'attention, chose que je n'ai pas en ce moment. Mon regard est attiré par un magazine sur lequel je vois le visage tant de fois rêvé, tant de fois dessiné, car je n'ai bien entendu pas pu arrêter mon habitude.

Il est souriant, parmi les autres membres du groupe. Cela ressemble à une photo volée. Ils semblent être en studio. Je ne comprends pas. Je me rue sur le périodique, oubliant toutes les autres revues. Une fois passée en caisse, je me précipite dans le bar d'à côté. Je suis à peine polie lorsque je commande un thé vert au serveur tant j'ai hâte de lire le reportage.

Je parcours les lignes et apprends que le groupe d'Antoine entame une tournée européenne. La journaliste relate leur début, il y a plus de dix ans, puis la parenthèse du chanteur et auteur du groupe. Je retrouve notre histoire entre les lignes. Celle qui nous a déchirés. Elle sous-entend une obligation familiale sans rentrer dans les détails, ce que je trouve élégant.

Une question attire mon attention.

« Emma : Anto, vous venez d'écrire et de composer un album fort, véritable ode à une quête amoureuse mais où le single parle d'un amour perdu, d'une séparation. Est-ce du vécu ? Peut-on dire à nos lecteurs que c'est l'album de la maturité ?
Anto : La maturité ? Je ne sais pas car je doute que nous soyons un jour complètement matures. (Ndlr : les autres membres du groupe éclatent de rire.) Mais il est vrai qu'une expérience douloureuse récente a remis les choses en perspective. J'ai eu envie de mettre des mots et de la musique sur cette histoire pour exprimer ce que je n'ai pas su dire à l'époque. Et qui sait, peut-être que la

personne en question entendra mon appel.
Emma : Vous allez décevoir des milliers de jeunes femmes. Vous en êtes conscient ?
Anto : Le groupe compte encore un célibataire qui ne demande que ça ! »

Je termine la totalité de l'interview où Antoine parle plus spécifiquement de la tournée. J'apprends que le groupe joue le soir même à Berlin.

J'ouvre mon appli de téléchargement légal et trouve le titre « Disparue ». Je mets mes écouteurs pour découvrir les mots d'Antoine. Les mots qu'il a posés sur notre histoire. Les mots qu'il aurait aimé me dire.

Dès la première phrase, mes yeux s'emplissent de larmes. J'entends sa voix chaude. Son ton rauque. Je retrouve le musicien de la place du Trocadéro en plus mature. Une inflexion plus profonde. Des frissons me parcourent. C'est dingue l'effet que sa voix me fait.

Je me pensais guérie mais il a suffi de quelques mots pour me rendre compte qu'il n'en est rien. Je fais des milliers de kilomètres pour l'oublier et le jour où je décide de rentrer, je me retrouve à écouter sa voix, dans la même ville que lui. Le destin semble encore vouloir nous réunir.

Concentrée sur son timbre, je remets la chanson pour écouter les paroles. Il hurle son erreur. Il dit toutes les choses que j'aurais voulu qu'il me dise. Il chante ses regrets. Il crie sa douleur lorsque j'ai disparu. Il confie à son public sa résignation de la perte, de l'amour évanoui, du futur impossible.

– Vous allez bien, madame ?

Je regarde le serveur, hébétée. Je ne me suis pas rendu compte que je pleure à chaudes larmes depuis plusieurs minutes. Je secoue la tête pour le rassurer. C'est à ce moment que ma fille ou mon fils me donne un coup de pied.

Symbole ? Revendication ?

Je percute qu'il ne m'a jamais oubliée. Il n'a pas tourné la page. Il ne m'a pas rayée de sa vie comme il l'avait promis. Il a souffert et peut-être souffre-t-il encore.

Je caresse mon ventre. Je n'ai pas le droit de faire ce que je fais. C'est un signe du destin. Je veux y croire. Je n'ai pas le droit de cacher à Antoine qu'il va être papa. S'il ne veut plus de moi, je comprendrai, mais ce petit bébé ne peut pas grandir sans avoir à ses côtés un homme qui écrit des choses si poignantes.

Je hèle un taxi. Le concert débute dans deux heures. C'est jouable.

Arrivée devant la salle du concert, je suis surprise de voir autant de monde. J'ai vécu ailleurs pendant tellement de mois que je n'étais pas au courant du succès que le groupe connaissait. Je ne savais pas qu'Antoine avait rejoint le groupe. Mais alors, qui gère BioMag désormais ?

Je ne devrais pas m'en inquiéter, pourtant je m'interroge. Je pense à Nathalie que je n'ai jamais recontactée. Trop de souvenirs.

Je n'ai rien anticipé mais heureusement, comme à la plupart des concerts, il y a des gens qui vendent leur place car ils ont un empêchement de dernière minute ou bien ils ont simplement spéculé. Je paie la place trois fois son prix mais cela m'importe peu. Je suis tellement proche d'Antoine que maintenant je mettrais n'importe quoi sur la table pour le voir. Le sentir. Le toucher.

Je ne sais pas comment il va réagir. Si je me fie à ses mots, il sera heureux, mais ce ne sont que des mots qui ne remplaceront peut-être pas ceux qui ont été prononcés et qui me hantent encore. Et puis maintenant, il y a un troisième être entre nous. S'il n'en voulait pas ? Seulement, je vois l'alignement des planètes d'aujourd'hui comme un signe du destin et je m'en voudrai toute ma vie si je ne tente rien.

Le service d'ordre, face à mon état, me fait entrer par une porte latérale pour éviter la foule et le risque de me faire bousculer.

– Nous allons vous placer, madame. Nous reviendrons vous chercher à la fin du concert. Vous les connaissez depuis longtemps ? me demande l'agent de sécurité.

Il mesure au moins deux mètres et est impressionnant avec sa peau foncée et ses yeux verts. Pourtant, il a le regard doux lorsqu'il le pose sur mon ventre. Cela a du bon d'être enceinte.

– Depuis leurs débuts, lui réponds-je.

Je crois que ce serait prématuré si je lui disais que le chanteur est le père de mon bébé. Il me prendrait certainement pour une groupie qui fait une fixation sur son idole. Je ris toute seule à cette pensée. L'ascenseur émotionnel de ces dernières heures m'a éreintée.

– Ils sont bons ! Je les ai entendus aux balances cet après-midi, ça envoie du lourd. Je vous souhaite une bonne soirée, madame.

Le concert débute devant une foule hystérique. Je mesure le chemin parcouru par Antoine. Je suis assaillie par les doutes car ai-je le droit de débouler dans sa vie alors qu'il touche son rêve du doigt ? Mais j'ai tellement de choses à savoir, à lui dire !

Mon cerveau disjoncte. Mes incertitudes s'envolent dès que j'entends sa voix. Je le cherche du regard mais je ne le vois pas. Je comprends alors qu'il est encore en coulisses. Comme des milliers de jeunes femmes ce soir, je trépigne d'impatience.

J'essaie de me focaliser sur les autres membres du groupe que je connais aussi. Margot et Julien s'amusent ensemble et leur complicité est magnifique. Damien est concentré sur sa basse. Grégory joue avec le public. Il joue de son charme et ça fonctionne.

Puis *il* est là !

– Bonsoir, Berlin !

J'admire Antoine dans son élément. Il est transformé. Ses cheveux sont un peu plus longs mais c'est beaucoup plus que ça. Il rayonne. Je retrouve le jeune homme plein de rêves, ceux qu'il est en train de concrétiser. Il n'a plus la gravité qui l'assaillait quand il était P.-D.G. de BioMag. Il a retrouvé son étincelle.

Antoine et ses amis enchaînent les chansons en une alternance étudiée de musiques douces et de sons entraînants. Je dois reconnaître qu'ils sont effectivement bons ! Il y a une telle cohésion, une telle entente dans le groupe que cela se projette dans leur musique.

L'énergie est à son comble. Antoine fait le show, accompagné par les membres du groupe. C'est magique. Je ne vois pas le temps passer. Au deuxième rappel, le public comprend qu'ils ne reviendront pas. C'est à ce moment-là que l'agent de sécurité revient me chercher. Au lieu de me faire traverser la foule qui se dirige vers la sortie, il m'entraîne vers les coulisses. Mon cœur bat la chamade.

Je n'ai rien prévu. Je n'ai rien anticipé. Je pensais bêtement attendre dehors, espérant un miracle. Un groupe de fans attend d'apercevoir leurs idoles. Ils hurlent et scandent leur nom.

– Monsieur, est-ce que je peux… demandé-je sans finir

ma phrase mais en désignant les fans amassés.

– Je suis désolé mais je ne vais pas pouvoir vous autoriser à approcher. Dans votre état, ce n'est pas raisonnable.

– S'il vous plaît, je dois les voir ! C'est important ! Il y va de ma vie.

Il me regarde, soudain suspicieux. Merde, il me prend pour une folle. Je me caresse machinalement le ventre, ce qui le rend encore plus furieux.

– Putain, mais c'est pas vrai ! Je suis sûr que vous n'êtes même pas enceinte !

Hein ? Mais qu'est-ce qu'il raconte ?

– Ah, les fans, on se demande jusqu'où vous êtes prêts à aller pour vous faire remarquer. C'est pas possible. Je me suis fait avoir comme un bleu…

Il me prend le bras et me tire assez fortement.

– Eh ! vous me faites mal ! Faites attention !

– Oui, c'est ça ! Et moi, je suis George Clooney ! Vous avez cru quoi ? Que j'allais vous faire entrer dans les loges pour que vous puissiez harceler les artistes ? Allez, je vous reconduis dehors et ne faites pas le cirque sinon, je vous emmène au poste de police.

– Mais, ce n'est pas ça ! Croyez-moi ! Je connais le groupe personnellement ! Je dois voir Antoine, le chanteur… hurlé-je.

– Ah oui, alors pourquoi n'êtes-vous pas avec eux si vous les connaissez si bien ?

– C'est compliqué…

– Moi, je crois au contraire que c'est très simple. Vous êtes…

Il n'a pas le temps de finir sa phrase que j'aperçois le groupe qui traverse derrière une barrière de gardes du corps. Seule Margot est un peu isolée. Consultant son téléphone, elle n'a pas suivi le groupe à la même allure. C'est ma chance. Peut-être la seule que j'aurai.

– Margot !

Elle lève les yeux vers moi et les écarquille quand elle me reconnaît. Son expression est impayable et me ferait presque rire si tout cela n'était pas aussi tragique.

– Lâchez-la ! assène-t-elle à mon bourreau une fois arrivée à notre hauteur.

– Mais, mademoiselle, cette dame…

– … est une amie ! le coupe-t-elle.

Il me lâche instantanément et s'excuse. Margot ne m'adresse pas la parole. Si elle m'a sauvée des griffes de l'agent de sécurité, je comprends, au regard qu'elle me lance, que ce n'est pas pour me faire plaisir. Son regard sur mon ventre me dit que nous allons devoir parler toutes les deux. Elle me fait contourner la horde de fans et m'entraîne vers l'entrée des coulisses.

Nous nous comprenons comme seules deux femmes peuvent se comprendre. J'accepte son défi. Je suis prête.

– ANTO ! hurle-t-elle.

Je ne respire plus. Va-t-il l'entendre au milieu de tous ces appels ? Va-t-il réagir ? Je reprends espoir quand il fait une pause. Il s'arrête et se retourne vers son amie. Il lui sourit.

– Anto, le supplie-t-elle.

Je vois le moment où il comprend ce qui se déroule sous ses yeux. Il englobe la scène d'un seul coup d'œil. Nous sommes dans les coulisses. Le groupe est là. Les techniciens s'affairent. Les gardes du corps veillent.

Mais il n'y a plus que nous deux.

Je respire lorsqu'il fait le premier pas. Son expression est dure mais il ne fuit pas.

31

Antoine

On se croirait dans une comédie sentimentale où les héros se retrouvent. Tout s'arrête autour de nous. Tout disparaît. Je ne vois plus qu'elle. Elle et son ventre proéminent.

J'espère qu'elle est là pour moi. J'ai peur qu'elle soit là pour me dire qu'elle a refait sa vie et que tout est fini.

Je fais signe à la sécurité et, sans un mot, nous partons tous en direction des loges. Devant la porte de notre espace, Julien me prend par l'épaule.

– Prends ton temps, mec. On chope juste nos fringues et on va aller se changer. Vous avez manifestement plein de choses à vous dire.

Je hoche la tête, incapable de parler. Nous entrons tous en silence dans la pièce. Mes potes prennent leurs affaires et me tapent dans le dos en signe de soutien. Ils sortent un à un en silence, en jetant un coup d'œil à Léopoldine qui conserve la tête baissée. Margot est la dernière à sortir. Elle me prend dans ses bras et me murmure :

– Déconne pas, Anto. N'oublie pas que tu t'en es voulu

de ne pas l'avoir écoutée. Donne-lui une chance.

Nous nous retrouvons tous les deux. Silencieux. Gênés. Mais pleins d'espoir et d'angoisse. Beaucoup de choses ont été dites. Du temps est passé mais la douleur est toujours présente, l'attraction irrésistible. Je crois que je la trouve encore plus belle à présent. Ses joues sont plus remplies. Ses seins plus généreux. Son regard plus tendre.

Je me prends à espérer.

– Qu'est-ce que tu fais là, Léo ?

Elle soupire et je vois toute la détresse du monde traverser ses magnifiques yeux bleus dans lesquels j'ai si souvent voulu me plonger de nouveau.

– Je ne sais pas. Il a fallu que je te voie. Un peu comme une évidence. J'étais à l'aéroport, sur le point de rentrer à Lyon, quand je suis tombée sur un article de presse. J'ai appris plein de choses dont je ne soupçonnais pas l'existence. Il a fallu que je vienne. Mais… Enfin, si tu ne veux pas me voir, je peux comprendre.

– Si je ne veux pas te voir ! Tu te fous de moi ? Une fois le choc passé, je t'ai cherchée partout. J'ai parcouru Lyon de long en large. Tu t'es totalement volatilisée. Tu ne t'es absolument pas battue pour nous. Tu as fui.

– D'accord, on se la joue ainsi ? On va s'engueuler, après avoir souffert chacun de notre côté, et se jeter des horreurs au visage ?

Je me tais, conscient de sa tristesse. Elle a raison. Cela ne sert à rien. Je fais taire ma frustration.

– Tu as raison, désolé. Pourquoi es-tu là, Léo ?

– Je voulais te parler, voir si tu vas bien.

Elle fait une pause. Pourtant, je ne lui réponds pas car je sens qu'elle n'a pas terminé.

– J'ai écouté les paroles de ton single. Je n'étais pas au courant de tout ça. De tout ce que tu as ressenti.

Comment aurait-elle pu ? Elle n'était plus là ! Mais je ne dis rien. Elle continue.

– Je ne voulais rien te dire, précise-t-elle en se touchant le ventre. Mais… Enfin, je ne pouvais pas lui faire ça. Je ne pouvais pas *te* faire ça. Alors me voici, avec lui.

Je ne sais pas quoi faire de cette information. Je ne lui ferai pas l'affront de lui demander si c'est bien mon enfant qu'elle porte car, malgré son mensonge, Léopoldine est quelqu'un de droit. Je me rends compte que je lui fais confiance. Si elle est là, c'est aussi parce que je vais être papa. Je ne sais pas comment réagir. Je respire profondément. J'essaie d'écouter mon corps, mon cœur.

Elle ne bouge pas, pétrifiée au milieu de la loge. Elle m'avoue sans un mot que je suis le seul décisionnaire de ce qui va suivre.

Puis enfin, je m'approche d'elle, saisi d'un sentiment d'urgence. Elle a le souffle court et les yeux brillants. Ses joues sont du joli rosé qui me trouble tant… Son corps réagit à ma présence. C'est exactement à cela que je pense lorsque je la vois, belle à se damner. Je ne peux résister et sans un mot, je me rue sur elle. Je ne peux pas me retenir. L'envie… Non, le besoin d'elle surpasse tout et je prends ses lèvres comme un homme assoiffé.

Elle se raidit tout d'abord, choquée, abasourdie. Puis la passion qui nous unit à jamais reprend ses droits et Léopoldine répond avec la même fougue à mon ardeur.

Sa langue rend caresse pour caresse. Avec entrain. Avec puissance. Puis plus langoureusement, nos bouches entament la danse de la passion. Je savoure son goût de menthe mêlé à sa propre saveur. J'ai la sensation d'avoir enfin retrouvé mon chez-moi, mon port d'attache. Je crois même qu'un gémissement de plaisir s'échappe de mes lèvres, de ma gorge et se mélange à son souffle. Son souffle qui devient, qui est mon souffle de vie. Ma respiration devient la sienne. Nous inspirons à l'unisson, concentrés sur les émotions de l'autre.

Je ne retiens rien et mes mains partent de nouveau à la conquête de son corps parfait. J'aime sa petite taille et le fait qu'elle soit obligée de se hisser vers moi, même si je glousse car la proéminence de son ventre rend les choses plus compliquées.

J'aime cette position car elle est tendue vers moi, comme une offrande. Je la hisse contre mon torse et ses jambes s'enroulent automatiquement autour de ma taille car c'est leur place, simplement. Nos bustes ne s'emboîtent plus aussi parfaitement car un petit être est entre nous. Mais cela n'a aucune importance. J'ai toujours su que nous étions les deux pièces d'un même puzzle. Je suis le yang de son yin. Elle est la lune de ma nuit qui éclaire de nouveau mes ténèbres.

J'avance jusqu'au canapé de la loge. Ses mains tirent mes cheveux pour dégager mon visage. Je me tourne pour m'asseoir en premier. J'ouvre les yeux pour voir ma femme, la mère de mon enfant, me chevaucher.

Elle me sourit, conquérante. Nous n'échangeons pas un mot. Cela est inutile à ce stade. La passion, l'amour, la connivence de nos corps nous suffit.

Elle se penche pour m'embrasser de nouveau, comme si le manque avait été aussi intense pour elle que pour moi. Ses mains glissent sur mon torse. Je la laisse faire. Je veux qu'elle mène la danse pour ne pas faire un impair. Je veux lui être soumis pour qu'elle nous emmène où j'ai besoin qu'elle aille.

Je me redresse juste un peu pour lui permettre d'enlever mon tee-shirt qu'elle jette au bout de la loge. Elle se tortille sur moi, me mettant au supplice. Son petit cul frotte contre mon jean. Je prends ses fesses à pleines mains pour soulager la tension qui s'est logée dans mon sexe. J'ai tellement envie d'elle que je risque d'exploser dans mon froc comme un adolescent en rut. Inconsciente de l'effet qu'elle me fait, elle continue à s'agiter. C'est désormais chaque centimètre de mon corps qui est en feu. Je la repousse un peu, histoire de me soulager. Mes mains capturent ses seins et mes pouces effleurent ses tétons érigés que je vois pointer. Elle se cambre, réceptive comme au premier jour.

J'enlève également son tee-shirt pour mieux atteindre ses seins offerts. Mes lèvres se referment doucement puis mes dents prennent le relais. Je sais qu'elle aime lorsque j'alterne un soupçon de rudesse avec beaucoup de douceur. De petits coups de langue viennent calmer le feu du pincement.

– Fais attention, Anto. Ils sont beaucoup plus sensibles.

Je n'ai pas vu son corps se transformer. Alors je reprends mes caresses, plus doucement. Elle gémit. S'enroule. Tente de s'échapper pour mieux s'offrir.

Sa peau se couvre de chair de poule tandis que ses joues se colorent de désir. Ses yeux brillent de passion et j'aime les larmes qui s'accumulent au bord de ses paupières. Je sais, pour l'avoir tant de fois vécu à ses côtés, que ce n'est que l'eau de sa soif. Soif de vivre. Soif d'amour. Soif de moi.

Nous sommes enfin nus mais je ne veux pas me perdre dans sa contemplation, bien que j'aie envie de me repaître de son corps. J'ai envie de graver chaque instantané dans ma mémoire pour pouvoir me repasser le film de nos ébats. Pourtant, je ne cède pas à la tentation. Trop heureux qu'elle soit là.

Je sens son corps vibrer au tempo du mien, à moins que ce ne soit l'inverse. Sa main vient saisir mon sexe qui se contracte sous l'émotion de ce toucher retrouvé. J'enfouis mon visage dans son cou pour la respirer. Je hoquette de plaisir. Elle s'arrête un instant.

– Non, continue s'il te plaît, chuchoté-je.

Je la sens sourire et elle entreprend une langoureuse caresse. Sa main est ferme mais douce. La sensation est incroyable et il n'y a qu'elle qui soit capable de me donner autant de plaisir.

Je l'arrête, avant qu'elle ne puisse protester. Je veux la prendre maintenant. Elle comprend mon urgence et se soulève pour que mon sexe puisse atteindre son nirvana.

– Préservatif ? me demande-t-elle.

– Je ne pense pas que tu risques grand-chose ! Je suis clean. Je n'ai couché avec personne depuis… toi, lui avoué-je.

Elle marque un temps d'arrêt, manifestement surprise par mon aveu. Ma queue pulse tant elle est dans l'attente. Sur un sourire coquin, et malgré notre envie irrépressible, Léopoldine descend doucement sa main le long de ma verge érigée. Consciente du supplice.

Elle écarte un peu plus les cuisses, comme une évidence.

Je suis le plus heureux des hommes à cet instant car, en

dépit de nos mois de séparation, elle s'offre simplement. Et j'apprécie ce cadeau plus que je ne peux le décrire.

Elle m'accueille avec un soupir d'aise quand mes mouvements lents et profonds, contrôlés, se font plus rapides. Je donne quelques petits coups de bassin pour sentir son intimité sur toute la surface de mon sexe.

Nous n'avons toujours pas échangé plus de quelques mots, concentrés sur nos corps, nos cœurs et nos sensations. Nos respirations se confondent. Nos halètements se mêlent. De plus en plus vite, de plus en plus fort, jusqu'à ce que nos souffles se bloquent pour laisser la place à une pure libération. Une vibration intense de plaisir nous unit, comme jamais, comme toujours, comme à chaque fois.

Haletants et visiblement décontenancés par ce qui nous est arrivé, éblouis par notre communion mais gênés par notre pulsion, nous restons un moment silencieux, dans les bras l'un de l'autre. Je m'oxygène à son odeur, mélange subtil de fragrances florales et sucrées, quoiqu'un peu différente désormais.

C'est elle, toujours courageuse, qui rompt le silence.

– Tu crois que c'est normal ce truc entre nous ?

– Normal, je ne sais pas, mais magique, sans aucun doute.

– Ouais. On peut dire ça ! Pourquoi je ne peux jamais te résister et pourquoi c'est toujours si bon de baiser avec toi ?

Je pourrais éventuellement prendre cela pour un compliment et me gorger de fierté mais la réflexion de Léopoldine n'est pas dénuée d'intérêt d'autant que l'inverse est vrai. Ce n'est pas seulement moi qui suis une bête de sexe ou elle mais c'est bien l'alchimie entre nous deux qui fonctionne encore et encore. Je pense qu'il y a un petit plus – ou un gros plus – entre nous qui fait toute la différence.

– Certainement parce que ce n'est pas seulement de la baise entre nous. Depuis le début, c'est tellement plus, lui réponds-je en lui caressant l'épaule.

Elle hausse les épaules avec un air contrit et se dégage de mes bras. Elle s'assoit à mes côtés.

– Il va falloir qu'on parle, reprend-elle.

– Certainement.

J'apprécie de l'avoir à mes côtés, plus encore que je ne le pensais. Elle a raison, nous devons discuter d'un tas de choses. Nous devons parler de notre passé, de ce qui nous a séparés. Mais surtout, il faut que nous abordions le sujet de notre futur.

À nous trois.

Je la regarde entrer dans la salle de bains de la loge et hésite quelques instants lorsque le bruit de l'eau me parvient. Finalement, pourquoi pas ? Je rejoins Léopoldine dans la douche, où elle m'accueille avec une œillade. Je l'embrasse dans le cou et elle pèse contre moi. Mes mains prennent ses seins opulents en coupe et ses tétons, encore sensibles, répondent de nouveau. Ma main glisse sur son ventre et s'arrête un moment. Un petit coup me surprend.

– C'est quoi ?

– Le bébé se manifeste. Je crois qu'il te dit bonjour et qu'il est content de te rencontrer, enfin, avoue-t-elle en posant sa tête contre mon épaule.

Je la retourne et m'agenouille devant elle.

– Salut toi, dis-je en parlant au ventre tendu de Léopoldine. Moi aussi, je suis très heureux de faire ta connaissance.

Je pose ma joue contre le flanc de Léopoldine. Elle me caresse les cheveux, visiblement émue. Je suis étonné de prendre cette nouvelle aussi facilement. Cet enfant ne me fait pas peur, c'est comme une sorte d'évidence.

Au bout de quelques minutes de félicité, je saisis le gel douche et commence à savonner Léopoldine, prétexte tout à fait licencieux pour la toucher encore. Elle s'abandonne. Nous profitons simplement de ce moment suspendu, de cet intermède loin de nos soucis, car je suis conscient qu'il faudra que nous abordions les sujets qui fâchent un jour ou l'autre. Mais l'autre sera le mieux pour l'instant. Je refuse de gâcher nos retrouvailles.

Après s'être séchés mutuellement, nous partons à la chasse à nos vêtements. Elle retrouve tout plus vite que moi. Je la regarde s'habiller. J'aime la façon dont elle bouge et je pourrais aisément remettre le couvert mais ce ne serait pas raisonnable. Mais bon Dieu qu'elle m'a manqué.

On frappe à la porte tout d'un coup et cela nous ramène au présent.

– Anto ? Tu peux nous rejoindre ? Il va y avoir une émeute si le chanteur ne se montre pas, se marre Julien à travers la porte.

– J'arrive, réponds-je.

J'aimerais pouvoir rester avec Léopoldine. Mais, malgré mes nouvelles responsabilités, je me dois aussi à mon public à cet instant.

– Je suis désolé mais…

– Ne t'inquiète pas. C'est normal. Je peux t'attendre ici ?

J'hésite un instant et je vois Léopoldine se décomposer face à mon silence qu'elle interprète mal.

– Ce n'est pas grave, Anto. Tu m'appelles quand tu veux, je serai à Lyon. Je…

– Non ! Je ne veux pas que tu m'attendes ici. Je veux que tu viennes avec moi.

Elle est surprise de ma proposition, mais le sourire qu'elle me lance vaut toutes les réponses.

32

Léopoldine

Que le retour à la réalité est bizarre ! Dix jours magiques, des montagnes russes émotionnelles mais un atterrissage en douceur et volupté. Je suis heureuse. Entièrement et complètement heureuse.

J'ai prévenu Héloïse du changement de programme. Je ne suis pas rentrée. Elle m'a fait promettre de me ménager mais je n'ai pas pu tenir mon serment pour tout. Antoine a souhaité que je le suive pendant la tournée, au moins les premiers jours, et nous rattrapons notre séparation charnelle. Pour le reste, je suis rassurée car il y a tout un staff au service du groupe et je ne suis jamais seule.

Nous sommes presque arrivés. La tournée doit durer plusieurs mois et la condition sine qua non pour Damien, dont j'ai appris que sa femme attendait aussi un enfant, était de se ménager une dizaine de jours toutes les quatre à six semaines.

Le groupe a donc assuré les concerts en Allemagne et au Luxembourg. Il y a eu une pause de deux semaines et ensuite, le groupe a repris le rythme soutenu de la tournée.

– J'espère que Liz va accoucher pendant que vous êtes là. Je n'imagine même pas qu'elle vive cela toute seule, avoué-je à Antoine.

– Pourtant, c'est ce que tu t'apprêtais à faire.

Je croise le regard intense d'Antoine et rougis. Effectivement, je n'imaginais pas l'importance d'avoir le papa à mes côtés et maintenant qu'il est là, je regrette qu'il n'ait pas assisté aux premiers mois de ma grossesse.

On doit tourner la page. C'est vital mais nous sommes conscients tous les deux que la route sera encore semée d'embûches quelquefois.

Nous avons passé des jours à parler. Je lui ai raconté mon enfance et dans quelles conditions nous nous étions rencontrés la première fois, suite à quels évènements. Il m'a surtout parlé de ce qu'il avait ressenti, comment il avait perçu ma trahison et puis sa réflexion, ses regrets. Sauf qu'il les a tellement bien mis en musique qu'il n'a pas eu besoin de trop m'expliquer.

– Je sais tout ça, j'ai écouté ta chanson. Je crois qu'en fait, je pensais vraiment que tu avais fait une croix sur nous, parce que je n'étais pas assez bien pour toi… chuchoté-je.

– Il va falloir que tu arrêtes avec cette culpabilité, Léo, me dit-il plus doucement. Tu es aussi méritante que n'importe qui, voire beaucoup plus à mes yeux.

Antoine a bien compris que mes doutes, ma réserve viennent de mon enfance. Et je ne l'en aime que davantage.

Notre couple devrait me donner une certaine assurance, une force, mais à cet instant, la seule chose que je ressens est une trouille authentique. Un truc qui prend au ventre. Des sueurs froides. Des points blancs devant les yeux. Je suis à la limite de la crise de panique.

Reprends-toi, merde ! Ce n'est que la mère d'Antoine. Son frère, tu le connais. Et puis elle aussi, tu l'as déjà vue ! En plus, il y aura Héloïse. Donc tout devrait bien se passer.

C'est bien là le problème. Je ne suis sûre de rien.

Pour le moment, nous nous redécouvrons au jour le jour et je dois bien reconnaître que j'adore cette phase de notre relation. C'est bizarre ce sentiment de connaître quelqu'un intimement et dans le même temps de ne rien savoir de lui. J'avais fantasmé sur un mec, un musicien, un amour de jeunesse que j'ai imaginé un jour rock star. Je pense que ce que je vis est encore mieux que tout ce que j'ai pu inventer au cours de ces années, car cela révèle la véritable personnalité d'Anto. Pas celle biaisée du patron d'industrie. La sienne !

Je retrouve l'homme magnifique auquel j'ai rêvé, avec lequel j'ai dormi pendant dix ans. Mais ce n'était qu'une apparence, un songe. Antoine est tellement plus. Il est.

Simplement. C'est un homme qui a le sens du partage, des valeurs humaines indiscutables lorsqu'on gratte le vernis de rudesse dont il s'est enduit. Il est cultivé, curieux, joyeux, taquin, grave, responsable, fantasque. Il est tout cela.

Et plus que tout, il est à moi. Enfin !

Mais, en ce moment, je le déteste. Cela devait arriver mais cela ne change rien. Il veut me présenter à sa mère. Sa mère ! La première femme de sa vie. Celle qui me verra forcément comme une rivale. Je ne doute pas qu'elle soit adorable. Je l'ai d'ailleurs croisée à différentes occasions chez BioMag et elle m'a alors paru comme une mère aimante, présente, gentille. Une vraie maman, quoi ! Mais je n'étais que l'assistante…

Et là j'angoisse car je ne sais pas comment faire. Je n'ai pas les codes sociaux pour cela. Fille unique, j'ai été élevée par des nurses que mes parents remplaçaient régulièrement dès que je m'attachais un peu trop à elles. Ma mère est juste le produit de la vieille noblesse française, celle qui n'a pas voulu évoluer, celle qui a conservé ses titres comme un faire-valoir, celle qui pense que cela devrait suffire et qui prie pour que la royauté soit restaurée.

– Arrête de penser. Cela va bien se passer, me dit Antoine dans la voiture.

– Comment peux-tu le savoir ?

– Parce que je connais ma mère. Parce que je sais qu'elle est tout excitée à l'idée de te recevoir. Elle a hurlé de joie lorsque je lui ai dit que je viendrais accompagné. Parce qu'elle rêve que je lui présente quelqu'un depuis des années.

– Tu n'as jamais amené de fille chez toi ? lui demandé-je, interloquée.

– Non. Je n'en voyais pas l'utilité.

– Peur de l'engagement, monsieur Delbarre ? le taquiné-je.

– Absolument pas. Quand l'engagement est possible, je n'y vois aucun inconvénient. Bien au contraire. Mais figure-toi que mon cœur était déjà pris toutes ces années. Alors je ne voulais surtout pas faire de la peine à ma mère qui allait s'imaginer des choses alors qu'un futur n'aurait été possible avec aucune autre. Cela ne pouvait être que toi.

Antoine me serre la main tendrement en me disant cela. Heureusement qu'il a les yeux rivés sur la route. Il ne voit pas les larmes dans mon regard. C'est la chose la plus gentille, la plus sincère que l'on m'ait jamais dite. Et c'est tellement réciproque !

– Tu es un bon fils, réponds-je en riant afin de ne pas me laisser submerger par l'émotion.

Il ne faudrait pas que j'arrive en pleurs chez ma belle-mère.

Oh, merde ! Ça fait drôle de dire ça !

– Il y a peut-être juste un truc qui risque d'être drôle, reprend-il.

– Quoi ? demandé-je, en alerte.

– Je ne lui ai pas dit pour…

Il montre mon ventre d'un coup de tête. Je deviens blême. Il n'a pas fait ça !

– Tu ne lui as pas dit pour le bébé ? Mais tu es malade ! m'écrié-je.

– T'inquiète pas, rit-il. Elle attend cet instant depuis des années donc elle sera ravie. Mais je ne voulais pas rater sa tête quand je lui dirais.

Nous passons récupérer Héloïse chez elle. J'avais également envie de la voir et nous avons trouvé intéressant de regrouper tout le monde. Quand je sors de la voiture pour l'embrasser, son visage s'illumine.

– Oh, ma fleur ! Que tu es belle ! Et ma petite-nièce ? Comment se porte-t-elle ?

– Ou petit-neveu ! ajoute Antoine.

– Il a trop peur que ce soit une fille. Il ne sait pas comment gérer avec une petite puce qui lui ferait les yeux doux, ris-je.

– Et si elle est aussi mignonne que sa mère l'était, tu as effectivement du souci à te faire, Antoine !

J'éclate de rire devant le regard affolé d'Antoine. Il s'investit carrément dans la grossesse. Il se projette. Il regarde les sites de vente en ligne pour les bébés. Il a déjà commandé une chambre évolutive qui doit être livrée dans la semaine. Il veut participer et a prévu de profiter de ses jours de relâche pour faire la chambre du bébé.

Nous n'avons pas trop envisagé l'avenir, mais il semble évident que j'emménage chez lui. C'est sécurisé et, face à la notoriété grandissante du groupe, ce n'est peut-être pas plus mal.

Quand nous arrivons enfin chez la mère d'Antoine, je respire un grand coup. Antoine sort rapidement de la voiture. Il ouvre la portière à Héloïse et l'aide à sortir de la voiture. Je vois Caroline, la mère d'Anto, sortir sur le perron, tout sourire. Elle vient à notre rencontre. Son fils va l'enlacer quelques instants et revient vers la voiture.

J'attends qu'il m'ouvre la porte. Je sais d'instinct que c'est ce qu'il veut. Il me prend la main, me cachant de la vue de sa mère qui est déjà en pleine conversation avec Héloïse. Caroline est une belle femme d'une cinquantaine d'années. Elle est immense et je sais d'où son fils tire la couleur brun profond de ses cheveux. Ses yeux verts pétillent de malice.

– Maman, je te présente Léopoldine, annonce Antoine de manière solennelle et, je dois dire, un peu théâtrale.

J'entends le rire clair de Caroline qui se transforme

en hoquet de surprise lorsqu'Antoine s'efface pour me dévoiler.

– Mon Dieu !

– Maman, ne m'appelle pas ainsi, tu me gênes, plaisante Antoine.

Mais sa boutade tombe à l'eau tant l'émotion de chacun est intense. Caroline reste paralysée et me fixe. Je n'y vois aucune animosité mais simplement beaucoup de questions. Je sais qu'elles sont légitimes mais cela me fait quand même un peu peur.

Elle semble revenir à la vie et se précipite vers moi. Elle m'enlace et me murmure des mots tendres. J'aime instantanément cette femme. Elle représente… la Mère.

Tout ce que la mienne n'est pas et n'a jamais été.

Le repas se passe étonnamment bien. Alors que j'ai été élevée dans une famille on ne peut plus dysfonctionnelle, j'apprécie les échanges simples, pleins d'amour et d'humour de ce trio. Même Gabin est différent. Il est drôle, gentil et attentionné.

Héloïse est accueillie comme un membre de la famille et je suis agréablement surprise de découvrir qu'Alexandre semble également y être parfaitement intégré.

Nous expliquons en quelques mots nos retrouvailles mais ce clan a tellement souffert qu'il ne s'intéresse pas au passé. Seuls le présent et le futur comptent. Tous savent ce qui est important.

Nous évoquons la tournée du groupe et je peux constater le soutien inconditionnel des siens à Antoine. Je comprends à demi-mot que c'est mon départ qui a fait réaliser à mon rockeur où devaient être ses priorités. Gabin et lui ont l'air d'avoir repris la relation fraternelle qu'ils n'auraient jamais dû perdre. C'est d'ailleurs Gabin qui surprend tout le monde au moment du café. Il est le seul à oser mettre les choses sur la table, sans fard, honnêtement, comme cela doit être fait dans une famille.

– Au fait, Léopoldine, je tenais vraiment, devant mon frère et ma mère, à te présenter mes excuses à propos de ma conduite. C'est moi qui ai dévoilé ton secret à Antoine sans t'en parler avant. J'ai agi de manière impulsive et j'aurais dû voir la forêt derrière l'arbre. Je suis vraiment heureux que vous vous soyez retrouvés. Je me sens moins mal même si je ne sais pas quoi faire pour me faire pardonner.

– Gabin ! gronde Antoine. C'est pas la peine…

– Non, Antoine, il a raison, dis-je. C'est important de se parler franchement. Je t'en ai voulu, Gabin, quand j'ai su que c'était toi le responsable. Vraiment ! Je ne vais pas te le cacher. C'est un fait.

Il baisse la tête, penaud. Il a l'air de réellement regretter. Mais je ne dois pas oublier qu'on fait tous des erreurs. Alors je reprends.

– Mais tout cela est derrière nous et je suis adepte du

« rien n'arrive par hasard ». Et puis je n'aurais jamais dû mentir à Antoine. Il fallait certainement que nous en passions par là pour éprouver notre amour. Alors si tu veux bien avoir une sœur, je suis candidate.

Tout le monde est ému. Je remarque Alexandre qui serre la main de Caroline. Je pense que ses fils s'en sont également rendu compte et qu'ils approuvent. Leur mère a également droit à son bonheur.

– Je réfléchissais, dit Gabin. Quand le bébé sera né, tu pourrais peut-être reprendre ta place chez BioMag. Je ne suis pas mon frère, mais j'ai besoin de quelqu'un de confiance à mes côtés. Ce serait top de travailler en famille !

– Je ne sais pas quoi te dire, Gabin. C'est très généreux de ta part !

Je ne sais pas encore ce que je vais faire alors je me laisse le temps de la réflexion. Ce serait peut-être effectivement une solution à envisager. Ou je suivrai ma rock star. Ou je suivrai ma propre voie. C'est encore trop tôt pour savoir. Même si je me suis promis de me poser professionnellement avant mes 30 ans, pas mal de paramètres sont venus désorganiser la situation.

Gabin se lève et vient me serrer contre lui, en riant franchement lorsque le bébé lui donne un coup de pied quand il s'appuie trop fort sur mon ventre.

– C'est bien ! Mon fils a déjà compris qu'il devait

protéger sa maman, commente Antoine, déclenchant un fou rire général.

C'est le moment que choisit le bébé pour se manifester.

– ARGH !

– Léopoldine ! Qu'est-ce qui se passe ? s'inquiète Antoine.

– J'ai… mal.

J'entends tout le monde qui s'affole.

– Oh, merde ! Gabin, va chercher la voiture. Elle accouche…

– Mais c'est trop tôt, remarque Héloïse.

– Les Delbarre n'en ont toujours fait qu'à leur tête, conclut Caroline.

Antoine me prend dans ses bras. Je sens un liquide chaud qui nous inonde tous les deux mais cela ne l'arrête pas. J'ai à peine le temps de m'accrocher à son cou en soufflant qu'une nouvelle contraction me terrasse.

33

Antoine

C'est le grand jour. Après une semaine d'hôpital, je vais chercher mes femmes pour les ramener chez moi.

Lorsque je frappe à la porte, personne ne me répond. Je regarde autour de moi. Les couloirs sont déserts. J'ai une sourde angoisse. J'ouvre la porte de la chambre et suis instantanément soulagé. Les bagages de Léopoldine et la petite valise jaune de Léa sont sur le lit. Elles m'ont attendu. Je me rends compte que je n'ai pas encore tout à fait digéré toute cette histoire et que je vais certainement devoir prendre sur moi pour faire taire mes peurs. Je me retourne quand j'entends Léopoldine entrer. Elle a notre fille dans les bras, à qui elle parle, et je n'ai jamais vu quelque chose de plus magique.

– Oh, regarde ma puce, ton papa est arrivé. Nous allons rentrer à la maison.

Léopoldine s'approche de moi et nous échangeons un baiser langoureux. J'embrasse ensuite la petite tête de ma fille.

– Salut toi. Vous êtes prêtes ?

Nous sommes tous les deux ravis de rentrer pour tout construire, tout envisager. Même si je dois repartir en tournée, le fait de savoir qu'elles seront chez moi me rassure.

Léa gigote dans les bras de sa mère, ce qui a pour effet de nous faire rire.

– Ça commence, tu es déjà jalouse, dis-je en prenant ma fille contre moi.

J'embrasse son front et hume son parfum de bébé, la plus douce fragrance du monde.

– On y va ? J'ai fait tous les papiers en t'attendant.

– Aurais-tu hâte de rentrer ?

– Honnêtement ? Oui. Ils sont vraiment adorables mais après près de huit jours ici, j'ai vraiment envie de me poser chez nous.

Putain, qu'est-ce que c'est chouette... « Chez nous » !

Après quelques hésitations et frayeurs, je prends enfin la direction de la rue Marietton pour rejoindre au plus vite notre cocon. Nous avons dû batailler pour fixer le lit auto, ce qui a valu un fou rire à Léopoldine qui me voyait angoissé de mal l'avoir attaché au siège arrière. Puis c'est moi qui ai pu m'en donner à cœur joie lorsqu'elle a tenu à passer à l'arrière pour surveiller la petite pour son premier voyage. Bon, je me suis moqué un peu mais au fond, j'étais également rassuré. Je sais que nous n'agirons pas ainsi tout le temps mais les premières fois sont plutôt terrifiantes et le fait que Léa puisse sentir la présence de sa maman dans un nouvel environnement avait quelque chose d'évident.

Je capte le regard bleu intense de Léopoldine dans le rétroviseur. Je suis rassuré, certes, mais cela m'emmerde qu'elle soit derrière. Je ne peux pas la toucher, pas la sentir. Il va vite falloir qu'on se décoince. Heureusement, le trajet est court et nous voici enfin chez nous. Je me doute que ce soir, ou en fin d'après-midi, quelques-uns de nos proches se feront un plaisir de passer nous voir, mais pour le moment, c'est nous trois, seulement nous trois.

Léopoldine s'émerveille devant la décoration de la chambre de notre puce. Nous avons opté pour des tons beiges, jaune pâle, gris clair. Des touches très vives sont dispersées çà et là.

Je m'étais déjà occupé de tout installer mais je suis effaré de la place que prend un bébé. En moins de dix minutes, il y en a partout. Les biberons, le lait et les tétines dans la cuisine. Le lit auto, le cosy et différents vêtements, déjà dans l'entrée et le salon. Les couches et autres produits dans la salle de bains. Je regarde Léopoldine s'affairer et, pour la première fois depuis des années, je me trouve comblé par la vie.

Mon appartement si dépouillé, si classe, est désormais l'annexe d'une nurserie mais cela ne me gêne absolument pas.

Pendant que Léopoldine va se doucher, je m'occupe de ma fille pour la première fois tout seul. J'aborde avec flegme et efficacité ses pleurs stridents face à une faim incontrôlable. Le biberon est vite avalé, le rot fait et Léopoldine n'est pas encore sortie que Léa est déjà prête à se rendormir.

J'entre doucement dans la salle de bains pour lui changer sa couche et la préparer pour la sieste. Léopoldine ne m'a pas entendu entrer et je peux admirer les subtils changements de son corps. Elle n'a pas tout à fait retrouvé sa finesse mais je suis déjà surpris par la tonicité de son ventre qui a juste un petit renflement charmant. Ses seins sont plus gros et plus lourds. Elle a voulu nourrir notre fille. Mais, pour que je puisse participer activement, elle tire son lait en journée, que nous conservons et donnons au biberon.

Le petit couinement de Léa alerte Léopoldine qui me regarde avec tendresse. Une fois ses fesses au sec, ma fille est plus que disposée à s'endormir. Le voyage l'a éreintée.

Pour la première fois, nous couchons notre puce, ensemble, dans sa nouvelle chambre. Puis émerveillés par cette petite chose qui nous fait pleinement confiance et qui se laisse porter, apaisée, nous rejoignons le salon, où, pour la première fois également, nous allons profiter du calme environnant. Pas de visites impromptues. Pas d'infirmière qui vient relever la température de l'une ou de l'autre. Pas de puéricultrices qui visitent les mamans dans les chambres. Nous nous retrouvons dans notre cocon, notre foyer.

– Tu es encore perdu dans tes pensées. Je crois que j'ai ce qu'il te faut pour te ramener à la réalité.

Léopoldine me chevauche et se love dans mes bras. Elle cherche ma bouche. Elle tremble d'impatience. J'ai subitement envie d'elle mais j'ai peur de lui faire mal, si peu de temps après son accouchement. Ce qu'elle a subi n'est pas anodin. Je suis admiratif de ce que traversent les femmes pour enfanter. Nous avons besoin de nous retrouver. Elle doit comprendre mon stress car elle me regarde dans les yeux. Je plonge dans un océan de tendresse. Elle murmure :

– Ne t'inquiète pas. Tout se passera bien.

Je la regarde descendre petit à petit le long de mes jambes. Elle appuie ses mains de part et d'autre de mes hanches et commence à s'agenouiller. Non, je ne peux pas… C'est trop tôt, même si ses lèvres ourlées sont un appel à la luxure. J'ai, d'un seul coup, des images magiques, terribles qui me viennent. Des images qui attisent mon excitation. Ma queue se glissant entre ses lèvres rosées et humides. Sa main me caressant les couilles, dures de plaisir. Moi, la tête en arrière, acceptant ce cadeau. Je m'abandonne à sa volupté. Léopoldine concrétise mon imaginaire. Malgré toute l'application qu'elle met dans sa fellation, je refuse de m'abandonner jusqu'au bout. Je rêve de me déverser au fond de sa gorge mais je ne le ferai pas. Pas aujourd'hui. Je réagis vite et, la prenant sous les bras, je bascule Léopoldine sous moi. Il n'est pas question que je sois le seul à avoir du plaisir. J'use un peu de ma force physique pour l'empêcher de se tortiller sous moi et de m'échapper. Et malgré sa frustration, Léopoldine apprécie.

Il n'y a plus rien à dire et seule notre soif mutuelle semble nous animer. J'en oublie mon objectif initial de passer une soirée normale avec Léopoldine. Nous avons vite fait de nous retrouver nus. Nus et emplis de désir réciproque, de besoin irrépressible l'un de l'autre. Léopoldine rend les armes et se laisse enfin aller. Elle s'abandonne à mes caresses comme je l'invite à le faire. Le canapé s'affaisse lorsque je prends appui pour la surplomber, l'admirer. Ma beauté. Ma femme. Ma muse. Mon évidence. Je commence à parsemer son cou, ses seins, son ventre, ses cuisses de baisers. Elle se contracte lorsque je suis sur son ventre mais je refuse qu'elle se sente mal. Je la regarde intensément et lui murmure :

– Tu ne te caches jamais de moi. J'aime tout. Sans exception.

– Mais…

– Chut, mon amour. Tu m'as donné la plus belle chose qu'une femme puisse offrir à un homme. Je t'ai découverte jeune femme, je t'ai aimée ainsi mais tu as gagné en maturité et notre amour en profondeur. Laisse-moi te découvrir mère. Mère de ma fille, à jamais, et ma femme, pour toujours.

Les larmes qui se forment au bord de ses yeux me bouleversent. Elle m'a entendu. C'est le principal. Maintenant, je reprends mes petits coups de langue qui la mèneront au supplice. Je sens son impatience. Rien qu'avec mes mains, ma langue, je sais que je la mènerai à l'orgasme. Elle se cambre sous l'exploration de mes mains, légères mais intrusives. Son souffle devient haletant. J'attends impatiemment de découvrir quelle zone je vais pouvoir éveiller. Mes effleurements la font frissonner. Je descends un peu plus bas tout en savourant sa peau satinée. Son goût inimitable qui m'a tant manqué. Nos yeux se captent et se figent. J'esquisse un sourire ! J'aime gagner et sa reddition est ma récompense. Ma progression reprend et je transforme mes caresses en massages sensuels. Elle se détend totalement. Elle est enfin prête à accueillir ma bouche. Lorsque j'arrive à son intimité, elle est trempée de désir. Mon sexe me fait souffrir tant il est dur mais nous avons une vie devant nous. Une vie de sensualité. Une vie de sexe. Une vie d'amour. Alors, pour célébrer son retour à la maison, je la déguste et la lèche avec une application extrême. Son corps réagit. Toujours. Encore. Elle se cambre et un râle de plaisir s'échappe de ses lèvres entrouvertes. J'ai un point de vue exceptionnel. Offerte, languide, la tête légèrement penchée, les yeux mi-clos, la bouche à peine ouverte d'où s'échappe un petit bout rose de langue, elle est l'image même de la féminité. Soudain, l'orgasme la terrasse et les soubresauts de son corps la laissent pantelante, épuisée, abandonnée.

– Oh, putain… Ce n'était pas ce que j'avais prévu mais… Waouh !

Je ris en la maintenant contre moi. Nous nous sommes retrouvés et même si nous ne pouvons pas encore faire l'amour, je me contente de ça. Juste ce plaisir-là.

Enfin !

Mais c'est sans compter sur la détermination de Léopoldine qui compte bien terminer ce qu'elle a commencé. Rassasiée, elle saisit mon membre fièrement dressé et le masturbe tout doucement. Je retiens mon souffle et ferme les yeux un instant. J'ai envie de pleurer de bonheur. La caresse de sa main menue autour de mon sexe est la sensation la plus dingue qui soit. C'est comme si on m'insufflait de nouveau la vie. Je peux enfin respirer librement. J'ai retrouvé mes repères. Et, à cet instant, j'ai la certitude que tout est désormais derrière nous. J'ai toujours apprécié ses caresses comme elle apprécie les miennes, mais celles-ci ont une saveur particulière. La saveur du bonheur.

Expérimentée, elle profite de mon abandon pour me retourner et se retrouve au-dessus de moi. Je sens un orgasme poindre mais je maîtrise mes sensations. Je veux que ça dure. Je veux profiter pleinement de la chaleur de sa main. Puis de la chaleur de sa bouche lorsque Léopoldine commence à embrasser mon gland turgescent. Je crois que j'ai mal. Mais de ces douleurs euphorisantes. De celles qui vous transportent, qui vous amènent au-delà de vos capacités.

Après avoir lapé mon sexe, elle le prend entièrement dans sa bouche et le suce pleinement, profondément. Un son guttural s'échappe de mes lèvres. Je sens mon désir monter encore d'un cran. Par expérience, je sais que je ne vais pas tenir longtemps. Léopoldine doit le sentir car elle se déchaîne. Sa faim devient féroce et goulue. Elle va loin, profondément, elle ne cille pas et accepte mon membre en entier au fond de sa gorge. J'ai un sursaut de honte et tente de me retirer. Je n'avais pas l'intention de baiser sa bouche et pourtant, c'est ce qu'elle m'offre. Elle me plaque sur le canapé et me permet de me déverser.

Je peine à retenir un cri de libération lorsque ma semence jaillit dans la gorge de Léopoldine. Elle continue de me lécher. La tête en arrière, je n'ose croiser son regard. C'était tellement bon que j'en ai une certaine gêne.

Léopoldine semble en revanche comblée et elle vient se lover contre moi. Elle se glisse sur mes cuisses et place ses bras autour de ma taille. Elle résume tout en une seule phrase :

– Nous en avions besoin.

Oh, oui que nous en avions besoin ! Et tellement plus encore.

Nous passons rapidement à la salle de bains. Nous pensions nous assoupir quelques instants après, en oubliant de déjeuner, mais nous avions occulté le paramètre Léa. Notre fille s'éveille au moment où nous, nous comptions nous reposer.

Léopoldine me regarde en riant.

– Tu crois que ça va être tout le temps ainsi ? soupire-t-elle.

– Le sexe ? J'espère bien, voire mieux. Quant à notre tranquillité, je pense que c'est mort pour les… vingt prochaines années.

Épilogue

Antoine
Dix-huit mois plus tard

– Elles sont là, mes femmes ?

Le cri strident de ma puce m'indique que ma femme et ma fille sont dans la chambre de Léa. Vu l'heure, j'ai déjà de la chance que mon enfant ne soit pas couchée. J'entends Léopoldine qui chuchote :

– Oui, Léa, papa est rentré et tu vas peut-être enfin vouloir dormir.

– Non ! Bisous papa !

– Il arrive.

J'entre dans la chambre de Léa qui, debout dans son lit, me tend les bras. Je la hisse contre moi et respire son odeur de petite fille. Léopoldine continue de lui mettre une lotion qui sent divinement bon sur ses cheveux très sombres, comme les miens.

Ma fille niche son visage dans mon cou comme pour me sentir en retour et s'apaise instantanément. Cela fait trois semaines que j'étais sur les routes avec le groupe et que je n'ai pas eu la possibilité de rentrer. C'est rare mais quand on se produit à l'étranger, les jours de repos ne s'accordent pas systématiquement avec un aller-retour.

J'embrasse ma femme tendrement et, tandis que Léa se blottit contre moi, je suis enfin complet.

– Ça va toi ? demandé-je doucement à celle qui illumine ma vie depuis plus de deux ans, mais tellement plus que ça.

– Un peu crevée. J'ai eu le malheur de dire à ta fille que tu rentrais ce soir, qu'il n'y avait plus de dodo avant qu'elle ne te revoie. Alors elle refusait d'aller dormir. Note à moi-même : me taire quand je ne connais pas avec certitude ton heure d'arrivée.

Je ris doucement. Je ne veux pas exciter Léa qui pourrait croire que, puisque papa est rentré, il n'est plus temps d'aller dormir. Et autant j'adore ma fille, autant j'ai vraiment besoin de me retrouver avec ma femme.

Je couche Léa dans son lit. Elle grogne un peu mais finalement accepte de dormir quand je lui promets de l'emmener au parc le lendemain, rien qu'elle et moi.

Ça promet ! Si à 18 mois elle marche déjà au chantage !

Nous nous retrouvons, enfin, tous les deux dans le salon. Léopoldine nous a déjà servi un verre de vin et quelques bouchées à grignoter. Nous sommes désormais régulièrement séparés et nous aimons par-dessus tout nous retrouver au calme, tous les deux, toujours, rien que nous deux.

– J'ai vu que tu avais fini la fresque dans la chambre de Léa. C'est magnifique, mon amour.

– Elle a voulu que je dessine tout le monde, alors cela m'a pris un peu de temps pour pouvoir agencer toutes les personnes sans que nous ayons l'impression d'avoir une farandole. Nous y sommes plusieurs fois, mais il y a ta mère, Héloïse, Alex, Gabin… J'ai par contre refusé de représenter la directrice de la crèche. L'année prochaine, elle ira à l'école et si je dois ajouter chaque personne qui va croiser sa vie, je n'ai pas fini !

– Je regarderai plus en détail demain avec elle. Mais le rendu global est juste magnifique.

Je lève le bras et Léopoldine vient se blottir contre mon torse. Elle soupire d'aise et je la serre contre moi. Elle m'a tellement manqué. Mais c'était le prix à payer pour que l'on puisse chacun s'épanouir. Quelques jours de séparation par-ci, par-là, et nos retrouvailles ne sont que plus torrides.

Beaucoup de choses ont changé depuis ces douze derniers mois. Nous avons l'impression d'être devenus des adultes. Enfin, ou pas.

Le père de Léopoldine a eu une attaque il y a six mois. Il a été déclaré incapable par la justice suite à son AVC. Il n'a pas récupéré toutes ses capacités mentales. Léopoldine philosophe en disant que c'est un juste retour des choses. Ses parents, qui ont toujours été préoccupés par les apparences, n'osent plus sortir tant le père est diminué. Même si elle le cache et qu'elle l'a accepté, je sais que Léopoldine en souffre toujours.

Cela se traduit au quotidien par l'amour et le dévouement qu'elle montre à sa fille et à moi. Il ne se passe pas une journée sans qu'elle nous déclare son amour.

Léopoldine est donc désormais à la tête du groupe. Elle refuse toujours de créer des liens avec ses parents. Je la soutiens sans réserve car je refuse qu'elle souffre de nouveau.

Après de multiples conversations, négociations, engueulades même, BioMag a été absorbé par le groupe. Ce n'est pas tant d'être rattaché à une multinationale qui gênait mon père au départ, c'est vraiment l'éthique de Louis de Saint Balmont Leclair qui le dérangeait. Je pense que ses volontés sont respectées. Même Gabin a validé cette idée, d'autant qu'il reste maître à bord. Il continue à véhiculer les valeurs de BioMag mais à une plus grande échelle. Léopoldine a décidé de l'associer au groupe. Son père n'a pas du tout apprécié mais elle lui a fait remarquer, par l'intermédiaire de leurs avocats, qu'il n'avait absolument plus voix au chapitre. Je me suis définitivement retiré des affaires. Je sais que Léopoldine m'a conservé quelques parts dans les différentes filiales mais l'argent et le pouvoir n'ont jamais été mon moteur.

Mon frère a beaucoup changé ces derniers mois. Miracle de l'amour ? Maturité annoncée ? Je ne sais pas même si j'ai quelques soupçons, mais le fait est que c'est plaisant d'avoir retrouvé une cellule familiale élargie et soudée.

J'espère juste qu'il nous présentera rapidement quelqu'un. Je pense qu'il va encore nous surprendre car j'ai remarqué, la dernière fois que je suis passé au bureau, les regards furtifs qu'il échangeait avec le nouveau directeur de la communication.

Pendant que je pense à tout ce chemin parcouru, Léopoldine me raconte l'avancée des négociations pour éclater le groupe et vendre quelques branches d'activité à des financeurs. Gabin et elle pourraient facilement confier la gestion globale à des groupes d'investissement. Ils auraient ainsi la possibilité de vivre de leurs rentes. Mais ce n'est pas leur objectif.

Pour défendre une certaine éthique, pour conserver les valeurs initiales, cela fait plus de six mois qu'elle est en pourparlers pour garder dans le giron du groupe seulement les activités bioéthiques. Fine et avisée, elle est également dure en négociations car elle veut se protéger, elle ainsi que ses employés, avec des clauses sociales et des clauses de non-concurrence. Je suis épaté par son engagement.

Gabin et elle s'amusent souvent en répétant que ce sont eux qui ont les cartes en main et que le temps est un atout. Je suis sûr qu'elle arrivera à ses fins. Pour le moment, la mienne de fin, c'est une magnifique femme qui se love dans mes bras.

Trois semaines que je n'ai pas tenu Léopoldine contre moi, alors, ce n'est absolument pas que je ne m'intéresse pas à ce qu'elle me raconte, c'est juste que j'ai d'autres priorités.

Je pose mon verre sur la table du salon et me retourne pour fixer fiévreusement ma femme, mon amour.

Ses yeux se voilent de la même intensité. Nous savons que notre soif mutuelle ne sera jamais assouvie mais nous savons également que nous avons désespérément besoin de nous y employer.

Elle me fixe lorsqu'elle me voit me relever. Je ne lâche pas son regard et m'agenouille à ses pieds. Elle écarquille ses beaux yeux clairs, comprenant mon intention.

– Léopoldine, mon amour, depuis le début, un jour d'été, sur la place du Trocadéro, nous sommes destinés l'un à l'autre. Cela a toujours été évident même lorsque nous étions séparés physiquement. Tu as fait de moi un homme heureux, un père comblé et cela compte bien entendu plus que tout. Je ne croyais pas avoir besoin de ça mais c'est pourtant le cas. J'ai besoin que tu portes mon nom. J'ai besoin de cette attache. J'ai besoin de toi de manière permanente. Léopoldine Leclair, me ferais-tu l'immense honneur de devenir Mme Delbarre ?

L'émotion la submerge. Léopoldine hoche la tête, radieuse. Elle n'a jamais été plus belle. J'ouvre l'écrin que j'avais dissimulé dans la poche de mon pantalon et lui passe la bague que j'ai spécialement choisie pour elle.

– J'ai fait plusieurs bijouteries avant de trouver la bague parfaite. C'est un triple anneau d'or qui reste fin sur lequel sont disposées deux perles, une nacrée et une sombre. De minuscules diamants subliment la création. C'est nous !

Léopoldine admire quelques minutes son doigt où étincelle la bague.

– Elle est parfaite, Antoine !

– Comme toi, mon amour.

Elle grimpe sur mes genoux et ses lèvres viennent butiner mes yeux, mes joues, ma bouche. Ma barbe naissante la gratte un peu mais elle m'a souvent dit que cela l'excitait plus qu'autre chose. Alors j'entretiens cette longueur. Elle frotte sa joue contre mon visage comme un chaton, comme pour marquer son territoire.

J'aime sa possessivité.

Je saisis ses fesses et la soulève pour l'emmener dans notre chambre. Après trois semaines d'abstinence, il est hors de question que je la prenne à la hussarde sur le canapé. Je veux profiter de son corps. Je veux la redécouvrir.

Avec ma femme, c'est à chaque fois un voyage, une invitation aux plaisirs charnels, une destination féerique.

Nos baisers et nos caresses ne se sont jamais taris. Le plaisir de communier avec nos corps reste une source de bonheur. Cette femme m'a rendu, me rend et me rendra fou d'amour et de désir pour le reste de ma vie.

Depuis le début, Léopoldine et moi, c'est intense, explosif, hallucinant, inexplicable. Et ce soir encore, cela ne se dément pas.

Nous avons espéré, nous avons lutté, nous avons remporté puis perdu plusieurs batailles mais le résultat est là. Nous sommes dans les bras l'un de l'autre, assouvis par nos ébats, confiants en l'avenir.

Après un ultime bâillement, Léopoldine reprend sa place contre moi, la tête dans le creux de mon épaule, à moitié couchée sur moi. Je sens sa respiration devenir plus calme jusqu'à n'être qu'un souffle régulier. Ma fille n'a pas bougé. Ma future femme dort dans mes bras. Je peux enfin me laisser aller, rasséréné, heureux. Je m'endors un sourire aux lèvres.

Fin

Extrait

Boss Me Around

Zoé Murat

Dans la collection addictives

1

DÉCROCHER LE GRAAL

Hazel

Ma gorge se noue un peu plus lorsque je sors du métro, le cœur battant. J'ai le trac comme jamais je n'ai eu le trac. Je prie pour que celui-ci ne se lise pas sur mon visage, mais avec ma peau de blonde, je ne me fais aucune illusion : mes joues seront bientôt en feu.

Je m'applique à respirer calmement pendant que je me dirige vers le building qui abrite Brevitz & Cie, chez qui je dois passer un entretien pour un stage d'assistante juridique. L'unique entretien que j'ai décroché. Pour le stage indispensable à la validation de mon diplôme de droit. Autant dire que la pression est maximale et mon appréhension stratosphérique. La porte vitrée automatique s'ouvre devant moi. Je cherche des yeux l'ascenseur qui me mènera au cabinet d'avocats, qui se trouve au treizième étage.

Pourvu que ça ne me porte pas malheur…

L'ascenseur arrive et je vérifie pour la millième fois ma tenue, avant d'appuyer sur le bouton. J'ai tout fait pour ne pas ressembler à une étudiante, en optant pour un tailleur bleu marine ajusté sans être moulant et un chignon bas sur la nuque. Talons, pochette, tablette avec mon CV enregistré, j'ai tout. Tout sauf confiance en moi, mais plutôt mourir que laisser quiconque s'en apercevoir. Troisième étage. Je souffle un grand coup et jette un œil à mon reflet, renvoyé par les portes métallisées.

En fait, ma peau de blonde réagit d'une manière inédite : je suis livide de peur.

Je sais qu'au sein de ma promotion, je suis bonne dernière dans la course au stage. Malgré mes bonnes notes, malgré les appréciations élogieuses des enseignants. Mon père n'est pas associé d'un cabinet, ma mère n'a jamais gagné de procès, ma tante ne serre pas la main du procureur et je ne connais personne qui siège au Congrès ! Je n'ai ni piston ni carte de visite intéressante. Je suis Hazel Rivendale, étudiante boursière, dont les parents habitent en Arizona. Cinquième étage. Ma respiration se bloque. Je souris. Mes yeux bleu-vert trahissent mon stress, mais je tente d'afficher un air calme et déterminé.

Déterminée, ça, je le suis, mais calme… on verra après l'entretien.

Peut-être y a-t-il quelque chose qui coince dans mon parcours, une option mal choisie ou un trop grand manque d'expérience sur mon CV. Je dois aussi envisager ce cas de figure.

Non, je dois me concentrer et cesser de jouer à me faire peur.

Mon parcours est brillant et mon expérience plutôt honorable pour une fille née à Phoenix, ayant réussi à intégrer Yale et à finir dans les dix premiers étudiants de sa promotion ! Il me manque un carnet d'adresses, c'est tout.

Et c'est l'essentiel, hélas.

Je souffle encore pour évacuer mes pensées négatives.

Le cabinet Brevitz & Cie a une bonne réputation, même s'ils ont récemment perdu leur plus gros dossier contre The Energy Company. J'ai encore en tête l'intégralité de l'article qui en parlait le mois dernier.

« Me Brevitz et Me Soporovski, avocats du cabinet Brevitz & Cie, ont refusé toute déclaration après l'annonce d'un accord entre les habitants de la zone polluée par les émissions de gaz et la très puissante Energy Company. Il y a quelques semaines, les deux avocats annonçaient être sur le point de déposer une plainte contre la TEC au nom d'un collectif de victimes. Pour rappel, les riverains accusaient l'entreprise TEC d'avoir ignoré une fuite à l'origine d'une pollution responsable de nombreuses maladies et décès dans les environs.
Me Brevitz soutenait alors que "les plaignants et [son] cabinet ne reculeraient pas devant une multinationale". Mais les habitants ont finalement accepté un accord financier proposé par le cabinet d'avocats VFC Lawyers, au nom de la TEC. La société échappe donc à un procès qui s'annonçait difficile. »

En d'autres termes, Brevitz & Cie a perdu un procès d'action collective avant même qu'il ne débute et a donc vu lui échapper plusieurs millions de dollars de bénéfices.

C'était le genre de procès qui lance un cabinet sur orbite pour une décennie.

Paradoxalement, c'est peut-être ma chance d'obtenir un stage. Mes chers camarades ont certainement dû mettre ce cabinet en bas de leur liste déjà bien remplie. De toute façon, au point où j'en suis, je n'ai pas le choix. J'ai envoyé plus de quarante candidatures dans tous les États de la côte est et j'ai récolté deux réponses : une négative et une convocation. Chez Brevitz & Cie, donc. Je n'ai pas droit à l'erreur.

Il faut que j'arrête de me dire ça.

Treizième étage. Les portes s'ouvrent, mon cœur s'arrête. Mes pieds se mettent en route indépendamment de ma volonté. Je suis recroquevillée à l'intérieur de mon corps, qui s'avance tout seul vers la banque d'accueil, où se tient une jeune femme de mon âge ou à peu près. Blonde, pulpeuse, elle me sourit chaleureusement dès qu'elle m'aperçoit. Je lui souris en retour, contaminée par la joie décontractée qui émane d'elle.

– Bonjour, je suis Hazel Rivendale, j'ai rendez-vous avec Me Soporovski pour…

– Ah, pour le poste d'assistante ! me coupe la jeune femme. Je vous annonce tout de suite.

– Merci.

Elle se détourne pour passer son appel. J'en profite pour regarder autour de moi. Les lieux sont lumineux, très modernes, peut-être un peu froids. L'accueil est situé dans une sorte de hall, sur lequel donnent tous les bureaux. Les murs vitrés et les portes ouvertes laissent voir le personnel, hommes et femmes en costume et tailleur, sourcils froncés devant un ordinateur, en train de discuter ou de prendre des notes. La décoration est sobre. Du gris, du beige, quelques plantes en pots, des lithographies d'art abstrait aux murs. Seul l'éclairage apporte une touche de chaleur.

– Il arrive, fait l'hôtesse d'accueil en raccrochant. Je suis Selena, veuillez me suivre, je vais vous indiquer où vous pouvez patienter.

Elle se lève, me laissant voir son tailleur tout aussi strict que le mien, mais sérieusement réveillé par une paire d'escarpins rose vif. Elle surprend mon regard sur ses chaussures et me fait un clin d'œil, avant de me désigner une espèce de petit salon, un peu à part. Les sofas de cuir crème semblent confortables, une petite table basse propose des magazines divers, un énorme bouquet d'iris décore une élégante console, qui supporte des tasses de porcelaine blanche.

– Je peux vous proposer un café, un thé, une boisson fraîche ? récite Selena, sans se départir de son lumineux sourire.

– Merci, ça ira. Je suis assez nerveuse comme ça, ajouté-je, le cœur battant.

Mais qu'est-ce que je raconte ? Je vais avoir l'air d'une gamine qui débarque de sa campagne !

Heureusement, Selena ne relève pas. Elle se dirige d'un pas assuré vers une fontaine à eau, dissimulée derrière un énorme yucca, et remplit un gobelet en carton.

– Buvez, ça vous évitera d'avoir la bouche sèche, murmure-t-elle, avant de s'éclipser.

Je la regarde partir, un peu surprise. Cette attention désintéressée m'apparaît comme un signe. Je bois consciencieusement le verre d'eau, à petites gorgées, puis prends place dans un fauteuil, face à la baie vitrée. Je révise mentalement tout ce que j'ai découvert sur Me Mary Soporovski, 54 ans, associée principale du cabinet, deuxième portefeuille de clients : une avocate brillante, connue pour sa ténacité et sa connaissance encyclopédique du droit. Un vrai modèle.

– OK, on va faire vite, je suis pressé ! lance une voix masculine.

Je me retourne, doutant presque qu'on s'adresse à moi, mais je reconnais sans peine celui qui vient de parler avec un débit de mitraillette.

– Maître Brevitz, annoncé-je aussitôt en me levant. Je suis ravie de…

– Dans mon bureau.

OK, c'est donc une tradition de couper la parole, ici. Bon à savoir.

Ma petite blague intérieure ne suffit pas à dissiper mon trac, mais l'attitude expéditive de l'autre associé du cabinet ne me laisse pas le temps d'angoisser davantage.

Me Brevitz marche au pas de course, pénètre dans une immense pièce – vitrée, évidemment –, sans fermer la porte derrière lui. Il se dirige derrière un bureau gigantesque, envahi de papiers, dossiers, de trois tablettes et d'une bonne dizaine de tasses de café vides.

– Ce n'est donc pas Me Soporovski qui me fait passer l'entretien ? m'étonné-je en restant debout, face à lui.

– Mary est en vacances. Fauteuil, ajoute-t-il en me désignant vaguement un siège en cuir.

Je prends place, puis sors ma tablette, que j'allume d'un geste. Je toussote pour me donner une contenance, tandis qu'en face de moi, Me Brevitz balaie son bureau de ses yeux noisette. Son costume manifestement hors de prix est légèrement froissé. Ses cheveux en bataille et son air un peu largué ne me font pas oublier que c'est lui qui a fondé ce cabinet. À 35 ans, avoir son nom sur la plaque, c'est tout simplement exceptionnel.

– Ah, voilà votre CV ! s'exclame-t-il soudain, avant de se laisser tomber dans son propre fauteuil.

Je souris, patientant tant bien que mal tandis qu'il semble découvrir mon parcours et ma lettre de motivation en temps réel. Le papier épais que j'avais soigneusement choisi est taché de café.

– Ma dernière expérience en tant que stagiaire s'est très bien déroulée et j'avais joint la lettre de recommandation de mon…

– Hum, oui, Mary m'a dit que votre profil était pas mal, me coupe-t-il encore.

Ah non, ça suffit.

– De mon précédent responsable, terminé-je, un peu crispée.

Il ne relève pas, mais me lance un regard bref. Un instant, je crains d'avoir fait le mauvais choix. Souvent, les avocats cherchent des assistantes qui savent prendre des initiatives, certes, mais aussi rester discrètes.

Oh, non, pitié, il me faut ce stage.

J'hésite un instant, puis décide de poursuivre sur ma lancée.

– J'ai donc apporté le double, au cas où, afin que vous puissiez jeter un œil.

– Prévoyante, marmonne-t-il sans détourner le regard. Bon ! Votre CV me semble correct, votre expérience aussi. Vous passerez un entretien de routine avec Mary… Me Soporovski à son retour de vacances, afin qu'elle confirme votre embauche. Mais pour moi, c'est bon.

Déjà ? Pas de question ? Rien ? Tant mieux, mais… c'est expéditif.

Le cœur battant, je hoche la tête avec enthousiasme.

Euh… mais quand rentre-t-elle de vacances ? Je dois attendre une autre convocation ?

– Et ce second entretien, demandé-je, tentant d'avoir l'air sûre de moi. Vous pouvez me dire quand il aura lieu ?

– Leonard, tu… Ah, j'ignorais que tu étais en rendez-vous.

L'homme qui vient de pénétrer dans la pièce est immense. La seconde chose que je remarque, c'est son regard. Bleu glacier. Ses yeux froids se posent sur moi une demi-seconde. Leur pupille noircit alors le lac gelé de ses iris et il se détourne aussitôt. Je reste figée.

– Ce n'est rien, je faisais passer un entretien pour un stage, mais Mlle Rivendale allait partir.

Je comprends le message et me lève, les jambes flageolantes. Leonard Brevitz se lève aussi, poliment, et m'accorde enfin un peu d'attention en me raccompagnant à la porte de son bureau. Lorsqu'il arrive près de l'homme au regard glaçon, qui passe négligemment la main dans sa chevelure brune, je remarque qu'ils font la même taille.

Mais clairement pas le même effet.

– Merci encore, j'attends donc que vous me rappeliez pour le second entretien, tenté-je.

– Voilà.

L'homme au regard froid s'assied alors que je sors, un peu sonnée par ce rendez-vous qui s'est déroulé d'une manière complètement différente de tout ce que j'avais imaginé. Pourtant, j'avais envisagé mille versions, toutes plus stressantes les unes que les autres, histoire de me sentir parfaitement préparée ! J'ai lu tout ce que j'ai pu trouver sur Brevitz & Cie et les principaux avocats, j'étais prête à réciter le Code civil, le Code pénal et le mode d'emploi des photocopieuses de n'importe quelle marque.

Encore que j'espère bien faire autre chose que des photocopies.

Un léger malaise ne me lâche pas : si Me Brevitz ne m'a pas interrogée davantage, est-ce parce que mes tâches seront secondaires ? Ou laisse-t-il le soin à Me Soporovski de me questionner ? Je suis soulagée d'avoir décroché un stage, mais je ne peux m'empêcher de me demander dans quoi je viens de mettre les pieds.

***

J'entends la musique d'Esther avant même d'ouvrir la porte. Lorsque j'entre, elle est complètement absorbée par son activité, et pousse un cri de surprise en me voyant.

– Ah ! Mais la trouille ! Je ne suis pas encore habituée à avoir une colocataire, j'ai failli avoir une crise cardiaque, s'exclame-t-elle en riant, la main sur le cœur.

– Désolée, m'excusé-je, sincère. Un nouveau tableau ?

– Oui, j'étais inspirée !

J'avance au milieu du salon, où elle a posé un chevalet et une toile qui fait bien un mètre sur un mètre. Elle y a esquissé un nu masculin, en érection, dont le visage porte un maquillage de clown.

Je n'arrive pas à savoir si c'est drôle ou dérangeant.

– Alors ? me demande-t-elle, les mains sur les hanches, en mordillant son pinceau.

– Euh… prometteur.

– Merci !

Esther et moi sommes aussi différentes que le jour et la nuit. Avec elle dans le rôle de la noctambule, bien sûr. Moi, je suis plutôt lève-tôt. Elle aussi vient de Phoenix, mais pas exactement du même milieu que moi. Ses parents enseignent tous les deux à l'université privée de la ville – sociologie et sciences politiques, il me semble – et ils ont écrit ensemble un livre analysant leur expérience en tant que couple mixte, qui leur avait valu une certaine notoriété. À l'époque où on s'est rencontrées, au collège, Esther faisait partie des élèves « cool », que tout le monde voulait avoir pour amie et moi, avec mon appareil dentaire et mes livres scolaires sous le bras, j'étais « l'intello » qu'il était de bon ton d'ignorer.

Qui aurait cru qu'on se retrouverait ici ?

– Bon et toi ? Cet entretien ? me demande-t-elle soudainement, attentive. Dis-moi que tu restes !

– Je ne suis pas encore sûre, mais j'ai passé la première épreuve, annoncé-je, prudente.

– Ce suspense est trop pénible, soupire-t-elle.

À qui le dis-tu !

– En tout cas, tu me tiens au courant, dès que tu sais, OK ? Et tu restes ici tant que tu veux, dans n'importe quel cas ! insiste Esther, pointant son pinceau vers mon visage.

– Chef, oui, chef ! me moqué-je.

Elle sourit, puis retourne à sa peinture. Je reste un instant à la regarder, songeuse. Sa concentration quand elle peint me fascine. Plus rien n'existe autour d'elle. Et c'est bien le seul moment où elle est aussi calme ! Esther a toujours été vibrionnante, bruyante, exubérante…

Elle aime se faire remarquer et a tous les atouts pour ça : grande, belle, drôle, cultivée. Avec sa peau caramel et ses cheveux noirs bouclés, ses yeux sombres bordés de cils extraordinairement longs, elle attire tous les regards dès qu'elle sort. Et elle sort beaucoup. Je la soupçonne d'apprécier le fait que je sois plutôt casanière, sérieuse, n'aimant pas particulièrement les mondanités. En réalité, j'ignore si j'aime ça ou pas : je n'ai jamais eu l'occasion d'en faire l'expérience. J'ai 25 ans et ça fait bien vingt ans que ma principale activité consiste à travailler, réviser et avoir de bons résultats pour un jour, enfin, devenir une avocate réputée. C'est d'ailleurs un miracle que nos chemins, à Esther et moi, se soient recroisés ici, à New York ! Le hasard des petites annonces sur Internet a bien fait les choses. J'ai tout simplement cherché une chambre sur Airbnb et qui m'a ouvert la porte ? Esther ! Elle m'a aussitôt proposé de devenir officiellement sa colocataire si jamais j'obtenais ce stage, vu qu'elle venait d'abandonner son travail d'hôtesse d'accueil pour devenir artiste à plein temps. Depuis, elle travaille d'arrache-pied, mais ça ne suffit pas toujours à payer son loyer.

Peut-être que nous nous ressemblons un peu, finalement.

Ma bourse et le stage devraient me suffire pour payer ma part, afin que je puisse me consacrer à mes études. Perdue dans mes pensées, je laisse mon stress de la journée retomber lentement, jusqu'à éprouver le besoin irrépressible d'aller m'étendre sur mon lit. En silence pour ne pas rompre la concentration de mon amie, je vais me réfugier dans ma chambre, où je m'allonge, ma tablette sous les yeux, histoire d'en profiter pour lire un peu la presse juridique.

Esther trouverait ça ennuyeux et rébarbatif… Moi, je trouve ça tellement excitant de deviner les stratégies juridiques dissimulées derrière les communiqués officiels !

***

La sonnerie de mon téléphone me sort de ma prise de notes effrénée. Je suis en plein milieu d'un récit de procès par un professeur de droit qui a créé des podcasts à destination des futurs avocats. Fascinée par ses propos, je mets quelques secondes à m'apercevoir que le numéro en question commence par l'indicatif de New York et que les seules personnes que je connaisse ici sont…

– Oui, Hazel Rivendale ! Je vous écoute ! m'écrié-je, en décrochant comme une furie.

– Mademoiselle Rivendale ? C'est Selena, on s'est parlé ce matin chez Brevitz & Cie, vous vous souvenez ?

Évidemment ! Dis-moi que le second entretien a lieu demain ! Je serai la meilleure des assistantes juridiques, promis !

– Bien sûr, bien sûr, balbutié-je, les yeux fermés, en croisant les doigts de toutes mes forces.

– Me Brevitz m'a chargée de vous annoncer que vous commencez votre stage dès demain.

Je me redresse sur mon lit, stupéfaite.

Sans entretien digne de ce nom ?

– Je serai là à la première heure ! Merci mille fois ! lancé-je, contente, mais un peu sonnée par la nouvelle. Me Soporovski sera donc rentrée de ses vacances ?

– Non, elle ne rentre que dans une semaine, me répond Selena, comme si tout ça n'avait pas vraiment d'importance.

Alors avec qui vais-je travailler ?

– Je vous dis à demain, alors ? me demande-t-elle encore.

– Absolument, à demain ! Et bonne soirée ! Et merci !

– Avec plaisir, répond-elle en riant avant de raccrocher.

Je grimace, réalisant que j'en ai trop fait. Je reste un instant immobile, déstabilisée par ce qui vient de se passer. Bien sûr, je suis soulagée d'avoir obtenu un stage, mais… c'est comme si mon recrutement s'était fait à la va-vite, sans que mon profil ait réellement eu d'importance. Je secoue la tête.

Ce n'est pas comme si j'avais le choix, et puis je voulais un stage et j'en ai un !

C'est tout moi : je doute en permanence. J'ai été acceptée par un bon cabinet juridique et je suis déjà en train de me demander si c'est mérité. Je soupire et me précipite pour annoncer la nouvelle à Esther ! La musique est toujours à fond, mais cette fois dans sa chambre. Je fonce, ouvre la porte et… Peau caramel, peau noire, peau tatouée ondulent sous mes yeux ébahis.

– Oups ! Pardon ! lâché-je précipitamment en refermant aussitôt la porte.

Je me sens rougir, gênée d'avoir vu Esther et ses deux amants en pleine action. Moi qui frappe toujours aux portes avant d'entrer, c'est un rappel salutaire du bien-fondé de cette pratique.

– Pas grave ! me lance Esther de l'autre côté de la porte. Tu voulais dire un truc ?

Un grognement grave se fait entendre, suivi d'un gémissement étouffé de ma désormais colocataire. Je retiens un éclat de rire, entre amusement et gêne.

– J'ai le stage ! lui dis-je avant de retourner dans mon antre.

– Génial !

Je n'attends pas la suite et referme ma propre porte, avant de lancer moi aussi une playlist et d'enfiler un casque pour être sûre de ne pas en entendre davantage. Je ne suis pas prude, mais… la liberté d'Esther me met face au désert que constitue ma propre vie sentimentale et sexuelle. Je ne sors pas dans les fêtes où les rencontres entre étudiants se font, je n'ai pas le temps de flirter entre deux cours, j'ai une relation exclusive avec mon plan de carrière ! Mais c'est vrai, la chaleur d'un corps contre le mien ou une main qui saisirait la mienne, tout ça me manque parfois. Ma playlist me propose « Make you feel my love » d'Adele, mais je ne laisse aucune chance à la mélancolie de ce morceau et le remplace aussitôt par « Stupid Girls » de Pink : je ne connais rien de mieux pour fêter une victoire pour une fille comme moi. Debout sur mon lit, je danse, pour la première fois depuis longtemps, heureuse d'avoir tout de même décroché le fameux Graal !

2

LA FILLE AUX YEUX BLEU-VERT

Cole

Son attitude est assurée : jambes croisées, sourire calme et professionnel. Mais c'est de la panique que j'ai lue dans ses yeux. Elle est aux abois et utilise toutes ses ressources pour n'en rien laisser paraître. Toute son énergie passe dans cet effort et elle en oublie vraisemblablement de quoi elle a l'air.

Parfaite.

L'adjectif qui vient de traverser mon esprit comme une fulgurance me fait détourner les yeux.

– Ce n'est rien, je faisais passer un entretien pour un stage, m'explique Leonard. Mais Mlle Rivendale allait partir.

Elle se lève aussitôt. Leonard la raccompagne. Je m'assieds dans l'autre fauteuil pour éviter de recroiser ce regard bleu-vert aux reflets de noyade.

– Merci encore, j'attends donc que vous me rappeliez pour le second entretien, insiste-t-elle d'une voix douce, mais déterminée.

– Voilà, répond distraitement Leonard.

J'entends ses talons s'éloigner. Je ne me retourne pas, mais observe son reflet dans la baie vitrée qui me fait face. Les attaches fines de ses chevilles vacillent, mais le staccato rapide de ses pas ne ralentit pas une seule fois.

– Tu embauches ? demandé-je négligemment.

– Une stagiaire en tant qu'assistante juridique pour Mary, me répond-il en se rasseyant, avant de se relever aussitôt pour se servir un de ses éternels cafés.

– C'est son CV, là ?

Il hoche la tête, reprend place dans son fauteuil et me tend le document sur lequel s'affichent le visage délicat, la bouche mordue, les yeux bleu-vert qui attrapent mon regard.

Hazel Rivendale… Hazel…

Son prénom est à mi-chemin entre caresse et griffure. Je fronce les sourcils, parcours ses références.

– Yale ! Impressionnant, commenté-je.

– Oui, pas mal.

Je souris en constatant que parmi les hobbies, elle indique la marche rapide – dans une grande ville, tout le monde pratique la marche rapide – et… le Scrabble !

Quelle femme de 25 ans joue à ça ?

Mais à part ce détail gentiment vieillot, c'est une étudiante brillante, avec de solides références. Et surtout, arrivant de Phoenix sans autres recommandations que celles de ses professeurs, je suis à peu près certain qu'elle n'a pas de relations qui pourraient nous porter préjudice.

– Je la veux, déclaré-je en reposant la feuille.

– Dans quel sens, Cole ? s'amuse Leonard, en guise de réponse.

Son sous-entendu me met mal à l'aise. Je ne peux pas parler de cet aspect de ma vie avec lui, pas avec ce qu'il sait de mon passé.

– Dans le sens où ton cabinet a désespérément besoin de personnes de confiance et qu'une Hazel Rivendale, nouvelle dans le métier, sans réseau professionnel, sans parrainage d'aucune sorte ni lien suspect avec VFC Lawyers serait parfaite dans le rôle, asséné-je d'un ton sec.

Leonard grimace, puis soupire.

– Certes, mais a-t-elle les compétences requises

pour t'assister sur le dossier qui t'attend ? objecte-t-il. C'est une chose de mettre cette fille sur les affaires courantes, mais là… avec le procès pour harcèlement contre VFC, on est sur quelque chose d'énorme. S'ils l'approchent, comment peux-tu être sûr qu'elle ne se laissera pas corrompre par une promesse d'argent ou même de poste chez eux ? Cette méthode leur a déjà réussi une fois !

Leonard finit son café d'un trait.

– Franchement, poursuit-il, alors que son débit s'accélère, si on perd ce procès contre eux, mon cabinet est fini !

– Je le sais, c'est pour ça que tu fais appel à moi, rétorqué-je en balayant ses objections d'un revers de main. Je me renseignerai sur elle, de toute façon. Puis rassure-toi, je n'ai pas l'intention de lui confier tous tes petits secrets.

Mon meilleur ami me lance un regard sombre. Je souris, sachant très bien que ce trait d'humour ne lui a pas plu.

– Concrètement, en quelle assistante déjà en poste as-tu entièrement confiance ? demandé-je.

Je sais pertinemment qu'après ce qui s'est passé avec le dossier de The Energy Company, Leonard se méfie de tout le monde ou presque, au sein de son cabinet.

D'ailleurs, il se passe les mains sur le visage, puis ébouriffe ses cheveux pourtant déjà en pétard.

– Je pourrais te dire Penelope, mais c'est elle qui assistait Christopher Lincoln, donc je n'ai aucun nom à te proposer. De manière générale, ajoute-t-il, je n'ai confiance qu'en Milton Ross et Marina Greco, mes détectives, que tu vas bientôt rencontrer. Et bien sûr Mary Soporovski, mon associée que tu connais déjà ! C'est d'ailleurs pour ça qu'on avait décidé de plaider tous les deux contre la TEC, mais on a commis l'erreur stupide de se faire assister dans la préparation du dossier par ce petit enfoiré de Christopher !

Quant à moi, je me méfie de tous, y compris de ceux en qui tu as confiance.

addictives

Romans déjà parus

Rose Becker
Le Bébé, mon milliardaire et moi (aussi en poche)
Torride, sexy & dangereux
Forever You – saisons 1 et 2
Dangerous

Phoebe Campbell
Lui résister… ou pas – l'intégrale
You Again
Single Daddy. Try Me if You Can

Mia Carre
Bad for You
Teach Me Everything
Charmant connard !

Mélodie Chavin
Campus Rules
Fucking Wedding

Sonia Eska
Ne me tente pas

Emma Green
Toi + Moi : L'un contre l'autre (aussi en poche)
Toi + Moi : Envers et contre tout (aussi en poche)
Toi + Moi : Seuls contre tous (aussi en poche)
Call Me Baby – volumes 1 et 2
Call Me Bitch
Love Me if You Can
Kiss Me if You Can
Bliss. Le faux journal d'une vraie romantique – volumes 1 et 2
Jeux interdits
Jeux insolents

Jeux imprudents
Une toute dernière fois
Fallait pas me chercher ! – volumes 1 et 2
Corps impatients (aussi en poche)
Cœurs insoumis (aussi en poche)
Âmes indociles (aussi en poche)
Cent facettes de Mr Diamonds – l'intégrale
Bliss. Le faux journal d'une vraie romantique – l'intégrale
(Im)parfait
Love Me if You Can – l'intégrale
Kiss Me if You Can – l'intégrale
It's Raining Love!
The Boy Next Room
Call Me Baby – l'intégrale
Call Me Bitch – l'intégrale
PS : Oublie-moi !
Fallait pas me chercher ! – l'intégrale
Recherche coloc : emmerdeurs, râleurs, lovers… s'abstenir !
10 bonnes raisons de te détester !
Just 17
Love & Lies on Campus
Bien plus forte que toi !
If You Wanna Be My Lover…

Megan Harold
Breaking the Rules
Initiation with My Boss

Ludivine Hart
Arrogant & Tattooed

Amy Hopper
Gone Boy
Le Coloc

Julie Huleux
Alpha Player

Charlie Lazlo
Mon insupportable boss

Sienna Lloyd
Mords-moi !

Caroline Mongas
Mariage forcé. Un contrat indécent

June Moore
Étreinte – volumes 1 à 3

Zoé Murat
Stepbrother Love
Boss Me Around

Clara Oz
Arrogant

Gaëlle Sage
Kiss, Kill & Ride
Lost Rider

Ana Scott
Dark Ride
Last Ride
Vicious Ride
The Dominant
Evil Ride
Sensual Stepbrother
Un enfoiré mais un coup d'enfer !

Camilla Simon
Le voisin parfait est un enfoiré
Initiation with My Enemy
Le mec parfait est un inconnu… ou presque !

Ève Souliac
Sexy Mistake

Liv Stone
Love Lessons

Lisa Swann
Adore-moi ! – l'intégrale

Louise Valmont
Toi & moi, c'est compliqué !
Campus Initiation
Mon insupportable voisin !

Chloe Wilkox
Extreme Lover – l'intégrale
Immoral
Dominant Boss. Apprends-moi
The Virgin's Price

Luv

Romans déjà parus

Ana K. Anderson
Indompté
Scottish Bastard

Sophie Auger
Be with Me

Sonia Birdy
L'Initiation
Touchdown. Campus Star

Laura Black
Dark Initiation
Games of Desire
H.A.R.D. Hot, Arrogant, Rebelle, Déterminé
Sulfurous Bad Boy

Margot D. Bortoli
Too Young

Juliette Brunel
Delicious

Anne Cantore
Promets-moi. Louise et Marco

Sarina Cassint
Avec toi… peut-être
Insolent Boss

Mary Ann Davis
Coach Me Love

Gwen Delmas
Noël, toi & moi
Sex Friends. Pas de contraintes, que du plaisir !

Sarah Dheilm
Hot Reward

Eugénie Dielens
Imprévisible Boss

Cléa Dorian & Ninon Vars
Dark Love

Laurie Eschard
Love Naked

Lil Evans
Savage Rider
Crash & Burn
Boss Affair

Lou Garance
Can You Keep a Secret ?
Foutu coloc !

Alexandra Gonzalez
Shades of You

Erin Graham
Teach Me Love
The Boss
Secret Stepbrother
Strong Addiction
Coloc avec mon boss

Joh Harper
Crazy Love
Broken but Alive

Marie Hayle
Under Control
Lover Next Door

Ellie Jade
About Last Night

Emma S. James
Under the Rain

Lucie F. June
Fight with Darkness

Sara June
Rider in the Dark
Sexy Wild Rider

Emily Jurius
Love to Hate You

Allie Krown
High School Challenge

Marion Laurent
Mr Alpha

Pauline Libersart
Tiger. Entre ses griffes

Nina Loren
Breaking the Ice
Teach Me Again. Impossible Desire

Ella Lores
Mariée par accident à un connard arrogant rencontré la veille…
My Best Enemy

Jessica Lumbroso
Emma X. Secrète et insoumise

Lili Malone
Coloc avec un inconnu

Mila Marelli
Dark Man in Love
Crazy Wedding

Mag Maury
My Hipster Christmas

Alix Parks
Never Kiss the Boss

Jeanne Pears
Insupportable coloc
Colocs & Sex Friends
H.O.T. Hypnotique, Obstiné, Ténébreux
The Most Insolent Man

Alexia Perkins
Arrogant Fake Lover

Sophie S. Pierucci
L'Inconnu de l'ascenseur & Moi (aussi en poche)
My Stepbrother. L'initiation

Silvia Reed
Darkest. La dernière heure
Too Close

Anita Rigins
No Rules
My Rules

Avril Rose
Coffee, Sex & Law

Jana Rouze
Effet de vague – saisons 1, 2 et 3

Wendy Roy
Une seule fois (ou presque)

Ana Scott
À corps brisés

Léana Soal
Fight & Hope

Cara Solak
Perfect Obsession

Izia Soley
Fauve

Liv Stone
Initie-moi. Mes jours contre tes nuits

Lena K. Summers
Perfect Bad Boy
Donovan, roi des connards

Kaly Swann
Austin. Breathe with Me

Lily Tortay
Dance for Me

Flore Valier
Ta peau contre la mienne

Anna Wendell
Arrogant Bad Boy
Apprends-moi le désir
Colosse. Le maître du jeu

Mina Zadig
Just Sex & Tattoos
Arrogant Highlander

addictives

Romans déjà parus

Sonia Birdy
California High School

Sianna Milano
High School Initiation

Isla A. Rowley
Toxic Games

addictives POCHE

Romans déjà parus

Rose Becker
Le Bébé, mon milliardaire et moi (aussi en grand format)

Marjorie Burbaud
The Campus Teacher

Phoebe Campbell
Tes ordres sont mes désirs

Olivia Dean
À lui, corps et âme – volumes 1 et 2

Lou Everly
Bad Boy Crush

Erin Graham
Nos amours contraires

Emma Green
Seul contre tous (aussi en grand format sous le titre *Toi + Moi : Seuls contre tous*)
L'un contre l'autre (aussi en grand format sous le titre *Toi + Moi : L'un contre l'autre*)
Envers et contre tout (aussi en grand format sous le titre *Toi + Moi : Envers et contre tout*)
Corps impatients (aussi en grand format)
Cœurs insoumis (aussi en grand format)
Âmes indociles (aussi en grand format)

Megan Harold
Sublime-moi !

Charlie Lazlo
Kiss Me I'm Famous

Jeanne Pears
Jamais avec mon coloc !

Sophie S. Pierucci
L'Inconnu de l'ascenseur & Moi (aussi en grand format)
Deep & Dark

Lise Robin
Forbidden Stepbrother

Alexane Tolley
The Boss Rules

Chloe Wilkox
Your Game, My Rules

L'un contre l'autre
Toi + Moi – Première partie
Emma Green

Elle avait laissé un bad boy, elle retrouve un big boss !

Alma Lancaster ne pensait plus jamais entendre cette voix, celle de Vadim Arcadi, son premier amour. Mais le bad boy du campus est devenu un big boss redouté, et pas n'importe quel patron : celui d'Alma !

De la fac de cinéma à l'empire de King Productions, Vadim King a changé de nom, changé de vie. Mais dans ses yeux brille toujours la même rage de vaincre, sous sa peau bat toujours le même cœur indomptable. Douze ans après leur douloureuse séparation, la passion renaît et la confrontation prend des allures de duel.

Auteure : Alexane Tolley

Edisource – Éditions Addictives
100, rue Petit, 75019 Paris
DUPLIPRINT - 733, rue Saint-Léonard - 53100 Mayenne
Dépôt légal : avril 2021
Achevé d'imprimer : février 2021
Réimprimé en février 2022
ISBN : 978-2-37126-415-1
Réf. contrat : ZINE_001